판클라치온 5
최영채 판타지 장편 소설

초판 1쇄 찍은 날 § 2004년 4월 22일
초판 1쇄 펴낸 날 § 2004년 5월 2일

지은이 § 최영채
펴낸이 § 서경석

편집장 § 문혜영
편집 § 장상수 · 서지현
마케팅 § 정필 · 강양원 · 이선구 · 김규진 · 홍현경

펴낸곳 § 도서출판 청어람
등록번호 § 제1081-1-89호
등록일자 § 1999. 5. 31
어람번호 § 제1-0486호

주소 § 경기도 부천시 원미구 심곡1동 350-1 남성B/D 3F (우) 420-011
전화 § 032-656-4452 팩스 § 032-656-4453
http://www.chungeoram.com
E-mail § eoram99@chollian.net

ⓒ 최영채, 2003

값 8,000원

ISBN 89-5831-084-7 04810
ISBN 89-5505-885-3 (SET)

경채 판타지 장편 소설

판 훌리건치오

과격무쌍!! 바람의 파이터!!
바람같이 달려들어 번개처럼 관절을 꺾고 뼈를 뽑는다

5

승계 전쟁

도서출판
청어람

목
차 1부 : 귀향(歸鄕)
❺ 승계 전쟁

41장
판클라치온 4

"마스터, 헤르난 전하께서 찾으십니다."

"헤르난이? 무슨 일이냐?"

"글쎄요, 하지만 말씀을 하실 때 웃고 계셨던 것을 보면 뭔가 좋은 일이 있으신 듯 보였습니다."

"그래?"

대꾸를 한 쟌은 곧 올리비에에게 지시를 내렸다.

"잠시 다녀올 테니까 어디 가지 말고 기다리고 있어. 그리고 이번 판클라치온 시합에 참가했던 녀석들을 모두 불러둬. 할 말이 있으니까."

"알겠습니다, 마스터."

셸에게 잠시 다녀오겠다고 말을 한 뒤 쟌은 헤르난의 거처를 향해 어기적거리며 걸음을 옮겼다. 간간이 복도에서 마주친 사람들은 예외 없이 찔끔하는 표정을 지으며 황급히 그를 피해 달아났다.

쟌이 그런 사람들의 행동을 발견하지 못한 것은 아니지만 그들에게 신경 쓸 만큼 그의 성격은 세심하지 않았다.

쟌이 지금 숙소로 정한 곳은 황제의 별성인 백합의 정원이라 불리는 성이었다.

킬라우림 스타디움에서 약 15킬로미터 정도 떨어진 백합의 정원은 황제가 킬라우림 대회가 거행될 때 거처하는 성으로 황제 일가가 모두 기거한다고 해도 반도 채우지 못할 정도로 많은 방이 있었다.

원래대로라면 귀족도 아닌 평민에 불과한 쟌과 셀, 올리비에가 이곳에서 머물 수는 없는 일이었다. 하지만 헤르난의 요청에 쿼헤리건이 흔쾌히 받아들였기에 이들이 이곳에서 머물 수 있게 된 것이었다.

하여튼 헤르난의 숙소에 도착한 쟌은 문 앞에서 경계를 서고 있던 기사를 쳐다봤다. 그들도 흑장미성에서부터 쟌을 보아왔기에 쟌을 알고 있었다.

"헤르난 전하, 쟌 가이야가 왔습니다."

"어서 안으로 모시게."

기사가 문을 열어주자 쟌은 망설임없이 방으로 들어갔다.

방 안에는 다른 왕자들 역시 쟌을 기다리고 있었다. 서로의 얼굴을 바라보며 웃고 있는 것이 올리비에의 말대로 뭔가 좋은 일이 있는 것처럼 보였다.

"하하하, 어서 오게."

"무슨 일로 부른 거요?"

"일은 무슨 일, 자네와 일행의 예선전 승리를 축하하려고 불렀네. 또 줄 것도 있고 해서 말이야."

"줄 것?"

반문을 하는 쟌에게 헤르난은 손으로 테이블 위에 있던 작은 나무 상자를 가리켰다.

"이게 뭐요?"

"자네 덕분에 아쉬드 형과 주네티에게서 딴 돈이네."

"그런데 이걸 왜 나에게 주는 것이오?"

쟌이 이해가 되지 않는다는 표정으로 쳐다보자 헤르난은 빙그레 미소 짓고는 말을 이었다.

"자네 덕분에 딴 돈이니 자네에게 돌려주는 것이 당연하지 않은가? 그 돈으로 마담 가이야에게 선물도 사주고, 또 같이 있는 용병들에게 술이라도 한잔 사도록 하게."

헤르난의 말에 잠시 생각을 하던 쟌은 갑자기 얼굴을 붉혔다. 그리고는 잠시 머뭇거리는 모습을 보였다.

그런 쟌의 모습은 한 번도 본 적이 없었기에 왕자들은 이상하다는 표정으로 그를 바라봤다. 건방지리만큼 자신만만해했던 쟌이 갑자기 얼굴을 붉히다니……. 이거야말로 정말 놀랄 만한 일이 아닐 수 없었다.

잠시 망설이던 쟌은 곧 결심한 듯 헤르난을 바라봤다.

"잠시 귀 좀 빌려주겠소?"

"다른 사람에게는 비밀로 해야만 하는 이야긴가?"

"그랬으면…… 아니오, 어차피 다른 사람들도 알게 될 일이니 그냥 이야기하겠소."

잠시 생각을 정리한 쟌은 곧 이야기를 시작했다.

"다름이 아니라 셸이 내 연인인 것은 다들 이미 알고 있을 거요. 이 번에 외유를 할 때 실은 셸과… 서로의 사랑을 확인했소. 해서 승계 전쟁이 시작되기 전 그녀와 결혼을 하고 싶소."

쟌의 말이 너무나 의외였는지 왕자들은 멍한 표정으로 그의 얼굴만 쳐다보고 있었다.

"결혼이라……."

낮게 중얼거리던 헤르난은 굳이 쟌이 자신에게 결혼을 하고 싶다고 말한 특별한 이유가 있을 것이라 생각이 되었다.

"그래서 나에게 하고 싶은 이야기가 뭔가?"

"난 가진 것도 없고, 어떻게 결혼식이 거행되는지 아는 것도 없지만 내 아내에게만은 평생 잊을 수 없는 가장 아름답고 화려한 결혼식을 선사하고 싶소. 해서 당신에게 도움을 청하는 거요."

"가장 아름답고 화려한 결혼식이라…… 승계 전쟁이 시작되기 전에 치르려면 조금은 바쁘게 움직여야 하겠군. 알았네. 그 문제는 내가 모두 알아서 처리할 테니 맡겨주게. 절대 잊을 수 없는 결혼식이 되도록 만들어주지."

"그리고 될 수 있으면 결혼식 전까지 셸에겐 비밀로 했으면 하오."

"알았네, 그렇게 하지."

"참, 내일부터 시작되는 판클라치온 본선에서는 애초 목표가 달성이 된 만큼 모두 기권할 생각이오."

"기권? 왜 기권한다는 거지? 그 실력이면 우승을 하는 것도 그리 어려운 일은 아닐 텐데 말이야."

쟌의 말에 반론을 제기한 사람은 역시 루이스였다.

"우승? 우승 따위를 해서 뭘 하겠다는 거요? 우리 측에 이런 고수가 있으니까 조심하라고 자랑이라도 하겠다는 거요? 그렇지 않아도 황제 앞에서 괜한 짓을 했다고 생각하고 있는데 판클라치온 시합에서 우승까지 하란 말이오?"

"참, 들으니 황제 폐하께서 자네 일행을 식사에 초대했다고 하던데 대체 뭐라 하시던가?"

"아무 말도 듣지 못했소?"

쟌의 말에 헤르난은 쓴웃음을 지었다.

"아직까지 이 나라는 쾌헤리건 황제 폐하의 나라일세. 그런 그가 입을 다물라고 명령을 내리면 감히 그 명령을 거부할 강심장을 가진 사람은 제국 내에는 단 한 사람도 없네."

"그럼 황제가 나와 식사할 때 있었던 일을 발설하지 말라는 명령이라도 내렸단 말이오?"

"그렇네. 그래서 궁금하기는 했지만 자네에게 묻지 못한 것이네."

"뜻밖이구려. 설마 황제가 그런 명령을 내렸을 줄은 상상도 못했소. 하지만 다행이구려. 그렇지 않아도 그 일 때문에 신경을 쓰고 있었는데."

"무슨 일이 있긴 있었던 모양이군."

"별일 아니오. 그저 내 실력을 보겠다고 해서 잠깐 실력을 보여준 것일 뿐이니 말이오."

"그래? 후후후."

갑자기 헤르난이 웃음을 터뜨리자 쟌은 어리둥절하지 않을 수 없었다.

"왜 웃는 거요?"

"대체 무슨 일이 있는지 아쉬드 형이나 주네티 녀석도 궁금해하는 기색이 역력했거든. 하지만 황제의 명령을 거부할 수 없어서 누군가에게 묻지도 못하고, 게다가 아쉬드 형 같은 경우는 그 자리에 외할아버지인 제이알 알렉산더 공작이 있었음에도 불구하고 물을 수가 없으니 더 답답해하는 것 같더군."

"그런 일이 있었구려. 그럼 난 이만 돌아가겠소."

"준비가 되면 자네에게 연락을 하지. 기대해도 좋을 거야."

"믿겠소."

가볍게 머리를 숙인 쟌은 그대로 헤르난의 숙소를 빠져나갔다. 미소를 지으며 쟌의 뒷모습을 바라보던 헤르난은 벌써부터 쟌의 결혼식을 어떻게 치를 것인가에 대해 고민하기 시작했다.

자신의 거처로 돌아온 쟌은 자신을 기다리고 있던 사내들을 만났다. 사내들 가운데 대부분, 그러니까 두 명을 제외한 나머지는 64강이 겨루는 판클라치온 본선에 진출한 사내들이었다. 그리고 이들에게는 남들이 모르는 비밀이 있었는데, 그건 이들이 쟌에게서 혹독하게 훈련받은 2백여 명의 용병 가운데 특별하게 뽑혀서 판클라치온 시합에 참가한 열두 명의 용병들이라는 사실이었다.

그들이 쟌에게 가르침을 받은 것은 불과 열흘 남짓뿐이라 그들은 산보의 기본형을 집중적으로 훈련했다. 그런 후 판클라치온 시합에 참가

한 것이었다.

실전을 해본 것도 겨우 시합하기 이틀 전부터였다.

당연히 맨손 격투를 해본 적이 없는 그들로서는 시합에 참가하고 싶은 생각이 전혀 없었다. 하지만 강압적인 쟌의 지시를 거부할 힘이 없던 그들로서는 시합에 참가하는 수밖에 다른 도리가 없었다.

용병들로서도 낯선 시합 방식에 적잖이 당황한 것은 사실이었지만 그들도 나름대로 이름을 날리던 용병들이기에 곧 시합에 적응하고는 승리를 거둘 수 있었다.

물론, 승리 자체도 기쁜 일이었지만 쟌이 가르쳐 준 산보의 기본형이 막상 승부를 가릴 때 막강한 위력을 발휘한다는 것을 깨닫고 난 후론 쟌에 대한 존경심으로 그가 이전과는 다르게 보일 정도였다.

예선을 통과하지 못한 두 사람 중 한 사람은 전 대회 우승자인 기레스트를 만나 패배를 했고, 다른 한 사람은 재수없게도 동료와 만나 겨루다 패해서 탈락을 했다. 하지만 그들도 쟌이 가르쳐 준 기본형이 실전에서 얼마만한 위력을 발휘하는지 확실히 깨닫고 있었다.

물론 예전에 쟌에게 혹독하게 당할 때 그에게서 무엇인가를 배운다면 자신도 강해질 수 있을 것이라 막연하게 생각은 했었지만 막상 시합에서 사용을 해보니 기대 이상이었다.

그렇기에 쟌의 집합하라는 명령에 아무 소리도 하지 않고 집합한 것이다.

"지시 사항을 하달하겠다. 내일 벌어질 본선 1차전에 참가한 후 2차전은 모두 기권한다."

"이유를 알 수 있겠습니까?"

입을 연 사람은 토니 맥도웰이었다.

토니는 흑장미성의 지하에서 쟌에게 대들다가 제일 먼저 얻어맞고 기절한 인물이었다. 물론 그날 이후로 쟌의 강함을 존경하기는 했지만 그래도 아직까지 가장 반항적인 인물을 꼽으라면 단연 그였다.

아무런 말도 않고 쟌이 쳐다, 아니, 노려보자 토니는 찔끔한 표정으로 자신도 모르게 한 걸음 뒤로 물러섰다.

"이유? 이유는 무슨 이유, 내 마음이다. 불만있는 놈 있나? 있으면 언제든 이야기해라. 친절하게, 아주 친절하게 가르쳐 줄 테니까."

쟌의 말에 그 자리에 모였던 용병들은 일제히 토니를 째려보았다. 그렇지 않아도 언제 터질지 모르는 활화산 같은 인물이 쟌인데 왜 그런 자를 자꾸 자극하는 거냐는 기색이 역력했다.

"전력을 밝히지 말라는 수뇌부의 결정이다. 이상, 해산."

쟌의 말이 끝나자마자 용병들은 괜히 그에게 덜미를 잡혀 얻어터질까 봐 후닥닥 그 자리에서 벗어나려고 했지만 쟌의 말 한마디에 수포로 돌아갔다.

"잠깐."

불안한 심정으로 돌아서는데 쟌이 작은 주머니 하나를 꺼내 내미는 모습이 보였다. 전부 우물쭈물하는 동안 동료들의 살벌한 눈짓을 받은 토니가 어쩔 수 없이 나서 그 주머니를 받아야 했다.

"예선전을 치르느라 고생이 많았다. 얼마 되지는 않겠지만 술이라도 한잔하면서 그동안 쌓였던 피로를 풀도록. 이상."

그동안 무섭게 다그치기만 했던 쟌이 설마 자신들에게 돈을 주며 술을 마시라고 할 줄은 상상도 못했기에 멍하니 쟌의 얼굴을 쳐다보다 그와 눈을 마주치고는 깜짝 놀라 뒤로 황급히 물러섰다. 그런 용병들의 태도에 쟌의 표정이 굳어졌다.

"안 나가고 뭐 하는 거지? 나와 특별 훈련이라도 하고 싶나?"

"아, 아닙니다. 저희들은 이만 가보겠습니다, 마스터."

용병들은 쟌이 또 무슨 말을 할지 몰라 후닥닥 쟌의 거처에서 도망치듯 빠져나갔다. 올리비에도 토니들과 함께 쟌의 거처를 빠져나갔다. 마치 맹수에게 쫓기듯 달아나는 용병들의 모습을 바라보던 쟌은 피식 미소를 지었다.

"짜식들, 귀엽게 노는군."

"호호호, 이럴 때 보면 쟌은 세상 다 산 노인 같아요."

"그렇게 보여?"

"예."

"그럼 문젠데. 셸에게만은 그렇게 보이지 않았으면 했는데 말이야."

"모습이 그렇다는 것이 아니라 생각하는 것이 그렇다는 말이에요. 그리고 그런 당신은 내가 사랑하는 사람이고요."

"잠깐 이리 앉아봐."

쟌이 손으로 가리킨 곳은 자신의 허벅지였다. 잠시 얼굴을 붉히던 셸은 곧 조심스럽게 쟌의 허벅지 위에 앉았다. 그녀가 앉자마자 쟌은 그녀의 허리를 안고는 그녀의 품에 가만히 머리를 묻었다.

잠시 멈칫하던 셸은 곧 쟌의 목에 팔을 둘러 그의 머리를 꼭 껴안아주었다. 그리고는 그의 머릿결을 사랑이 담긴 손길로 천천히 쓸어주었다.

"하고 싶은 말이 있나요?"

"아니. 하지만 셸이 내 곁에 있어 너무 행복해. 셸을 내게 보내준 신을 만날 수 있다면 정말 고개를 숙여 감사드리고 싶을 정도로 말이야."

"그건 내가 하고 싶은 말이에요. 쟌을 만난 후 단 하루도 행복을 느끼지 않은 적이 없었어요. 지금도 물론 행복하고요."

"그런데 셸, 혹시 지금 원하는 일이나 꼭 하고 싶은 일 같은 것은 없어?"

"하고 싶은 일이나 원하는 일? 갑자기 그런 건 왜 물어요?"

"셸이 원하는 일이 있고, 또 그 일이 내가 해줄 수 있는 일이라면 해주고 싶어서야."

"원하는 거 없어요. 지금도 충분히 행복한데 여기서 뭔가를 더 바란다면 아마도 벌을 받을 거예요."

여전히 셸의 품에 머리를 묻고 있던 쟌은 셸의 말에 잠시 미소 짓더니 말을 이었다.

"그래도 바라는 일이 있을 것 아니야. 예를 들어 결혼식을 올리고 싶다거나 하는 것 말이야."

"결혼식?"

쟌의 말을 중얼거리던 셸은 쟌의 얼굴을 가만히 바라봤다.

엘프의 결혼식이라는 것을 쟌이 알고 그 말을 꺼낸 것인지는 알 도리가 없지만 갑자기 왜 그 말을 꺼낸 것인지 짐작이 되지 않았다. 엘프들의 결혼식은 인간들처럼 격식을 갖추고 복잡하게 치러지지는 않는다. 또 법적인 구속력을 가지고 있는 것도 아니지만 엘프들도 분명히 결혼식을 하기는 한다.

다만 만물이 소생하는 봄이나 모든 곡식이 영글고 과일들이 결실을 맺는 가을에 주로 결혼식을 올린다. 그것도 마을의 장로들과 친지, 그리고 친구 몇 명을 불러 그들 앞에 맹세하는 것이 결혼식의 전부였다.

"쟌, 결혼식을 올리고 싶어요?"

"아니. 내가 결혼식을 하고 싶다는 것보다는 셸이 그걸 원하지 않을 까 생각이 돼서 말이야."

"저라고 왜 그런 생각이 없겠어요. 제가 쟌의 여인이 되었다는 것을 사람들 앞에서 밝히는 것인데요. 하지만 당장은 시간이 없잖아요. 승계 전쟁이 끝난 후라면 또 모르지만 말이에요."

셸은 아무렇지도 않은 듯 입을 열었지만 희미하게 결혼식에 대한 열망이 어려 있는 것을 쟌은 느낄 수 있었다.

"그럼 결혼식 말고 정말 원하는 것 없어? 그게 뭐든 정말 해주고 싶어서 그래."

"정말 없어요, 쟌. 난 그냥 이렇게 쟌을 보고 있는 것 외엔 더 이상 바랄 게 없을 정도로 행복해요."

셸의 말에 그녀의 품에서 얼굴을 뗀 쟌은 빙그레 미소를 짓고는 천천히 그녀에게 키스를 청했다.

드디어 판클라치온 시합의 본선이 벌어지는 날.

지금까지의 시합도 흥미로웠지만 예선전에서 파란을 일으킨 몇몇 주인공들이 본선에서는 어떤 시합을 할지 관중들의 이목은 하나같이 판클라치온 시합장으로 집중되었다.

본선이 시작되기 전 예순네 명의 본선 진출자는 추첨을 통해 순서를 정했다. 긴장감이 이어지던 중 사람들의 환호성이 일제히 터져 나왔다. 전 대회 우승자인 기레스트 유로웰의 상대로 정해진 이가 바로 다

크호스인 쟌이었기 때문이다.

이전까지의 싸움 방식과는 너무나 달라 보는 사람으로 하여금 눈을 떼지 못하게 만드는 매력을 가진 쟌과 전 대회 우승자인 기레스트 유로웰의 싸움은 그야말로 빅 매치가 아닐 수 없었다.

쟌으로서야 어차피 64강전만 치르고 기권할 생각이었기 때문에 상대가 누구든 상관이 없었다. 하지만 전 대회의 우승자인 기레스트가 자신의 상대로 정해지자 어떤 실력을 가지고 있기에 우승을 했는지 그의 실력이 궁금한 생각도 들었다.

쟌이 딴전을 부리고 있는 사이 셀이 먼저 시합장에 들어섰다. 그러자 기다렸다는 듯이 우렁찬 관중들의 환호성과 응원이 터져 나왔다.

살짝 손을 들어 답례한 셀은 우선 상대를 살폈다.

탄탄해 보이는 근육과 가벼워 보이는 몸, 차분해 보이는 눈빛 등 결코 만만해 보이는 상대가 아니었다.

"이렇게 아름다운 분과 꽃과 시에 대해 이야기하는 것이 아니라 몸을 부딪쳐 싸워야 하다니 정말 유감이 아닐 수 없군요. 아참! 그리고 보니 제 소개가 아직 없었군요. 전 레드 와이번 기사단 소속 기사 레이지 타리아놉니다."

레이지가 가슴에 주먹을 댄 채 고개 숙여 인사를 했다. 아마도 이곳이 시합장이 아니었으면 무릎을 꿇고 그녀의 손에 키스했을 것이다.

"기사님이셨다니 조금은 의외군요. 저는 셀레니온느 가이야라고 해요. 가이야 부인, 혹은 마담 가이야라고 불러주세요."

"결혼하셨습니까? 부군이 누군지는 모르지만 마담 가이야 같은 분과 결혼할 수 있다니 정말 대단한 행운아시군요."

"별말씀을. 오히려 행운아는 저예요."

부럽다는 듯이 입을 열던 레이지는 자신이 오히려 행운아라고 말하는 셸을 보자 더욱 부러운 마음을 금할 수 없었다.

"그런데 성이 타리아노라면 혹시 근위기사단장이신……."

"저희 아버님을 아십니까?"

셸의 물음에 레이지의 눈이 커졌다.

"잘 안다기보다는 며칠 전 우연히 그분을 만나뵐 기회가 있어서 이름을 알고 있는 겁니다."

셸이 뜻밖에 자신의 아버지까지 알고 있자 레이지는 상대를 경시하던 마음을 고쳐 먹어야 했다.

아들인만큼 아버지인 켈리거를 누구보다 잘 알고 있다.

답답할 정도로 고지식한 성격 탓에 가족보다 오로지 황제 한 사람밖에 모르는 사람이었다. 그런 아버지를 만날 수 있을 정도라면 상당한 능력이 있지 않으면 어림도 없는 일이었다.

"그럼 슬슬 시작해 볼까요, 마담 가이야."

레이지의 말에 살짝 고개를 끄덕인 셸은 깊게 숨을 들이키고는 그와 싸울 준비를 했다. 지난 아홉 번의 싸움으로 셸은 자신의 장점과 단점에 대해 많은 생각을 했다.

이전에 마법이나 정령술로 싸울 때 상대와 손을 뻗으면 닿을 정도로 근접한 거리에서 싸울 일이 전혀 없었기에 어느 정도 거리를 두고 싸워왔었다. 그렇게 싸우는 것이 몸에 익숙해져 버린 탓인지는 몰라도 시합 도중에 자신도 모르게 상대와 일정 거리를 두려고 했던 적이 많았다. 하지만 판클라치온 경기에서는 그렇게 거리를 두는 것이야말로 자신에게 결정적으로 불리하게 작용한다는 것을 알면서도 좀처럼 고쳐지지 않았다.

자신에게는 짧은 거리에서 사용할 수 있는 타격기가 있으므로 어떻게든 상대의 품으로 뛰어들어 쟌이 가르쳐 준 급소를 타격해야만 했다.

비스듬히 서서 앙중맞은 주먹을 내밀고 있는 셀의 모습에 레이지는 저절로 미소가 지어졌지만 방심하지는 않았다. 이유야 어찌 되었든 그녀 역시 아홉 명의 패배자를 딛고 이 자리에 선 사람이 아닌가?

재빠르게 다가선 레이지는 셀을 향해 짧게 주먹을 휘둘렀다. 타격을 주려는 목적보다는 자신의 공격에 셀이 어떤 식으로 반응하는지 그것을 알고 싶었기 때문이다.

레이지의 주먹이 복부로 날아드는 것을 발견한 셀은 신속하게 뒤로 물러났지만 레이지의 공격은 끝난 것이 아니었다.

빠르게 다가온 레이지는 셀을 향해 계속 주먹을 날렸다. 비록 빠른 주먹은 아니었지만 강한 힘이 실려 있어 방어를 해도 그 방어를 뚫고 타격을 줄 정도였다.

다시 뒤로 피하려던 셀은 갑자기 생각을 바꿔 날아오는 레이지의 주먹을 향해 손을 뻗었다. 그리고는 레이지의 팔목 부분을 슬며시 힘을 주어 밀었다. 셀의 복부를 향해 날아들던 레이지의 주먹이 급격히 궤도를 틀더니 엉뚱한 곳으로 날아가 버렸다.

깜짝 놀란 레이지가 다시금 주먹을 날렸지만 역시 셀의 팔에 의해 궤도가 틀어졌다. 몇 번이나 더 주먹을 날렸지만 셀의 몸에 닿은 건 하나도 없었다.

열심히 주먹을 날리던 레이지로서는 정말 힘 빠지는 일이 아닐 수 없었다. 몇 번 더 주먹을 날리던 레이지는 여전히 셀이 너무나 자연스럽게 자신의 주먹을 막아내자 더 이상 공격하지 않고 뒤로 물러났다. 그러자 이번에는 셀이 레이지의 품 안으로 뛰어들었다. 그리고는 쟌에게 배운 대로 짧은 주먹을 레이지의 복부를 향해 빠르게 날렸다.

퍼퍼퍼퍽!

꽤나 둔탁한 소리와 함께 순식간에 십여 발의 주먹이 레이지의 복부에 작렬했지만 레이지 역시 어렸을 때부터 아버지에게서 혹독한 훈련을 받아왔기에 그리 큰 타격을 받지는 않은 것 같았다.

주먹에서 느껴지는 상대의 탄탄한 복근이 자신의 주먹을 튕겨내는 것을 느끼며 주먹으로 그에게 타격을 주기는 틀렸다는 것을 직감했다. 그런 생각이 들자마자 셀은 공격 방법을 바꿨다.

그녀가 상대에게 줄 수 있는 가장 강한 타격은 팔꿈치 공격이었다. 셀은 허리를 비틀어 생긴 힘으로 상체를 회전시켜 팔꿈치로 레이지의 가슴뼈가 만나는 곳의 바로 밑, 명치란 곳을 공격했다. 물론 쟌이 가르쳐 준 곳인데 그의 말대로라면 제대로만 맞으면 지옥이 생각날 정도로 지독히 고통스러운 급소라고 했다.

쟌이 말한 급소란 개념이 잘 이해가 되지는 않지만 셀은 그의 말을 절대 의심하지 않았다.

팔꿈치의 끝이 명치를 파고드는 순간 레이지는 숨이 막힘과 동시에 눈앞에 깜깜해지는 것을 느꼈다.

"컥!"

급박한 신음과 함께 레이지가 물러서는 것을 본 셀은 달려들며 몸을 회전시켰다.

잠깐 동안 호흡 곤란과 정신을 잃을 뻔했던 레이지는 재빨리 정신 차리고 전면을 바라보다가 순간적으로 멍한 표정을 짓지 않을 수 없었다. 셀이 자신에게 등을 보이고 있었기 때문이다.

절호의 기회라고 생각한 레이지는 지체없이 주먹을 뻗으려 했지만 셀의 공격이 먼저였다. 셀이 몸을 돌리는 순간 그녀의 팔꿈치가 다시 날아들었지만 같은 공격에 두 번 당할 레이지가 아니었다.

재빨리 고개를 숙인 레이지의 눈에 이상한 물체가 보였다.

퍽!

금방이라도 꺾어질 듯 뒤로 젖혀졌던 레이지의 머리가 원래의 위치로 돌아오자마자 기다렸다는 듯이 셀의 팔꿈치가 날아들었다.

퍽!

고개가 모로 꺾이는 순간 레이지는 눈앞이 하얗게 변했다.

털썩~

옆으로 쓰러진 레이지의 모습을 본 셀은 공격 방법을 바꿔 최고의 스피드로 상대의 품에 파고들기를 잘했다는 생각이 들었다.

"레이디 셀의 승리요!"

심판의 선언이 있기 전부터 관중들은 열광하며 환호성을 지르고 있었다. 잠시 얼굴을 붉히던 셀은 관중들에게 몇 번 손을 흔들어준 다음 시합장을 빠져나왔다.

셀에 이어 시합장에 들어선 사람은 올리비에였다.

자신을 향해 환호성을 터뜨리는 사람들에게 이젠 자신의 트레이드마크가 되어버린 알통 자랑을 선보였다. 그러자 관중석에 더욱 커다란 함성이 터져 나왔고, 그 함성에는 예외없이 여인들의 날카로운 함성이 섞여 있었다.

그런 올리비에를 눈꼴시다는 듯 바라보고 있던 상대편 사내는 큰 소리로 코웃음을 쳤다. 신성한 시합장을 광대의 공연장으로 만들어 버린 올리비에의 행동이 심히 눈에 거슬렸기 때문이다.

그제야 상대를 확인한 올리비에는 쭉 찢어진 눈에 얇은 입술, 군데군데 나 있는 상처를 보면 상대가 결코 평탄한 삶을 살지는 않았을 것이란 생각이 저절로 들었다.

상대의 태도에 기분이 상한 올리비에의 이마에 깊은 주름이 새겨졌다.

"방금 네가 콧방귀를 뀌었냐?"

"그렇다면."

"마지막이라 살살 대해주려고 했는데 스스로 무덤을 파는구나. 기꺼이 보답을 하지."

양손을 가볍게 흔들던 올리비에가 싸울 자세를 취하자 상대 사내 역시 싸울 준비를 했다. 그 역시 올리비에가 승승장구 상대를 무참하게 박살 내는 장면을 몇 번이나 본지라 잔뜩 긴장했다. 그 모습에 이번에는 올리비에가 코웃음을 쳤다.

'흥! 어깨에 힘만 잔뜩 들어간 꼬락서니하고는……. 하긴 나도 마스터를 만나기 전까지는 저랬을 테니 남을 욕할 처지는 아니지.'

자연스럽게 팔을 들어 올린 올리비에는 가볍게 제자리에서 뛰기 시작했다. 올리비에가 이전과는 다른 모습을 보이자 사내는 더욱 긴장하고는 전신의 근육을 팽팽하게 긴장시켰다.

그 모습에 올리비에는 비릿한 미소를 짓고는 천천히 사내의 주위를 돌기 시작했다. 사내가 자신과 마주 보려고 발걸음을 옮기려는 순간 사내 곁으로 재빨리 다가간 올리비에는 사내의 코를 향해 빠르게 짧은 끊어 치기를 뻗어냈다.

슈슈슉~

주먹이 바람을 가르며 날아드는 소리에 사내는 순간적으로 움찔하곤 뒤로 물러나려고 했다. 하지만 올리비에의 주먹은 상상을 초월할 정도로 빨랐다.

퍼퍼퍼퍽~

머리가 사정없이 흔들리는 와중에도 사내는 올리비에의 오른 주먹이 날아드는 것을 확인하고는 황급히 뒤로 물러섰다. 하지만 최초 목표였던 코는 이미 얻어터진 후라 코피가 흐르고 있었다.

올리비에는 설마 사내가 자신의 짧은 끊어 치기에 얻어터지는 와중에도 자신의 공격을 계속 보고 있었을 줄은 미처 예상하지 못했다. 시합을 끝낼 수 있는 회심의 일격이 빗나가자 입맛을 다시던 올리비에는 계속해서 뛰면서 사내의 주위를 맴돌았다.

조금이라도 거리가 가까워진다 싶으면 사정없이 올리비에의 주먹이 날아들었다. 처음 보고 피하면 되겠지 하던 생각은 이미 사라진 지 오래였다.

물론 상대의 공격권 밖으로 피하면 맞지 않아도 되지만 그렇게 되면 자신 역시 공격을 할 수 없으니 그야말로 진퇴양난이 아닐 수 없었다. 몇 번이나 주먹을 휘둘러 보았지만 올리비에는 그야말로 얄미울 정도로 잘 피했다.

화가 나 무모하다고 할 정도로 공격을 해보기도 했지만 돌아온 것은 올리비에의 쇠뭉치 같은 주먹세례뿐이었다. 두 팔로 상체를 방어하는 수밖에 별 도리가 없었다.

계속해 끊어 치기를 시도하던 올리비에는 이렇게 해서는 결정적인 타격을 줄 수 없다는 생각에 끊어 치던 주먹을 늘어뜨렸다가는 사내의 옆구리를 향해 힘껏 휘둘렀다.

퍽!

"크윽!"

손에 뭔가 부서지는 느낌이 있는 것으로 봐서는 갈비뼈가 하나나 둘 정도 박살 난 것 같았다. 옆구리를 움켜쥐고 물러서는 사내를 따라붙으며 그의 얼굴을 향해 힘껏 주먹을 날렸다. 이때만큼은 자신에게 남은 힘을 사용해 파괴해야만 할 상대라고 생각하고는 마치 해머처럼 주먹을 휘둘렀다.

퍽! 퍽! 퍽!

마치 도끼로 나무를 찍듯 무자비하게 휘두르는 올리비에의 주먹질에 사내의 얼굴은 엉망으로 일그러졌다. 물론 얼굴을 노리고 휘두른 주먹이기는 했지만 그냥 스치듯 어깨를 맞아도 팔 전체가 쩌릿쩌릿할 정도로 엄청 강한 타격이었다.

사내의 고개가 고통을 견디지 못하고 쳐 들리는 순간 올리비에의 주먹이 작렬했다.

퍽!

맞는 순간 정신을 잃어버린 사내의 몸은 거의 5미터 밖으로 날아가 뒹굴었다. 그 모습에 관중들은 일제히 환호성을 터뜨렸다.

올리비에의 시합은 언제나 보는 사람의 가슴을 속 시원하게 만드는

묘한 매력이 있었다. 게다가 폼이 좀 기묘하기는 하지만 엄청난 스피드와 파괴력을 가졌기에 일부 참가자들 가운데 일부는 벌써 그의 폼을 따라 하고 있는 상황이었다.

하지만 바로 그 점이 올리비에를 어리둥절하게 만든 것이었다. 그렇게도 보는 눈이 없는지 쟌이 싸우는 모습에서 뭔가를 배울 생각하지 않고 왜 자신이나 셀의 싸우는 모습을 따라 하는 것인지 전혀 이해가 되지 않았다.

하지만 그 이유는 나중에서야 알게 된 것인데, 팔꿈치나 무릎 등 관절을 이용하는 셀의 공격이나 주먹만을 사용해 싸우는 자신의 공격은 따라 하기도 쉽고 또 배우기도 간단하지만 쟌의 싸움은 전혀 성격이 달랐다.

우선 발을 사용하는 것도 그렇지만 보는 사람의 눈을 의심할 만큼 빠른 스피드도 용병들로서는 따라 하기에 불가능한 일이었다. 이해가 되지 않는 관절기도 이상했지만 상대를 등 뒤에서 껴안아 뒤로 메치는 '백드롭'이라고 명명된 괴상한 기술이나 팔을 잡아 집어 던지는 '업어치기'는 보는 사람의 눈을 의심케 만들기에 충분한 기술이었다.

결국 셀과 올리비에의 기술은 충분히 눈으로 보고 따라 할 수 있는 기술이었지만 쟌의 기술은 오랜 시간 동안 충분히 시간을 두고 익힌 사람이 아니면 따라 할 수도 없는 특수한 기술이라는 것이었다.

하여간 셀과 올리비에가 승리를 거둔 후 얼마 되지 않아 쟌의 차례가 되었다.

관중들은 이 작은(?) 청년을 주시하지 않을 수 없었다.

보통 체격에 불과한 그가 지금껏 싸워온 상대는 대부분 전 대회에서 준우승을 하거나 4강, 8강 진출자가 대부분이었다. 그런 상대를 맞아 만약 쟌이 승리를 거두더라도 고전했더라면 사람들은 그에 대한 관심이 지금처럼 지대하지는 않았을 것이다. 그러나 쟌은 그런 상대를 한 방으로 꺾거나 아니면 지금껏 듣도 보도 못한 괴상한 기술을 사용해 간단하게 상대를 기절시켜 승리를 거둔 것이었다.

사람들의 예상을 깨고 그는 가볍게 예선을 통과했고 이제는 전 대회 우승자인 기레스트를 만난 것이다. 관중들은 그 두 사람이 대체 어떤 식으로 싸울지 너무나 궁금해했다.

기레스트가 전 대회에서 보여준 모습이 너무나 강렬했기에 관중들 대부분은 지금까지 그가 싸우던 모습을 잊어버리지 못하고 있었다.

시합장 안으로 들어선 기레스트는 쟌의 아래위를 훑어보았지만 아무리 봐도 그에게선 강하다는 느낌을 전혀 느낄 수 없었다. 하지만 그가 싸우는 모습을 기레스트도 몇 번이나 봤지만 매번 상상도 못했던 방법으로 승리를 거두는 것을 보고 그도 깜짝 놀라지 않을 도리가 없었다.

시합을 마친 후 쟌이 상대를 꺾은 방법을 연구해 보기도 했지만 어설프게 따라 할 수 있을 정도의 기술은 아니었다.

예를 들어 발차기만 하더라도 그랬다.

간단한 듯 보여도 막상 해보니 중심 잡기가 보통 어려운 것이 아니었다. 게다가 공격 궤도 역시 쟌처럼 자유자재로 바꿀 수 없었다. 그렇게 간단해 보였던 발차기조차 수없이 반복하지 않으면 쟌처럼 빠르고 강력한 발차기는 불가능한 것이었다.

이상한 관절 기술과 괴상한 차기 기술을 가지고 있는 청년.

그의 출신이 어딘지 상당히 궁금했지만 그를 꺾는 것이 우선이었다. 하지만 그가 어떤 식으로 나올지 알아야 그에 대한 대비도 가능한 것인데 지금까지 매번 다른 식으로 상대를 꺾은 쟌이기에 기레스트로서는 그가 어떻게 나올지 짐작도 되지 않았다. 하지만 자신이 질 것이란 생각은 또한 하지 않았다.

심판의 개시 신호에도 두 사람은 꼼짝하지 않고 서로를 노려보고 있었다. 관중들 역시 숨을 죽인 채 두 사람의 모습에서 눈을 떼지 않았다.

한동안 서로를 노려보던 두 사람은 누가 먼저라고 할 것도 없이 천천히 원을 그리며 발걸음을 떼어놓았다.

쟌은 기레스트에게서 기의 흐름을 느낄 수 있었다. 그가 어떤 방법을 사용했기에 마나를 체내에 갈무리할 수 있었는지는 모르지만 언뜻 느껴지는 마나의 양은 상당한 것이었다. 지금까지의 상대들과는 확연히 다르다는 것을 제삼 확인하면서 쟌은 어떤 식으로 그를 상대할 것인가 생각했다.

이건 폼이 안 나, 저건 멋이 없어 이런 식으로 생각을 거르다 보니 별로 생각나는 것이 없었다. 어떻게 상대할 것인가 쟌이 고민하는 동안 기레스트의 공격이 시작되었다. 하지만 의외로 기레스트의 공격은 정직했다.

복부를 향해 날아드는 기레스트의 주먹을 막아내려던 쟌은 날아오는 주먹 주위에 아른거리는 마나의 아지랑이를 곧 발견할 수 있었다. 위력이 얼마나 될지는 모르지만 일단 부딪치는 것은 피하기로 했다.

쟌이 재빨리 뒤로 물러섰지만 그런 쟌의 후퇴를 예상하기라도 한 듯 기레스트는 쟌의 곁으로 따라붙으며 여전히 복부를 향해 주먹을 휘둘렀다. 여전히 그의 주먹에는 아지랑이 같은 것이 어려 있었다.

더 이상 물러서는 것을 포기한 쟌은 왼손에 마나를 불어넣고는 날아오는 기레스트의 주먹을 막았다.

쾅!

도저히 사람의 팔과 팔이 부딪쳐 나는 소리라고는 믿을 수 없을 만큼 커다란 소리가 두 사람 사이에서 울려 퍼졌다. 세찬 바람이 두 사람 주위를 휩쓸고 지나갔다.

기레스트는 자신의 공격을 막아낸 쟌을 보고 깜짝 놀랐고, 자신의 예상보다 훨씬 강한 기레스트의 공격에 쟌 역시 놀라고 있었다. 비록 단순한 공격이긴 했지만 기레스트의 공격은 상대의 반응까지 염두에 둔 공격이었기에 피하는 것은 고사하고 막는 것이 고작이었다.

'역시 마나를 이용해 공격하는 법을 아는군. 그렇다면 나도 공격을 해볼까.'

단전에 힘을 주는 순간 쟌의 오른발은 십여 개로 늘어나 기레스트의 얼굴과 옆구리로 날아갔다. 막상 쟌이 그 수법으로 상대를 이기는 모습도 봤고, 자신이 연습해 보기도 했지만 막상 눈으로 직접 보니 그야말로 현기증을 느낄 정도로 현란하기 그지없었다.

물론 쟌이 아닌 다른 사람이 그런 공격을 했다면 일일이 막아냈겠지만 쟌의 공격은 도저히 막을 엄두가 나지 않았다. 그러다 보니 두 팔로 상체로 가린 채 몸을 잔뜩 웅크린 채 타격을 최대한 줄이는 수밖에 없었다.

퍼퍼퍼퍽!

쟌의 발이 기레스트의 상체에 꽂힐 때마다 기레스트의 몸이 사정없이 흔들렸다. 발 공격이 끝나자마자 다시 쟌의 주먹이 날아들었다.

십여 개의 주먹이 날아드는 모습에 기레스트는 다시 몸을 웅크릴 수밖에 없었다. 양쪽 어깨에 전해지는 충격에 기레스트는 이를 악물고 참는 수밖에 다른 방법이 없었다. 그러는 동안에도 기레스트는 기회를 노렸고, 쟌의 공격이 끝났다고 느끼는 순간 그는 힘차게 주먹을 날렸다.

기레스트의 주먹이 쟌의 복부에 꽂히려는 순간, 쟌의 몸이 마치 유령처럼 뒤로 물러섰다. 기레스트가 막 따라붙으려는 순간 지면을 박찬 쟌은 공중에서 몸을 비틀어 회전시키고는 기레스트의 머리를 발로 공격했다.

기레스트의 팔에 가로막힌 쟌은 공중에서 몸을 틀어서는 다시금 상대의 가슴을 향해 발을 날렸다. 설마 그런 식의 공격이 가능할 줄은 상상도 못했기에 이번만큼은 기레스트로서도 막아낼 수가 없었다. 깜짝 놀란 기레스트는 황급히 자신의 가슴에 마나를 집어넣었다.

쾅!

사람의 발과 가슴이 부딪친 소리라고는 믿을 수 없을 만큼 커다란 소리가 울려 퍼졌다. 충격으로 인해 몇 미터나 뒤로 물러난 두 사람은 서로를 바라보며 속으로 상대에 대해 감탄을 금치 못하고 있었다.

기레스트는 레드 와이번 기사단의 부단장으로 검술 솜씨만 따져도 단장인 바렌 백작에 비해 결코 떨어지지 않는다고 알려져 있었다. 다른 기사들에 비해 마나에 대한 친화력이 뛰어났던 기레스트는 훨씬 빠른 진전을 보였고, 비교적 스물 몇 살의 젊은 나이에 소드 마스터에 근접하는 실력을 가지게 되었던 것이다.

그런 마나의 친화력 때문에 마나를 신체의 각 부분으로 보내는 방법을 우연히 깨닫게 되었고, 해서 시험 삼아 참가한 판클라치온 시합에서 그는 너무도 간단히 우승을 차지하게 된 것이었다.

그런 상황에서 3년이나 지난 지금 기레스트는 더욱 단련했기에 자신의 우승을 전혀 의심치 않은 것인데 설마 본선 1차전에서 이런 강적을 만나게 될 줄은 상상도 못했다.

쟌 역시 기레스트가 마나를 이용할 줄 안다는 것을 알고 있었지만 이렇게 능숙하게 사용할 줄은 상상도 못했었다. 물론 자신의 공격에 어느 정도 타격을 받기는 했겠지만 크나큰 타격을 주기는 힘들 것이라는 생각이 들었다.

그 생각이 드는 순간 쟌은 자신도 모르게 왼발에 힘을 주고는 오른손바닥을 펴 상대의 가슴을 향해 뻗었다.

주먹도 아닌 손바닥으로 쟌이 공격하자 기레스트는 의아한 생각이 들었지만 무의식 중에 가슴 부분에 마나를 보내 가슴을 보호하도록 했다.

펑!

충격이 전해지는 순간 기레스트는 뭔가 잘못되었다는 것을 직감했다. 자신의 예상보다 훨씬 강하고, 넓은 부분에 강렬한 타격이 전해진 것을 느낀 것이다.

다리에 힘을 주어 버티려고 했지만 이건 버티고 자시고 할 정도의 힘이 아니었다. 중앙에 전달된 타격은 심장을 뚫고 지나가는 듯 느껴졌고, 나머지 부분은 거역할 수 없는 막강한 힘이 전신을 밀어내는 듯 느껴졌다.

때문에 기레스트는 본인 의사와는 상관없이 거의 몇 미터 이상을 물러나야만 했다.

겨우 정신을 차린 기레스트는 조금 전 쟌의 공격이 혹시 마법 공격이 아닌가 의심했다. 하지만 통상적인 마법 공격과는 뭔가 달라도 한참 달랐다.

　　일반적으로 마법 공격이 특정 부위, 그러니까 머리 혹은 가슴 부위를 노리는 데 반해 쟌의 공격은 분명 전신으로 느낄 수 있었다. 그러면서도 타격의 중심을, 그러니까 가슴 부분의 타격을 확실히 느낄 수 있었다.

　　마법 공격은 공격 대상의 몸에 닿으면 폭발을 하는 것이 대부분이었다. 하지만 쟌의 공격은 그런 마법 공격과는 다른 뭔가가 있었다.

　　"치사하게 마법을 사용했다!"

　　"마법사다!"

　　"이 시합은 무효다!"

　　관중들의 고함 소리와 쟌을 비난하는 함성 소리로 장내는 떠나갈 듯했다. 하지만 그런 관중들의 태도에도 쟌은 태연하기만 했다.

　　그런 쟌의 모습에 로열석에 앉아 있던 퀘헤리건은 고개를 갸웃거렸다.

　　일전에 쟌과 만났을 때 그의 부인인 셀은 정령술과 마법을 익혔지만 그는 순수한 타격기만 익혔다고 하지 않았는가? 그렇다면 조금 전의 그 공격은 대체 뭐란 말인가? 또 너무나 태연한 표정을 짓고 있는 쟌의 태도는 뭔가?

　　좀처럼 진정을 하지 못하는 관중들 때문에 킬라우림 스타디움은 극도의 혼란스러움에 빠졌다. 금방이라도 폭동을 일으킬 것 같았던 관중들을 진정시킨 사람은 황제가 아니라 오히려 기레스트였다.

　　그가 관중석을 향해 손을 번쩍 치켜들자 중구난방으로 떠들어대던 관중들은 일제히 입을 다물었다. 그러자 조금 전까지만 하더라도 난장판이던 킬라우림 스타디움이 순식간에 공동묘지처럼 조용해졌다.

관중들이 모두 입을 다문 채 자신을 주시하는 것을 느꼈지만 기레스트는 자신이 묻고 싶었던 것을 질문했다.

"조금 전 그 공격은 뭔가?"

"귀하도 내가 마법을 사용했다고 생각하오?"

쟌의 반문에 기레스트는 쟌의 얼굴을 유심히 살피며 대답을 했다.

"정확하게는 모르겠지만, 왠지 통상적인 마법 공격과는 다른 것이 느껴지더군. 하지만 견문이 부족한 탓인지 확신은 못하겠네. 대답을 해주겠나?"

"만약 내가 아니라고 대답한다면?"

"자네의 말을 믿겠네."

기레스트가 너무나 간단히 대답하자 이번에는 쟌의 눈매가 가늘어졌다.

"정말 내 말을 믿겠단 말이오?"

"지금까지 자네가 보여준 모습만 하더라도 우리의 맨손 격투기와는 사뭇 다른 무술을 익힌 것 같더군. 우리로서는 상상도 할 수 없는 경지가 있을지 모르지. 자네가 조금 전 보여준 것이 바로 그 경지이고 말이야."

의외로 편협하지 않은 기레스트의 태도에 쟌은 상대에게 호감을 느꼈다.

"아마도 귀하는 공격할 때 주먹에 마나를, 방어할 때는 팔이나 전신에 자연스럽게 마나를 보내 몸을 보호할 것이오. 그렇지 않소?"

쟌의 지적에 깜짝 놀란 사람은 기레스트뿐만이 아니었다. 관중들은 물론 황제를 비롯한 귀족들, 기사들, 용병들까지 놀라지 않은 사람이 없었다.

"정말 그게 가능한 일인가, 타리아노 단장?"

"송구하옵니다, 폐하. 방금 저 청년이 말한 대로 마나를 보내본 적은 없지만 무기를 사용할 때 무기에 마나를 보내본 적은 있사옵니다. 그렇게 하면 무기의 예리함이나 파괴력이 비약적으로 늘어나기 때문에 마나를 이용할 줄 아는 기사라면 누구든 그 방법을 사용하고 있사옵니다."

켈리거의 설명을 들은 후 쾌혜리건은 쟌이 대체 그 방법을 어떻게 알았을까 하는 생각이 들었다. 그리고 방금 켈리거의 대답대로라면 설사 맨손이라 하더라도 상대를 겁낼 필요가 전혀 없지 않은가?

"그, 그렇네. 그런데 그걸 어떻게 알았나?"

"후후후, 나 역시 그런 방법으로 싸웠기 때문에 잘 알고 있는 것이오. 미안한 이야기지만 귀하보다는 체계적인 훈련을 받았기에 훨씬 능숙하게 사용할 수 있는 것이오. 또 귀하로서는 상상할 수도 없는 갖가지 공격도 가능하오. 몸속의 마나를 통제해 특정 부분을 강하게 만들 수 있다면 좀 더 나아가 그 마나를 밖으로 꺼내어 공격하는 것이 불가능할 것 같소?"

"그, 그렇다면…… 자네는 마나를 인위적으로 뽑아 공격하는 것이 가능하단 말인가?"

쟌의 설명에 기레스트는 충격을 받은 듯 얼굴이 허옇게 변했다. 기레스트의 반문에 쟌은 그저 담담한 미소를 짓고 있을 뿐 아무 대답도 하지 않았다.

두 사람의 대화에 충격을 받지 않은 사람은 일반인과 프리스트들밖에 없었다. 한 번이라도 검을 잡아본 사람들은 이들이 지금 무슨 대화를 나누고 있는지 알고 있었다. 하지만 결코 자신들이 경험해 보지 못한 엄청나게 높은 수준에 대한 이야기였다.

마나조차도 경험해 보지 못한 사람이 어떻게 마나를 움직일 수 있으며 그 마나를 특정 부위에 보내 공격하고 방어할 수 있단 말인가? 기레스트의 경지만 하더라도 경험해 본 사람이 제국의 3대 기사단에서 몇 명 되지 않을 것이다. 하물며 쟌의 경지는 말할 필요도 없었다.

그런 쟌을 바라보는 퀘헤리건의 눈에는 쟌에 대한 욕심으로 번들거리고 있었다.

곰곰이 뭔가를 생각하던 기레스트는 곧 결심한 듯 심판에게 다가갔다. 대체 무슨 말을 했는지 깜짝 놀라는 심판의 표정에 관중들은 궁금해 미칠 것 같았다.

"기레스트 유로웰님이 기권을 하셨소. 이번 승부의 승자는 쟌 가이야요!"

"사기다!"

"유로웰님, 어서 저 애송이를 박살 내버리십시오!"

"틀림없이 마법을 사용했다!"

관중석이 다시 소란스러워지자 기레스트가 손을 번쩍 들었다. 그리고는 큰 소리로 자신의 생각을 이야기했다.

"관중 여러분! 조금 전에도 이야기했지만 이번 시합은 저의 패배입니다! 부끄러운 모습을 보이기 싫어 기권을 했지만 제가 가진 힘으로 이 청년을 상대하기는 무리가 아닐 수 없습니다. 조금 전에도 이 청년이 기기묘묘한 공격을 했을 때 저로서는 상당한 충격을 받지 않을 수 없었습니다. 이 청년과 저의 차이는 소드 마스터와 검술 훈련생이 대련하는 것만큼이나 차이가 난다는 것을 인정하지 않을 수 없습니다. 그러니 이 청년이 결코 마법을 사용하지 않았다는 것을 믿어주십시오. 전 이 청년을 만나 새로운 경지를 본 것만 해도 더할 나위 없이 기쁩니다. 판클라치온을 사랑하는 국민 여러분! 여러분도 보셨겠지만 저 청년을 비롯해 몇몇 강자들이 이전과는 전혀 다른 강함으로 시합에 참가를 했습니다. 앞으로 판클라치온 시합은 더 더욱 강한 자들이 참가할 것이고, 그만큼 우리 트레슈나 제국은 더욱 강해질 겁니다!"

"와~ 유로웰님 만세!"

"비록 기권을 했지만 당신은 정말 강한 분입니다!"

"트레슈나 제국 만세!"

"황제 폐하 만세!"

기레스트의 말이 기폭제가 된 듯 관중석은 금세 환호성으로 뒤덮였다.

그 모습에 흡족한 듯 고개를 끄덕이던 기레스트는 쟌에게 다가갔다.

"오늘 자네를 만나 정말 많은 것을 배웠네. 기회가 닿는다면 따로 만나 가르침을 청하고 싶군. 그렇지 않아도 궁금한 것이 많았거든."

"귀하라면 나도 좋소."

쟌의 대꾸에 흡족하듯 미소를 짓는 기레스트.

하지만 기레스트는 자신의 말이 그렇게 금세 실현될 줄은 상상도 못했을 것이다.

42장
판클라치온 5

본선 2차전이 벌어지는 날,

관중들은 뜻하지 않은 소식에 일제히 분통을 터뜨렸다.

본선 1차전을 통과했던 사람들 가운데 자그마치 열 명이나 되는 사람들이 이유도 밝히지 않은 채 돌연 기권을 해버린 것이었다.

가장 대표적인 인물을 꼽으려면 역시 쟌과 셀이었다.

갖가지 사건이란 사건은 혼자 다 일으켜 놓고 갑자기 기권이라니? 그렇다면 뭐 때문에 본선까지 진출했단 말인가? 전 대회 우승자인 기레스트에게서 기권까지 받아낸 인물이 갑자기 기권을 해버리다니⋯⋯ 이거야말로 정말 천인공노할 만행이라고 하지 않을 도리가 없었다.

게다가 기권을 하려면 혼자나 하지 잘 싸우고 있던 셀은 왜 못 싸우게 만든단 말인가? 본선의 홍일점으로 수많은 남성들의 가슴을 설레게

했던 셀의 모습을 볼 수 없다는 것만으로도 관중들을 두 번 죽이는 것이었다.

물론 관중들도 셀이 쟌의 아내라는 소문 정도는 이미 듣고 있었다. 그러나 관중들의 연인이 되어버린 지금 그녀의 모습을 볼 수 없다는 것은 판클라치온 시합에 대한 관심을 어느 정도 떨어지게 만들기에 충분했다.

뜻하지 않은 관중들의 소요에 대회의 진행을 맡고 있던 요한슨의 등에서는 식은땀이 흐르지 않을 도리가 없었다.

이 대회는 지방에서 마을의 진흥과 발전을 위해 여는 작은 축제 따위가 아니다. 황제까지 지켜보고 있는 자리에서 관중들의 소요라니…….

황급히 병사들을 풀어 관중들을 진정시키면서 문제의 인물들을 본부석으로 소환하기로 결정했다.

킬라우림 대회의 조직위원회를 구성하고 있는 인물은 백작인 자신과 자작 하나에 남작 셋이 원활한 진행을 위해 머리를 쥐어짜고 있었는데 당황하기는 그들 역시 마찬가지였다.

"뭣들 하는 거요? 기권한 용병들을 빨리 불러오시오."

"저어, 그게…….

미적거리는 남작의 태도에 요한슨의 이마에 굵은 혈관이 솟구쳤다.

"무슨 문제라도 있소?"

"지금 연락이 가능한 용병은 두 명밖에 없습니다."

"뭐라고! 나머지는?"

"기권한 용병들은 아예 시합장에 나타나지도 않았습니다."

부하의 보고에 망연자실한 표정을 짓던 요한슨은 인원 점검을 위해 곧 정신을 차리고 일일이 이름을 확인했다. 기권한 용병들과 무슨 연관이 있는지는 모르지만 쟌과 셸은 다행히도 시합장에 모습을 드러내고 있었다.

"그렇다면 이들 두 사람이라도 불러오시오."

"저어, 그게……."

"이번엔 또 뭐가 문제요?"

"근위기사단장이신 타리아노 단장께서 조금 전 연락을 보내셨는데 그 두 사람은 기권한 것으로 처리를 하라는 황제 폐하의 말씀이 있으셨답니다."

"황제 폐하께서?"

"그렇습니다. 빠진 자들을 모두 기권한 것으로 처리하고 빨리 남은 대회를 진행시키라 말씀하셨답니다."

"대체 뭐가 어떻게 돌아가는 거지?"

재빨리 정신을 차린 요한슨은 사태를 수습하기 위해 궁정 마법사의 도움을 받아 관중들에게 그들의 기권한 사실을 알렸다.

"자자~ 조용히 해주십시오. 본선 1차전을 통과했던 용병들 가운데 일부 부정이 있는 것을 확인했기에 그들을 강제로 기권시켰음을 알려드리겠습니다. 또한 기권된 자의 조 상대 선수들은 모두 부전승으로 처리했음을 알려 드립니다. 이 모든 것은 영명하시며 존엄하신 황제 폐하의 황명이라는 것을 다시 한 번 알려 드립니다."

한동안 시끌벅적하던 킬라우림 스타디움은 차차 진정이 되는 듯 보였다. 그러나 정작 문제를 일으킨 당사자는 태연하게 자신의 연인과

딱 달라붙어서 담소를 나누고 있었다.

"그런데 왜 렌죠님은 계속 싸우게 한 거죠?"

"얼마나 훈련을 잘하고 있었는지 보고 싶어서. 게다가 올리비에가 판클라치온 시합에서 좋은 성적을 거두면 다른 용병들도 훈련에 더욱 힘을 내지 않겠어?"

"그렇겠군요."

고개를 끄덕이는 셸의 모습은 정말 보는 사람의 눈이 어지러울 정도로 아름다웠다. 특히 라이트 레더를 벗고 화사한 여행자 복장을 한 그녀의 모습은 여신이 지상에 강림한 것이 아닐까 하는 착각이 들 정도였다.

남보다 잘 할 줄 아는 것은 싸움밖에 없는 자신 같은 녀석이 그녀를 아내로 맞이할 수 있다는 것이 쟌에게는 도저히 믿어지지 않는 현실이었다.

쟌이 한동안 자신에게서 눈을 떼지 않자 셸은 고개를 돌려 쟌을 쳐다봤다. 자신의 얼굴에 취한 듯 멍하니 바라보는 그의 모습에 셸의 두 볼이 금세 붉게 물들었다.

"쟌, 뭘 그렇게 보고 계세요? 제 얼굴에 뭐라도 묻었나요?"

"아름다움, 사랑스러움, 맑고 투명한 느낌, 그리고 보고 있기만 해도 행복해지는 기분이 셸의 얼굴에 가득 묻어 있어."

쟌은 여전히 멍한 표정으로 햇살 아래 빛나는 셸의 얼굴을 바라보았다. 평소에는 하지 않던 갖가지 미사여구를 늘어놓는 쟌의 말에 셸의 얼굴은 더욱 붉어졌다.

"경국지색, 월궁항아, 침어낙안, 단순호치, 폐화수월……."

자신이 아는 갖가지 미사여구를 모두 붙여봐도 셸의 아름다움을 표현하기에는 무리가 아닐 수 없었다.

쟌이 방금 중얼거린 말은 대한제국 말이었는데 글자는 알 수 없어도 그 단어들 모두가 여인의 아름다움을 표현할 때 사용하는 말이라는 것은 알아들을 수 있었다.

"쟌, 이제 그만 하세요."

"응? 뭐라고?"

"부끄러우니 이젠 그만 하세요."

"셸, 이건 셸을 놀리려고 하는 말이 아니야. 지금 셸의 모습은 정말 너무나 아름다워."

변명하듯 당황한 표정으로 급히 말하는 쟌의 태도에 셸은 갑자기 웃음이 나왔다.

"저도 잘 알아요. 그리고 행복해요."

셸은 쟌의 손을 잡은 손에 힘을 주어 자신의 마음을 표현했다. 그러는 사이 올리비에의 시합 순서가 돌아왔다.

올리비에의 상대는 올리비에와 거의 비슷한 체격의 40대 초반으로 보이는 사내였다. 라이트 레더 밖으로 드러난 굵은 팔에는 힘차게 나는 독수리가 문신되어 있었다.

그 문신을 보는 순간 올리비에는 절대 잊을 수 없는 한 인물이 떠올랐다.

"블랙 이글 세리스 볼칸?"

"후후후, 우승 후보께서 이렇게 미천한 용병을 다 알아보시다니…… 이렇게 황송할 데가 있나."

조롱기 가득한 미소를 지으며 입을 여는 세리스의 태도에 올리비에의 얼굴도 삽시간에 딱딱하게 굳어졌다.

그도 그럴 것이 이들 두 사람의 악연은 거의 10년 전부터 시작되었다. 당시 올리비에는 군대를 무단으로 탈영해 막 산적 무리의 막내로 들어갔을 때였다. 그때 이미 세리스는 산적단의 중간 두목을 지내고 있었다.

운명의 장난인지 아니면 재수가 없으려고 그랬는지 올리비에는 세리스의 부하가 되어 어쩔 수 없이 그의 명령을 받아야만 하는 처지가 되었다. 처음에는 별문제가 없는 듯 보였지만 곧 두 사람은 성격상 사사건건 부딪치게 되었다.

올리비에도 산적단이 무엇을 하는 집단이라는 것 정도는 알고 들어갔다. 그러나 세리스의 행동은 올리비에로서는 도저히 참을 수 없게 만드는 점이 한두 가지가 아니었다.

무기를 든 상대를 죽이는 것은 자신의 생명을 보호하는 차원에서 그럴 수 있다고 하더라도 무기를 들 힘도 없는 노인이나 어린아이들을 무참히 죽일 때는 정말 참을 수 없었다. 게다가 그에게 걸린 여자는 곱게 보내진 적이 단 한 번도 없었다.

세리스 패거리가 휩쓸고 지나간 마을은 그야말로 시체가 산처럼 쌓였고, 여인들의 통곡 소리로 귀가 따가울 정도였다. 어쩌다 한 번 그런 것이라 할지라도 용서할 수 없는 일인데 세리스는 가는 곳마다 그런 만행을 자행했고, 여인과 어린아이들을 사로잡아 노예로 팔아 자신의 부를 축적한 인간이었다.

그때마다 올리비에가 격렬하게 항의했지만 세리스에게는 씨도 먹히지 않았다. 오히려 돌아온 것은 집단 구타뿐이었다. 세리스와 함께 다니는 동안 그의 부하들 역시 그에게 물들어 더하면 더했지 덜한 인간은 한 명도 없었던 것이다.

결국 세리스의 만행에 제국에서 토벌대가 파견되었고, 1년이 넘게 치열한 전투를 치르게 되었다. 하지만 그 전투에서 천 명에 육박하던 산적들은 대부분 목숨을 잃게 되었고, 올리비에 역시 토벌대를 피해 도망치게 되었다. 그런 과정에서 알게 된 사실인데 동료들을 배신하고 토벌대에게 산채의 문을 열어주어 산적단을 무너지게 한 결정적인 역할을 한 것이 바로 세리스였다는 것이었다.

그 사실만 하더라도 올리비에가 분노하게 만든 것은 말할 필요도 없었는데 그를 더욱 기막히게 만든 것은 제국의 편에선 세리스가 그들의 지원을 받아 수십 명의 용병으로 구성된 바운티 헌터 단체를 만들었다는 것이었다. 그것도 과거 동료들을 잡아 제국에 넘기기 위해서 말이다.

분노를 참지 못한 올리비에가 몇 번의 기습으로 노리기는 했지만 꾀많은 여우처럼 매번 그의 기습을 피했다. 결국 힘을 키우기로 결심한 올리비에는 제국을 떠나 바리타스 왕국으로 와서 과거 산채의 이름을 따 블랙 팔콘단을 만들었다.

그런데 바로 그 장본인을 이런 곳에서 만나게 되었으니 어찌 웃음을 지을 수 있겠는가? 아직도 올리비에의 눈에는 불에 타오르던 산채의 모습이 선했다.

우두둑~

말아 쥔 올리비에의 주먹에서 살벌한 소리가 흘러나왔다. 동시에 그의 눈에서는 시퍼런 살기가 흘러나오기 시작했다.

"흐흐흐, 지금도 네놈 생각을 하면 자다가도 벌떡 일어날 정도인데 이런 곳에서 만나다니…… 네놈의 목숨도 오늘로서 끝이라는 것을 알아야 할 거다."

평소 올리비에에게서는 결코 들을 수 없는 음산하면서도 낮은 음성에도 세리스의 얼굴에는 가소롭다는 표정이 역력했다.

"흥! 나를 만날 때마다 꼬리를 말고 도망쳤던 녀석이 대체 누군데 건방지게 까부는 거냐? 네놈이 내게 덤비려면 수십 년은 훈련을 더 쌓은 후에 와도 될까 말깐데 시건방지게 어디서 괴상한 폼으로 싸우는 무술 좀 익혔다고 함부로 헛소리를 내뱉는 거냐?"

"그날 죽은 동료들을 대신해 네놈을 죽여주마. 부디 많이 고통스러워해라."

다시 한 번 음산하게 입을 연 올리비에는 천천히 전투 자세를 취했다. 그런 올리비에의 자세에 세리스는 코웃음을 쳤다.

저따위 괴상한 폼은 다 뭐란 말인가? 과거에도 자신의 상대가 아니었지만 지금 역시 자신의 상대가 아니라는 생각이 절로 들었다.

두 사람 사이에 팽팽한 긴장감이 흐르고 있었다.

그런 두 사람의 모습을 지켜보던 쟌의 얼굴도 좀 굳어졌다.

"왜 저렇게 굳어 있는 거지? 근육에 필요 이상의 힘이 들어갔잖아? 어깨도 무릎도 저렇게 딱딱하게 굳어서 대체 뭘 하겠다는 거야?"

쟌의 말에 곁에 있던 셀이 보기에도 올리비에의 자세는 이전에 비해 훨씬 딱딱하게 느껴졌다.

문제는 올리비에도 그런 사실을 깨닫고 있다는 것이었다. 알고는 있는데 세리스를 보고 있노라면 끓어오르는 분노를 참을 수 없었고, 바로 그것이 전신 근육을 딱딱하게 만들고 있었다.

이유는 알 수 없지만 올리비에가 좀 굳어 있다는 인상을 받은 세리스는 재빨리 다가가 올리비에의 복부를 향해 주먹을 날렸다. 상대의 주먹이 날아오는 것을 뻔히 보면서도 올리비에는 전신 근육이 굳어 금방 피할 수 없었다.

퍽!

쩌릿한 통증이 전신으로 퍼져 나갔고, 그 충격을 견디지 못한 올리비에는 어쩔 수 없이 뒷걸음질을 쳐야 했다. 하지만 세리스의 공격은 끝난 것이 아니었다.

올리비에가 속수무책으로 자신의 공격에 당하자 세리스는 더욱 다가가 올리비에의 턱을 향해 주먹을 휘둘렀다.

평소 같으면 올리비에가 간단하게 피할 수 있을 공격이었지만 끓어오르는 분노와 반드시 원한을 갚아야 한다는 긴장감 때문에 형편없이 굳어버린 몸으로서는 속절없이 공격을 허용할 수밖에 없었다.

퍽!

얼굴을 강타당한 올리비에는 그대로 쓰러져 버렸고, 그런 올리비에를 세리스가 그냥 두고 볼 리 만무했다. 쓰러진 올리비에의 옆구리를 향해 힘껏 발길질을 했다.

퍽!

"크윽!"

옆구리를 강타당한 올리비에는 몇 바퀴나 시합장을 뒹굴어야만 했다. 쓰러진 올리비에는 뼈저린 신음을 터뜨렸다. 옆구리에 통증이 가시지 않은 것을 보면 오른쪽 갈비뼈가 부러졌거나 아니면 금이라도 간 모양이었다.

'빌어먹을. 원수를 눈앞에 두고도 멍청하게 굳어 있다가 당하다 니……'

옆구리를 움켜쥔 채 일어선 올리비에는 황급히 뒤로 물러나 세리스의 공격을 피했다. 가만히 오른팔을 움직여 보니 옆구리에서 상당히 통증이 느껴져 팔이 흔들릴 때마다 자신도 모르게 이를 악물어야 할 정도였다.

한쪽 손으로만 상대를 해야 한다니……. 너무나 멍청한 자신의 행동에 올리비에는 그야말로 죽고 싶을 마음뿐이었다.

그렇다고 이대로 포기할 수는 없는 일이었다. 오른손은 옆구리를 보호한 채 일단 왼손으로만 자세를 잡았다.

그 모습에 세리스가 조소를 터뜨리더니 방어 자세도 제대로 갖추지 않은 채 주먹을 휘두르며 다가왔다.

일단 전신의 근육을 풀고 제자리에서 가볍게 뛴 올리비에는 그제야 그렇게 굳어 있던 근육들이 풀린 것을 깨달을 수 있었다. 몸을 움직일 때마다 옆구리가 결려왔지만 그래도 움직일 만했다.

왼팔마저 축 늘어뜨린 올리비에의 모습에 그가 포기를 했다고 생각했는지 다가오는 세리스의 행동에는 거침이 없었다. 올리비에의 얼굴을 향해 막 주먹을 날리려는 순간이었다.

슉! 퍽!

"큭!"

뭐가 번쩍 하는 순간 세리스의 고개가 뒤로 젖혀졌다.

자신에게 무슨 일이 벌어졌는지 몰라 세리스가 어리둥절해 있는 동안 다시 그의 고개가 뒤로 젖혀졌다.

숙! 퍽!

"큭!"

바람을 가르는 소리를 듣는 순간 세리스는 지독한 통증을 느꼈다. 고개를 흔들어 정신을 차리고 보니 올리비에가 왼손으로 다시 짧게 끊어 치려는 모습이 눈에 들어왔다.

재빨리 뒤로 물러난 세리스가 다시 싸우려고 자세를 잡을 때 뭔가 뜨뜻한 것이 입가로 흐르는 것이 느껴졌다. 손으로 쓱 닦고 보니 자신도 모르는 새 코피가 흐르고 있었다.

올리비에 역시 피를 흘리고 있었지만 부위가 달랐다. 그는 입이었고 자신은 코였다. 이게 무슨 애들 싸움처럼 누가 먼저 울음을 터뜨리느냐 하는 것으로 승부를 가리는 것은 아니지만 왠지 자신이 그보다 더 큰 부상을 입은 것 같아 심히 불쾌한 생각이 들었다.

올리비에의 옆구리 부상이 어느 정도인지는 모르지만 시간을 주게 되면 생각하기도 싫은 일이 일어날 것만 같은 생각에 괜히 다급한 생각이 들었다.

"차앗!"

요란한 기합 소리와 함께 세리스가 달려들자 올리비에는 심호흡을 한 후 계속해 짧은 끊어 치기를 시도했다. 오른팔을 사용할 수 없는 지금 사용할 수 있는 것은 왼팔뿐이었다. 왜 진작 잔에게 발을 사용하는 방법을 배우지 않았는지 정말 후회가 막급이었다.

파파파곽~

순간적으로 10여 개의 주먹이 세리스의 얼굴로 날아들었다. 세리스도 나름대로 피한다고 피했지만 눈 깜빡할 사이에 두세 발의 주먹에 맞아 다시 코피가 터지고 입술이 터져 나갔다.

얄밉게도 올리비에는 계속 짧은 끊어 치기 공격만 해왔다. 올리비에보다 스피드가 떨어지는 세리스로서는 상대의 공격을 모두 피할 수 없었다. 게다가 자신이 공격하면 그 스피드를 이용해 얄미울 정도로 가볍게 자신의 공세를 빠져나가는 것이었다.

하지만 올리비에로서도 그저 잔펀치를 먹일 뿐 결정적인 타격을 줄 수 있는 오른팔은 꿈쩍도 할 수 없었다.

일방적으로 공격했음에도 불구하고 승리를 거두지 못하는 올리비에와 얼굴이 찐빵이 되도록 얻어터지고도 미친 멧돼지처럼 달려드는 세리스의 모습은 희극적이라 하지 않을 수 없었다.

세리스의 얼굴과 복부를 골고루 공격하던 올리비에는 절대 흥분하면 안 된다고 스스로에게 계속 암시를 걸면서 공격을 지속했다. 가랑비에 옷 젖는다고 올리비에의 잔펀치를 계속 허용한 세리스의 얼굴, 특히 눈두덩이 퉁퉁 부어 바로 앞의 물체도 확인하기 힘들 정도였다.

지금까지와는 달리 너무나 소극적인 시합을 벌이는 올리비에의 모습에 관중들은 실망했지만 곧 그의 몸놀림이 이상한 것을 발견하고는 그가 현재 부상을 입은 상태라는 것을 깨달을 수 있었다. 조금 전까지 올리비에의 소극적인 모습을 비난하던 관중들은 이번엔 그의 분투를 위해 열렬하게 응원하기 시작했다.

시간이 지날수록 올리비에 역시 지치기 시작했고 스피드도 눈에 띄게 떨어졌다. 기회를 잡았다고 생각한 세리스도 지치긴 마찬가지였다.

얼굴과 복부에 누적된 올리비에의 타격 때문에 그도 움직이는 것이 그리 쉬운 일은 아니었다.

이미 올리비에에게 시합의 승패 따위는 중요한 일이 아니었다. 오래 전에 죽어간 동료들의 원한을 갚을 수 있을 것인지 아닌지 그것이 더 중요했다.

그런 마음 때문일까?

다시 조급한 마음이 찾아들었다. 그런 자신을 깨달은 올리비에는 깊은 숨을 한 번 들이마셨다.

상대를 공격할 수 있는 것은 왼손뿐, 나름대로 계획을 세운 올리비에는 세리스를 향해 주먹을 날렸다.

슈슈슈슉~

올리비에의 주먹이 흐릿해지더니 금세 10여 개로 나뉘어져 세리스의 전신으로 날아갔다. 힘이 빠져 금방 쓰러질 것처럼 보이던 올리비에가 갑자기 공격을 하자 세리스는 깜짝 놀라 뒤로 물러섰지만 완벽하게 피할 수는 없었다.

그렇지 않아도 잘 보이지 않았던 눈두덩에 올리비에의 주먹이 작렬했고, 세리스의 고개가 뒤로 젖혀지는 순간 그때까지 한 번도 휘두르지 않았던 올리비에의 오른 주먹이 세리스의 얼굴에 작렬했다.

퍽!

세리스가 휘청 하는 순간 올리비에의 왼쪽 주먹이 다시 한 번 상대의 옆구리에 작렬했다. 세리스의 얼굴이 고통으로 일그러지는 순간 올리비에의 오른 주먹이 다시 허공을 갈랐다.

빡!

요란한 소리와 함께 세리스의 턱이 돌아가는 순간 그의 의식은 이미 날아가 버렸다. 그리고 그의 가슴에 올라탄 올리비에는 옆구리에서 전해지는 통증 때문에 얼굴이 엉망으로 일그러진 지 오래였다. 하지만 올리비에의 주먹질은 멈춰질 줄 몰랐다.

　그 기세가 얼마나 살벌하던지 근처에 있던 심판도 그저 바라보기만 할 뿐 올리비에를 제지할 엄두조차 내지 못하고 있었다. 열광하던 관중들도 끊임없이 주먹질을 하는 올리비에의 모습에 겁을 먹은 듯 보이였다.

　휘익! 턱!

　누군가 뒤에서 자신의 왼팔을 잡자 올리비에는 살기에 찬 표정으로 고개를 홱 돌렸다. 그런 그의 눈에 비친 사람은 쟌이었다.

　"그만 하면 됐으니까 당장 일어나."

　"마스터, 하지만 이 자식은……."

　"설사 그가 네 부모님을 죽인 원수라고 하더라도 지금 이 자리에서 살인만은 안 돼."

　너무나 냉정한 말에 올리비에는 원망스러운 듯 쟌의 얼굴을 쳐다보았다. 올리비에가 좀처럼 일어설 생각을 하지 않자 쟌이 조금은 부드러운 음성으로 입을 열었다.

　"이 바보야, 주위를 한번 봐. 이 많은 사람들이 지켜보고 있는 곳에서 살인을 저지르겠단 말이야? 정말 씻을 수 없는 원한이 있다면 나중에 아무도 없는 곳에서 이 자식과 처리하도록 해. 다시 한 번 말하지만 이 자리에서는 절대 안 돼."

　"알겠습니다, 마스터."

"이번 시합은 올리비에 렌죠의 승리요!"

올리비에가 쟌의 손에 이끌려 몸을 일으키자마자 재빨리 심판은 승리를 선언했고, 관중들도 박수로 올리비에의 승리를 축하해 주었다.

쟌은 올리비에를 데리고 치료를 받기 위해 미리 대기하고 있던 프리스트에게로 향했다. 물론 셀의 치료 마법으로 상처를 치료할 수도 있었지만 마법으로 치료를 받는 것보다는 신성력으로 치료를 받는 것이 좀 더 효과적이기에 프리스트에게 데리고 간 것이다.

중년의 프리스트는 땀을 뻘뻘 흘리며 올리비에의 옆구리 갈비뼈를 치료해 주었다. 쟌이 촉진을 해보니 두 개가 부러지고 하나에 금이 가 있었다. 그 정도라면 오른팔을 움직일 때마다 끔찍할 정도의 고통이 느껴졌을 텐데 그런 팔로 용케도 두 번이나 결정타를 작렬시킨 것이다.

올리비에가 치료를 받는 동안 다음 시합이 개시되었고, 관중들은 금세 새로운 시합에 열광했다. 치료를 마친 올리비에는 쟌에게 양해를 구한 후 쉬기 위해 자신의 거처로 갔고, 시합에 흥미를 잃은 쟌과 셀은 산책을 위해 킬라우림 스타디움을 빠져나왔다.

판클라치온 시합이 벌어진 지도 벌써 열흘이 넘었다.

원래 스케줄대로라면 벌써 결승전이 끝났어야 했다. 그러나 16강전부터 시합이 격렬한 탓도 있었고, 시합을 하는 선수들의 격차가 거의 없었기에 매 시합마다 시간이 많이 걸릴 수밖에 없었다.

오늘 열리는 준결승만 하더라도 먼저 열린 시합은 처음부터 난타전으로 시작해 난타전으로 끝이 났다. 알 카심이라는 용병이 승리를 거두기는 했지만 승리한 그도, 패배한 용병도 극심한 부상을 입어 그야말로 상처뿐인 승리라 하지 않을 수 없었다. 덕분에 두 사람의 부상을 치료하는 프리스트들만 고생해야 했다.

두 번째는 올리비에와 마르고스 이델의 시합.

관객들의 관심이 집중된 시합이었다. 32강전에서 잠시 고전을 하기는 했지만 그 이전의 시합이나 이후의 시합 모두 시원한 타격전을 보여준 올리비에의 시합이었기 때문이다.

쟌과 셀들이 본선 2차전에서 빠진 이후 관중들의 관심은 시원시원한 타격전에, 적당한 쇼맨십, 호감이 가는 얼굴을 가진 올리비에로 쏠렸다. 올리비에도 그런 관중들의 응원과 환호에 보답이라도 하듯 더욱 시원시원한 시합을 보였다.

세리스에게 한 번 당한 후 올리비에는 어느 순간에도 너무 긴장하는 것을 피하고 있었다.

마르고스 이델은 대륙 남부 사람으로 강해 보이는 새까만 피부를 가진 청년이었다. 너무 커서 오히려 순진해 보이는 눈망울을 가진 마르고스였지만, 그 역시 지금까지의 모든 시합에서 상대를 꺾고 올라온 강자 중의 강자라고 할 수 있었다.

20대 중반쯤으로 보이는 마르고스에게서 올리비에는 비록 잠깐 동안이지만 쟌의 모습을 보았다. 아마도 젊은 나이로 준결승에 진출했기 때문인 것 같다는 생각이 들었다.

"우승 후보자인 귀하를 이렇게 만나게 되어서 영광이오."

"우승 후보자라니? 내가 말이오?"

마르고스의 말에 올리비에는 놀란 표정을 지었다.

사실 정작 강했던 우승 후보자들은 모두 쟌이 처리(?)하지 않았는가?

그랬기에 시합을 치르면서도 별로 힘들다는 생각은 하지 않았다. 그렇다고 자신이 우승할 수 있을 것이란 생각도 하지 않았다. 그저 묵묵히 시합을 할 뿐이었는데 설마 자신이 우승 후보자로 지목되고 있을 줄은 상상도 못했기에 놀란 표정을 지었던 것이다.

"후후후, 가장 강력한 우승 후보자께서 정작 본인은 모르고 있었다니……."

"시합의 승패는 관중들의 관심이나 응원으로 결정되는 것이 아니니까. 준비가 되었다면 슬슬 시작해 볼까?"

"살살 해주시길 바라겠소."

싱긋 미소를 짓는 마르고스의 태도에 피식 미소를 지은 올리비에는 예의 그 싸움 자세를 잡았다.

처음 이 자세를 잡을 때만 하더라도 상당히 어색했었는데 지금은 다른 자세는 생각할 수도 없을 정도로 익숙해졌다. 게다가 정작 걱정했던 쟌은 자신의 자세를 보고도 좋다 나쁘다 아무런 말도 하지 않았다. 쟌이 그럴 때는 허락한 것이란 알고 있는 올리비에는 아예 이 싸움 자세를 더욱 발전시켜 거의 완전한 형태의 자세를 완성시킬 수 있었다.

나중에 완성된 자세를 쟌에게 보이자 그는 하반신이 허점투성이라고 못마땅해했다.

잠시 쟌에 대한 생각을 접은 올리비에는 상대의 자세를 자세하게 살폈다. 남들에 비해 긴 팔을 가진 마르고스가 상체를 잔뜩 구부린 자세에서 팔로 상체와 얼굴을 가리자 좀처럼 빈틈을 찾아보기 힘들었다.

가볍게 뛰면서 가드하는 마르고스를 몇 차례 공격해 봤지만 예상처럼 꿈쩍도 하지 않았다. 공격할 의사가 아예 없는 사람처럼 완벽하게 가드만 한 채 올리비에를 대하고 있었다.

올리비에로서는 참으로 답답한 일이 아닐 수 없었다.

상대가 공격을 해야 공격 패턴을 파악할 수 있고, 그래야 빈틈을 노릴 수 있지 않은가? 몇 번 공격을 하던 올리비에가 막 물러서려는 순간 마르고스의 오른팔이 밑으로 축 늘어지더니 무서운 속도로 올리비에의 복부를 향해 치솟아올라 왔다.

그 속도가 얼마나 빨랐는지 올리비에는 마르고스의 공격을 미처 피할 틈이 없었다. 어쩔 수 없이 복부에 힘을 주어 견디는 수밖에 없었다.

픽!

꽤나 둔중한 통증을 느끼며 올리비에가 그 충격으로 뒤로 한 걸음 물러섰을 때 마르고스의 두 번째 공격이 이어졌다. 마치 처음부터 두 번째 공격을 염두에 두고 공격한 것처럼 무척이나 자연스러운 공격이었다.

마르고스의 계속된 거친 공격에 올리비에는 수세로 몰릴 수밖에 없었고, 한번 수세로 몰리자 좀처럼 공격의 기회를 잡을 수 없었다.

아직은 견딜 만하지만 계속 이렇게 상대에게 공격을 허용한다면 제대로 된 공격 한 번 해보지 못한 채 무릎을 꿇을지도 모르는 일이었다. 곱상해 보이는 외모와는 달리 뼛속까지 전해지는 그의 주먹은 충격이 전해질 때마다 기운이 빠질 정도였다.

단순히 공격만 빠른 것이 아니었다. 올리비에도 간간이 공격을 해봤지만 그때마다 마르고스는 최소한의 동작으로 올리비에의 공격을 피할 뿐이었다. 흡사 올리비에가 어디를 공격할지 알고 있는 사람처럼 너무나 쉽게 공격을 피했다.

물론 상대와의 시합에서 한 대도 맞지 않고 이길 것이라고 생각하지는 않았지만 이렇게 일방적으로 얻어터질 줄은 생각도 못했다. 결국 그로서도 마르고스가 자신보다 스피드에서 한 수 위라는 것을 인정하지 않을 수 없었다. 게다가 타격의 강도도 보통이 넘었다.

재빨리 뒤로 물러선 올리비에는 정신을 차리려는 듯 숨을 깊게 들이마시며 몇 번이나 고개를 흔들었다. 비록 자세를 풀지는 않았지만 그런 올리비에를 바라보는 마르고스의 눈길에는 자신의 승리를 장담하는 기색이 역력했다.

그런 마르고스의 모습에 오기도 생겼고, 이대로 질 수는 없다는 생각도 들었다. 다시 한 번 호흡을 조절한 올리비에는 주먹을 힘차게 말아 쥐다가 절대 긴장하지 말라는 쟌의 지적이 생각나 어깨와 팔에 힘을 뺐다.

발끝 부분으로 가볍게 제자리뛰기를 시작한 올리비에는 순식간에 마르고스의 품 안으로 뛰어들며 그의 옆구리를 향해 힘차게 주먹을 휘둘렀다. 역시나 조금 전의 상황과 마찬가지로 올리비에의 주먹이 날아오자마자 마르고스는 몸을 뒤로 뺐다.

그런 마르고스의 반응을 예상이라도 한 듯 올리비에 역시 그를 따라붙으며 계속해서 주먹을 휘둘렀다. 상대의 공격이 계속해서 거칠게 쏟아지자 마르고스도 더 이상 피할 수만은 없게 되었다.

그의 양손이 밑으로 처지는 순간 주먹이 무서운 속도로 올리비에의 가슴을 향해 날아갔다.

수비는 완전히 무시한 오로지 공격 일변도.

퍼퍼퍼퍽!

두 사람의 난타전에 관중들은 일제히 환호성을 터뜨렸지만 쟌은 잔뜩 인상을 쓰며 그들의 난타전을 보고 있었다.

"멍청한 놈, 기껏 산보의 기본형을 가르쳐 줬건만 대체 저게 웬 개싸움이야. 저런 돌머리한테 뭘 바라? 쯧쯧쯧, 옛말에도 머리가 나쁘면 손발이 고생한다더니……."

쟌의 푸념에 곁에 있던 셀은 빙그레 미소를 지었다.

듣고 있으면 올리비에의 둔함을 욕하고 있는 것처럼 보이지만 되도록이면 큰 타격을 받지 말고 상대를 꺾어주었으면 하는 마음에서 나온 말이라는 것을 잘 알고 있었기 때문이다.

어느 누구도 자신의 말을 믿지 않을지도 모른다. 또 자신만의 착각일 수도 있는 것이 사실이다. 하지만 쟌과 잠시라도 가까이 지내본 적이 있는 사람이라면 틀림없이 자신의 생각에 찬성하리란 생각이 들었다.

셀이 그런 생각을 하는 사이 마르고스와 올리비에의 난타전은 극으로 치닫고 있었다. 처음엔 올리비에가 조금 밀리는 듯 보였지만 시간이 지날수록 상체가 크게 흔들리는 사람은 마르고스였다.

상체에 쌓인 충격이 너무 커 이제는 피할 엄두도 내지 못하던 마르고스는 올리비에의 주먹에 한 대 맞을 때마다 내부로 엄청난 충격이 전해져 이를 악물어야만 했다. 마치 창으로 찌르듯 일직선으로 날아오던 올리비에의 주먹이 시간이 지날수록 약간씩 회전을 하기 시작했다. 당연히 전해지는 충격도 더욱 커졌다.

자신도 이를 악물고 주먹을 휘두르고 있었지만 올리비에는 마치 강철로 만들어진 사람처럼 꿈쩍도 하지 않았다. 공격이 한 차례씩 이어질 때마다 마르고스는 자신이 마치 지옥의 심연 속으로 떨어지는 것 같은 충격을 느껴야만 했다.

더 이상 견디지 못하고 마르고스가 기권하려고 입을 열려는 순간 올리비에의 주먹이 그의 턱에 정확히 꽂혔다.

퍽!

마르고스의 머리가 뒤로 젖혀지는 순간 그 자리에서 몸을 회전시킨 올리비에가 주먹을 쥔 채 손등으로 마르고스의 턱을 재차 공격했다.

퍽!

끝없이 계속될 것 같았던 두 사람의 난타전은 그렇게 올리비에의 마지막 두 번의 공격으로 순식간에 끝이 났다.

숨을 몰아쉬는 올리비에와 시합장에 널브러진 마르고스.

심판의 우승 선언에 관중들에게 겨우 손을 들어 화답한 올리비에는 후들거리는 다리로 겨우 시합장을 빠져나올 수 있었다. 쟌과 셸이 있는 곳으로 다가온 올리비에는 그 자리에 쓰러지듯 주저앉았다. 그리고는 가쁜 숨을 내쉬었다.

그 모습을 한심하듯 바라보던 쟌은 입맛을 다시며 고개를 저었다. 그러면서도 올리비에의 허리를 펴주고 등 부분을 쓸어주듯 만져 주었다.

"대체 다리는 뒀다가 어디에 쓸 거냐?"

"예?"

"그 다리는 멋으로 붙이고 다니는 액세서리냐고 물었다."

그제야 쟌의 말이 뭘 지적한 것인지 깨달은 올리비에는 얼굴을 붉히며 고개를 숙였다. 하지만 올리비에는 쟌의 어루만짐에 온몸의 근육이 일제히 풀어지는 것이 느껴졌다.

"딴 짓 하지 말고 지금부터 들어가서 꼼짝도 말고 쉬어. 알았어?"

"알겠습니다, 마스터."

올리비에의 말을 듣고서야 쟌은 그의 등을 어루만지던 손을 거두었다. 하지만 올리비에는 팽팽히 긴장했던 전신의 근육이 적당히 풀어짐과 동시에 불편했던 속도 상당히 가라앉는 것을 느낄 수 있었다.

"설마 내일도 이런 모습을 보이는 것은 아니겠지?"

"내일은 다를 겁니다, 마스터. 틀림없이 내일은……."

"난 입으로 떠드는 인간은 별로 신용하지 않아. 네 마음이 그렇다면 그 모습을 내게 보여."

"명심하겠습니다, 마스터."

"알았으니까 이만 들어가서 쉬어."

쟌의 말에 자리에서 일어난 올리비에는 쟌과 셸에게 잠시 머리를 숙이고는 그대로 킬라우림 스타디움을 빠져나갔다. 당연히 관중들의 열렬한 응원이 뒤따랐다.

그 모습을 본 셸이 쟌에게 질문을 했다.

"쟌, 쟌도 렌죠님처럼 사람들의 환호를 받고 싶지 않나요?"

"환호?"

반문을 하던 쟌은 쓴웃음을 지었다.

"만약 저들의 응원이 내가 기억을 찾는 데 도움이 되거나 내가 강해지는 데 도움이 된다면 저들의 환호를 받으려고 갖은 짓을 다하겠지만 저들의 환호는 내가 강해지는 데 아무런 도움도 되지 않잖아. 오히려 방해만 될 뿐이지.”

“그럼 쟌은 강해지는 것 말고 다른 것은 아무런 관심도 없나요?”

셸의 질문에 쟌은 씨익 하고 미소 짓더니 고개를 저었다.

“아니. 셸하고 행복하게 지내고도 싶고, 함께 아름다운 곳으로 여행을 가고도 싶어.”

쟌의 말에 셸은 살짝 얼굴을 붉히더니 쟌에게 살짝 눈을 흘겼다. 두 사람이 다정하게 담소를 나누고 있을 때 두 사람에게 다가오는 사람이 있었다.

흑장미 기사단의 기사단장 칼 스팍스였다.

“여기 있었군.”

“무슨 일이오?”

“헤르난 전하께서 전하란 말씀이 있으셨네.”

“아~”

칼의 말에 그의 얼굴을 멀뚱하게 쳐다보던 쟌은 며칠 전 헤르난에게 자신이 부탁했던 말이 그제야 생각났다.

“전하께서는 자네의 부탁을 사흘 후에 들어주겠다고 하셨네. 기대해도 좋을 것이란 말씀도 있으셨네.”

“고맙소.”

쟌의 대꾸에 발걸음을 옮기려던 칼은 걸음을 멈추고 쟌에게 질문을 했다.

“이건 개인적인 질문인데…… 자넨 왜 기권을 한 것인가?”

“내가 참가하고 싶어 참가한 대회가 아니오. 애초에 헤르난 왕자가 목표로 했던 것을 달성했으니 기권하는 것이 당연한 것 아니오?"

"하지만 자네의 제자는 계속 참가하고 있지 않은가?"

"그거야 저 녀석이 계속 참가하기를 원하니까."

"제자가 저 정도라면 자네가 우승할 것이 당연한 일일 텐데 그런 명예를 그렇게 간단히 포기할 수 있다니 놀랄 일이군."

명예 운운하는 칼의 말에 쟌은 코웃음을 쳤다.

물론 쟌이라고 명예가 싫은 것은 아니지만 그로 인해 벌어질 골치 아픈 사건보다는 자신이 목표로 했던 것을 달성하는 것이 더욱 중요했다. 지금 쟌의 목표라면 당연히 헤르난의 황제 등극이 아닌가?

잠시 쟌을 바라보던 칼은 젊은 나이에 명예를 초개처럼 여기는 그의 태도가 언뜻 이해 가지 않았다. 한 부분에 대해 마스터라 불린다는 것은 누구에게든 대단한 명예가 아닐 수 없었다. 그럼에도 불구하고 대수롭지 않게 여길 수 있다는 것은 어떤 의미에서 더욱 대단한 것일 수도 있었다.

칼이 돌아간 후 쟌과 셀은 킬라우림 대회의 다른 경기를 관람하다 거처로 돌아갔다.

판클라치온 시합의 결승전이 벌어지던 날, 그렇지 않아도 만원이던 킬라우림 스타디움은 그야말로 입추의 여지도 없을 정도로 사람들로 꽉 찼다.

로열석에도 황제와 그의 아내들, 형제들, 고위 귀족들이 자리하고 있었고, 조금 떨어진 곳에 왕자들이 모여서 시합장을 주시하고 있었다.

관중들의 열기가 도를 더해갈 때 심판의 호명이 있었다.

"올리비에 렌죠와 엠제이 화이트우드는 즉시 시합장으로 나오시오."

심판의 호명에 따라 시합장 안으로 들어선 건장한 체격의 두 사람은 자신들을 향해 응원을 보내는 사람들에게 손을 흔들며 화답했다. 특히 올리비에의 상대인 엠제이는 의도적으로 자신의 근육을 과시하며 자신의 승리를 장담했다.

올리비에가 보니 엠제이는 자신보다 한 다섯 살 정도 아래인 것 같은데 아무리 봐도 준결승전에서 싸웠던 마르고스보다도 약한 것처럼 느껴졌다. 이전까지는 직접 싸워보기 전까지 상대의 강함이나 약함을 전혀 느낄 수 없었다. 하지만 연일 판클라치온 시합을 치르면서 확연한 것은 아니지만 조금씩 상대의 강하고 약함을 느낄 수 있었다.

그럼에도 불구하고 자신 정도는 손가락만 사용해도 충분히 이길 수 있다는 표정을 짓고 있는 엠제이의 과장된 태도에 올리비에는 어이가 없었다. 그래도 엠제이에게 자신이 모르는 비장의 수법이 있을지 모른다는 생각에 긴장하는 마음을 풀지는 않았다.

심판의 개시 신호에 조금 떨어진 곳에서 자세를 취하고는 있던 올리비에는 여전히 거만한 자세를 취하고 있는 엠제이의 건방진 모습에 표정을 굳히고 그에게로 빠르게 다가갔다.

엠제이에게 짧은 주먹을 날리려는 순간 느닷없이 엠제이가 발길질을 했다. 쟌의 발에 여러 번 당한 적이 있기 때문일까? 올리비에가 멈칫하는 순간 엠제이의 주먹이 날아왔다.

휘익!

제법 날카로운 소리와 함께 날아든 주먹을 올리비에는 상체를 뒤로 젖혀 피한 후 그 탄력을 이용해 주저앉으며 회전해 엠제이의 옆구리를 향해 주먹을 날렸다. 그 동작이 얼마나 빨랐는지 엠제이의 눈에는 올리비에가 순식간에 사라진 것처럼 보였다. 그런 상황이니 엠제이가 올리비에의 공격을 눈치 챘을 리 만무했다.

퍽!

둔탁한 소리와 함께 뒤로 물러서는 엠제이를 당연히 올리비에가 따라붙었다.

첫 번째 날아든 주먹은 겨우 피했지만 연이어 날아온 두 번째 주먹은 너무 빨라 피할 수가 없었다. 턱에 한 방을 얻어맞자 정신이 혼미해졌다.

비틀거리던 엠제이는 반사적으로 주먹을 휘둘렀지만 미리 대비를 하고 있던 올리비에는 간단히 엠제이의 공격을 피했다. 다시 시작된 올리비에의 공격, 그 뒤에도 몇 번이나 엠제이의 막무가내식 공격이 있었지만 올리비에는 모두 간단히 피할 수 있었다.

결승전치고는 너무 일방적으로 시합이 전개되고 있었다. 관중들 역시 올리비에의 공격에 일방적으로 당하는 엠제이에게 응원을 보내기는 했지만 그것은 그저 약자에게 보내는 응원일 뿐 시합의 결말은 이미 정해져 있었다.

관중들의 예상대로 10분도 못 되어 올리비에의 오른 주먹에 턱을 얻어맞은 엠제이는 비명과 함께 양팔을 쩍 벌린 채 기절하고 말았다.

손에 땀을 쥐게 만들었던 전 시합과는 비교할 수 없을 정도로 재미

없는 시합이었다. 당연히 관중들의 환호도 적을 수밖에 없었다. 그래도 다행인 것은 올리비에가 싸우는 멋진 모습을 볼 수 있었다는 것이었다.

우승한 올리비에에게는 내일 황제에게 너클 마스터란 칭호와 드워프가 만든 건틀릿이 수여된다는 심판의 알림을 듣고서야 관중들은 흩어져 갔다.

43 장
결혼식

　수여식이 있는 날 쟌과 셸도 그를 축하하기 위해 킬라우림 스타디움
으로 향했다.

　각 경기의 우승자에겐 그때그때 수여식이 열렸고, 총리인 아렌시스
나 운영을 총괄하는 요한슨 켄스틸 백작이 우승자에게 우승 메달을 수
여했다.

　황제가 직접 우승자에게 뭔가를 수여하는 경우는 킬라우림 대회 중
단 두 번, 판클라치온 시합의 우승자와 소드 마스터 시합의 우승자에
대한 수여식을 거행할 때뿐이었다.

　일반인이 황제를 직접 대면할 수 있는 경우는 이때가 거의 유일하다
고 볼 수도 있다. 시합에서 승리했다는 것만 해도 무한한 영광인데 황
제에게 직접 뭔가를 수여받는다는 것은 가문의 영광이 아닐 수 없었다.

물론 우승자들은 모두 군부에 스카우트되어 중용됨은 말할 필요도 없는 일이었다.

로열석으로부터 깔린 붉은색 주단은 시합장 아래까지 이어져 있었고, 로열석 주위는 근위기사단의 기사들로 삼엄한 경계가 펼쳐져 있었다.

잠시 후 황제가 그의 아내들, 아들들, 귀족들과 함께 입장해 로열석에 앉자 대회 운영을 맡고 있던 요한슨이 큰 소리로 이름을 호명했다.

"판클라치온 시합의 우승자 올리비에 렌죠는 지금 즉시 단상으로 올라오라! 그리고… 쟌 가이야도 즉시 단상으로 올라오도록 하라!"

뜻하지 않은 쟌의 호명에 관중들은 일제히 어리둥절한 표정을 짓지 않을 수 없었다. 올리비에야 어제 끝난 판클라치온 시합에서 승리를 거둔 우승자이니 호명하는 것이 당연하지만, 중간에 기권해 버려 관중들의 원성을 샀던 쟌을 대체 무슨 이유로 부르는 것인지 아무리 생각해 봐도 이해가 되지 않았던 것이다.

어리둥절해하기는 쟌 역시 마찬가지였다.

대체 무슨 이유로 자신을 부른단 말인가?

"마스터, 일단 가보시지요."

올리비에의 말에 잠시 망설이던 쟌은 곧 그와 함께 주단 위를 걸어 황제에게로 향했다. 막상 쟌이 올리비에와 함께 단상 앞에 서려고 하자 요한슨이 저지했다.

"잠깐, 자네가 설 곳은 그곳이 아니네. 이쪽으로 오게."

요한슨이 가리킨 곳에는 의자 하나만이 덩그러니 놓여 있었다. 쟌은 자신이 왜 이런 대우를 받아야 하는지 이유를 알 수 없었다.

하여간 쟌이 옆으로 비켜서자 수여식이 시작되었다.

"올리비에 렌죠는 제200회 판클라치온 시합에서 이전에는 찾아볼 수 없었던 놀라운 솜씨로 우승을 거두었기에 트레슈나 제국의 황제 퀘헤리건의 이름으로 너클 마스터란 칭호와 함께 부상으로 드워프가 만든 건틀릿을 수여한다."

"와~"

퀘헤리건의 말이 스피커라는 궁정 마법사의 마법에 의해 스타디움 안에 울려 퍼지자 관중들은 일제히 환호성을 터뜨렸다.

두 손으로 퀘헤리건이 내민 건틀릿을 받아 든 올리비에는 뒷걸음질로 몇 걸음 물러섰다. 잠시 머뭇거리는 그의 모습을 발견한 아렌시스가 입을 열었다.

"할 말이 있는가?"

"이런 말씀을 드리게 되어 죄송합니다만 너클 마스터란 칭호와 이 건틀릿은 저희 마스터께 드리고 싶습니다."

"마스터라니? 저 청년을 말하는 것인가?"

"그렇습니다."

아렌시스가 말과 함께 쟌을 가리키자 올리비에가 공손하게 대답했다. 아렌시스의 손짓에 로열석에 있던 사람들의 시선이 일제히 쟌에게로 향했다. 그렇지 않아도 멀뚱하게 서 있었기에 어색한 표정을 감추지 못하고 있던 쟌은 사람들이 느닷없이 자신을 쳐다보자 당황하지 않을 수 없었다.

"동료라고 하더니 사실은 스승과 제자 사이였던 모양이군."

"그렇습니다, 황제 폐하."

"그대의 뜻은 잘 알겠지만 시합 도중 기권한 사람에게 너클 마스터란 칭호와 부상을 수여할 수는 없는 일. 그대는 부담스러워하지 말고 상을 받도록 하라. 저 청년에게는 다른 선물을 내가 마련하고 있으니 말이다."

퀘헤리건의 말에 올리비에는 어리둥절한 표정을 감추지 못했다.

쟌에게 양보할 생각을 한 건 어제 승리를 거둔 다음이었고, 더구나 그건 자신의 생각일 뿐 누구에게도 말한 적이 없었다. 그럼에도 불구하고 쟌에게 선물을 준비하고 있다는 황제의 말을 올리비에는 도저히 이해할 수 없었다. 하지만 자리가 자리인만큼 더 이상 말을 이을 수 없었다.

올리비에의 수상 모습을 지켜보던 관중들은 간단히 끝난 이전까지의 수상식 모습과는 달리 이야기가 길어지자 궁금함을 참을 수 없었다. 게다가 수상과는 상관도 없는 쟌은 왜 단상으로 불러간 것인지 그 이유도 궁금했다.

올리비에에게 내려가도록 지시한 퀘헤리건은 쟌에게 다가오라고 손짓했다. 퀘헤리건의 손짓에 로열석 주위에 있던 근위기사들은 일제히 만약의 사태를 대비해 검의 폼멜로 손을 가져갔다.

쟌이 가까이 다가오자 퀘헤리건은 자신이 궁금하게 생각해 왔던 것을 질문했다.

"내가 기억하는 것이 맞다면 자네가 올리비에에게 맨손 격투술을 가르쳤다고 들었는데…… 맞는가?"

"그렇습니다만……."

대답을 하면서도 쟌은 왠지 자신이 골치 아픈 사건에 연루될 것 같다는 느낌이 갑자기 들었다.

"얼마나 가르친 건가?"

"비격을 익힌 기간을 말씀하시는 겁니까, 비격의 내용을 말씀하시는 겁니까?"

"우선 기간부터 말해 보게."

"한 8개월 정도 되었습니다."

쟌의 말에 퀘헤리건은 놀란 표정을 감추지 못했다. 물론 강력한 우승 후보자들은 쟌에게 걸려 모두 떨어졌다고는 하지만 올리비에의 상대들도 그리 만만치는 않았다. 그런데 그게 비격을 익힌 지 겨우 8개월 정도밖에 안 된 실력이라니 정말 믿기 힘든 일이었다.

"그럼 비격의 전체 내용 중에서 올리비에가 익힌 것은 얼마나 되는가?"

"비격은 끝이 있는 무술이 아닙니다. 올리비에는 천 분의 일, 아니, 만 분의 일도 익히지 못한 상탭니다. 그건 저 역시 마찬가지입니다."

"자네도 마찬가지라니? 그렇다면 대체 그 비격이라는 무술을 완전히 익힌다면 어떤 경지에 이르게 되나? 왜, 검술을 익히는 자들에게는 소드 마스터가 되는 것이 끝이듯 말이네."

퀘헤리건의 말에 쟌은 피식 미소를 지었다.

그런 쟌의 태도에 로열석에 있던 사람들은 일제히 쟌을 노려보았다. 거리가 떨어져 있어 그와 황제가 어떤 대화를 나누고 있는지 들리지 않았지만 제국의 황제를 대하는 쟌의 태도가 건방짐을 넘어 무례하기 짝이 없었기 때문이다.

퀘헤리건 역시 그렇게 생각할 만한데도 여전히 미소 지으며 질문을 했다.

"왜 웃는 것인가? 내 말이 틀렸단 말인가?"

"예, 황제 폐하. 폐하의 말씀은 틀리셨습니다."

"그래? 어디가 틀렸는지 설명해 주겠나?"

"인간의 능력을 너무 과소평가하지 마십시오. 소드 마스터란 인간이 이룰 수 있는 지극히 많은 경지 중 가장 아래 단계에 불과합니다."

쟌의 말에 쿼헤리건 바로 뒤에서 호위하고 있던 타리아노 근위기사 단장은 깜짝 놀란 표정으로 쟌을 바라봤다. 쿼헤리건은 쟌의 말이 이해가 되지 않는지 그의 얼굴을 빤히 쳐다보았다.

"소드 마스터가 가장 아래 단계라고? 자네 소드 마스터 되기가 얼마나 힘든지 알고나 그런 말을 하는가?"

"폐하, 단순히 검에 마나를 좀 집어넣을 줄 안다고 다 소드 마스터가 아닙니다. 갈대 잎으로 검을 잘라 버릴 수도 있고, 단 한 번의 점프로 10미터 이상을 뛰어오를 수도 있습니다. 자신이 던진 검에 올라탄 채 수십 킬로미터를 날아갈 수도 있습니다. 하나 이것이 끝이 아닙니다. 대자연의 마나를 받아들여 내 자신을 하나의 작은 자연으로 만드는 것, 그래서 그 자연을 지배하는 것이 무술을 익히는 궁극적인 이유입니다. 최종적으로 이룰 수 있는 경지는 인간의 육체를 벗어나 신의 능력을 가지는 겁니다. 하지만 부단히 노력한다고 모두 그런 능력을 가질 수는 없습니다. 특별히 무술에 대한 재능을 가진 사람 천 명, 만 명 가운데 그런 경지에 도달할 수 있는 사람은 한 명? 아니, 한 명도 없을 수 있습니다. 몇백 년 동안 수많은 사람들이 도전해도 모두 실패할 수도 있습니다. 최고의 경지에 이른다는 것은 그렇게 어려운 일입니다."

쟌의 말 중 대부분은 이해할 수 없었지만 하여간 무술을 계속해서 익힌다면 신의 능력에 필적할 정도의 힘을 얻을 수도 있다는 말이라는 것은 충분히 깨달을 수 있었다. 하지만 지금까지 알고 있던 상식과는 너무나 달랐기에 신의 힘을 가질 수 있다는 말은 전혀 믿지 않았다.

소드 마스터가 검술의 끝이라고 믿고 있었던 켈리거도 쟌의 말이 의심스럽기는 했지만 혹시 쟌이 말한 경지가 있을지도 모른다는 생각이 들었다. 하여간 이 쟌이라는 청년은 알면 알수록 사람을 놀라게 하는 재주가 있었다.

생각을 정리한 쿼헤리건은 빙그레 미소를 지었다. 그 모습을 발견한 쟌은 다시 마음이 불안해졌다.

"이틀 후에 있을 일에 대해 헤르난에게 들었네."

"예?"

뜻하지 않은 말에 쟌은 놀라지 않을 수 없었다. 헤르난에게 개인적으로 부탁한 것인데 어떻게 황제가 그 사실을 알고 있단 말인가?

"헤르난이 나에게 부탁을 했기 때문에 알게 된 것이니 기분 나빠할 필요는 없네. 나도 그 일에 작은 역할을 하게 되었거든. 자네에게 나쁜 일은 아니니 신경 쓰지 말게."

어떻게 신경을 안 쓸 수 있겠는가? 게다가 그 말을 한 사람이 제국의 지배자인 황제인데 말이다.

"그럼 모레 만나도록 하세. 후후후."

무엇이 그리 기분 좋은지 쿼헤리건의 얼굴에는 웃음이 떠나지 않았다. 그 모습을 보며 단상을 떠나던 쟌은 슬슬 골치가 아파오기 시작했다.

자신이 관련된 일인데 정작 자신은 모르고 있다? 쟌에게 이보다 더 짜증나는 일은 없었다. 그랬기에 그의 얼굴은 사정없이 일그러져 있었다.

"쟌, 무슨 일이 있었나요? 기분이 안 좋아 보여요."

"아니, 별일 아니야. 신경 쓸 필요 없어."

쟌이 말하고 싶어하지 않자 셀은 다른 질문을 했다.

"그런데 황제께서 쟌은 왜 부른 거죠?"

"올리비에가 비격을 배운 지 얼마나 되었나, 또 비격을 익히면 어떤 경지에 도달할 수 있나. 뭐, 그런 걸 묻더군. 그런데 황제가 질문하면서 계속 싱글거리던 게 신경 쓰여."

"황제께서는 왜 웃으셨을까요?"

쟌에게 질문하던 셀은 고개를 갸웃거렸다. 황제가 웃은 이유를 셀도 생각해 봤지만 도무지 알 도리가 없었다.

"그것보다 여긴 언제 떠날 건가요?"

"응?"

"판클라치온 시합도 다 끝났고, 렌죠님의 수여식도 이미 끝났잖아요. 또 쟌은 돌아가서 다른 용병들이 훈련하는 것도 봐줘야 하잖아요."

"며칠만 더 있다 가자고. 할 일도 있고 말이야."

"할 일? 제가 모르는 무슨 일이 있나요?"

셀이 궁금한 듯 질문을 하자 쟌은 곤혹스럽다는 표정을 지었다.

"셀, 어차피 이틀 후면 다 알게 될 테니 그때까지만 모른 척해주면 안 될까? 셀에게도 나쁜 일은 아니니까 말이야."

"말하기 곤란하면 말하지 않아도 괜찮아요."

"거참."

"왜요?"

"단지 셸에게 말을 하지 않았을 뿐인데 이렇게 마음이 답답할 줄은 생각도 못했군. 하지만 그래도 이야긴 하지 않을 거야. 그게 셸에게도 더 좋을 것 같으니까 말이야."

평소 자신에게 단 하나의 숨김도 없었던 쟌이었기에 조금 실망스러운 기분이 들 수도 있었지만 셸은 조금도 그런 기분이 들지 않았다. 그저 이유가 있어 자신에게 말하지 않았을 것이란 생각이 들 뿐이었다. 게다가 자신에게 나쁜 일도 아니라고 하지 않은가?

"알았으니까 그런 생각은 하지 말아요. 전 괜찮아요."

"궁금해도 이틀만 참아, 곧 알게 될 테니."

쟌의 말에 셸은 그저 고개를 끄덕일 뿐이었다.

이틀 후 아침, 침대에서 일어난 셸은 옆 자리가 비어 있는 것을 발견하고는 쟌을 찾았다. 하지만 쟌의 모습은 어디에도 보이지 않았다.

쟌을 찾아다니던 셸은 평소의 라이트 레더 차림이 아닌 엷은 청록색의 언더튜닉 위에 그보다 조금 더 진한 가나슈를 걸치고 밑에는 같은 색의 딱 달라붙는 브리치스를 입고 있는 올리비에를 발견할 수 있었다. 검은 부츠에 검은 가죽 장갑까지 끼고 있는 올리비에의 모습은 평소의 거친 모습이 아니라 흡사 명문 귀족처럼 보였다.

수염까지 말끔하게 다듬은 올리비에의 모습에 셸은 어리둥절한 표정을 지으며 입을 열었다.

"렌죠님, 혹시 쟌이 어디 있는지 아시나요?"

"마스터께서는 잠시 볼일을 보러 가셨습니다. 그러니 조금만 기다리면 만나실 수 있을 겁니다."

"그런데…… 렌죠님께서는 어딜 가시나요?"

어색한 표정을 잠시 짓던 올리비에는 곧 대답을 했다.

"아는 사람의 결혼식이 있어서……."

"아주 잘 어울리세요. 정말 멋지세요."

"감사합니다, 사모님."

올리비에의 사모님 소리에 셸의 얼굴이 빨갛게 물들었다. 이전까지 쥬벨님이라고 부르던 올리비에가 갑자기 왜 사모님이라고 부른 것인지 알 수 없지만 왠지 남에게 쟌과의 사이를 인정받는 것 같아 기쁘고 행복한 마음이 드는 것을 도저히 감출 수 없었다.

인사를 한 올리비에가 어디론가 사라진 후 셸은 자신의 거처에서 간단히 요기를 하고 쉬고 있었다.

똑똑똑.

"네, 들어오세요."

셸의 말에 문을 열고 들어온 사람은 뜻밖에도 호화로운 드레스를 입은 20대 중반쯤으로 보이는 세 명의 여인이었다. 그리고 그들 가운데 한 명은 분명 본 적이 있었다.

"저어, 혹시 황녀이신 페트리샤님 아니신가요?"

"저를 아시나요?"

"직접 만난 적은 없어요. 하지만 마상 창시합을 할 때 루돌프 백작님의 렌스에 손수건을 묶어주시는 황녀님의 모습을 봤어요."

셸의 말에 페트리샤의 얼굴이 은은히 붉어졌다.

"부끄러운 모습을 보였군요."

"아니에요, 정말 보기 좋았어요. 또 부럽기도 했고요. 그런데 다른 두 분은 누군지 소개시켜 주시겠어요?"

"이쪽은 바로 밑의 동생인 카트린느예요. 그리고 이 아이는 여덟 번째 동생인 마샤예요."

페트리샤의 소개에 셸은 깜짝 놀랐다.

"셸레니온느 쥬벨입니다. 이렇게 트레슈나 제국의 황녀님들을 만나 뵙게 되어 영광입니다."

"그렇지 않아도 티오네스의 미소를 가졌다는 소문은 전부터 들었지만 설마 이렇게 아름다운 분이리라고는 생각도 못했어요."

"시합장에서 싸우는 모습을 먼발치에서 보았지만, 이렇게 아름다운 분이 우락부락한 사내들을 꺾었다니……."

두 황녀의 인사에 셸은 아무 말도 못하고 그녀들의 얼굴만 쳐다보았다.

"그런데 세 분께서는 어쩐 일로 저를……."

"저희와 갈 데가 있어요."

"예?"

"따라와 보면 알 테니 우선은 우리를 따라오세요."

셸의 대답은 들을 필요도 없다는 듯 세 황녀는 내실을 빠져나갔고, 정신을 차리지 못하고 있던 셸은 황녀들을 따라온 시녀들의 재촉을 받아 그녀들의 뒤를 따라갔다. 그러나 갈 길이 꽤 먼 듯 현관에는 이미 마차가 그녀를 기다리고 있었다.

잠시 머뭇거리던 셸은 다시 시녀들의 재촉을 받아 황녀들이 타고 있던 마차에 타야만 했다. 무슨 일로 자신이 마차를 타야 하는지, 또 어디로 가는 것인지 알지도 못했지만 셸은 황녀들에게 그 이유를 물을 수가 없었다.

좋은 일이 있는지 생글생글 미소를 짓고 있는 그녀들의 모습도 모습이었지만 군이 눈길이 피하는 것을 보면 질문을 해도 대답해 줄 것 같지 않았다.

마차를 탄 지 30분 정도가 지나 그들이 도착한 곳은 푸르스름한 성벽이 우뚝 선 그리 크지 않은 성이었다. 자세하게 살펴보니 푸르스름한 성벽은 푸른 무늬가 들어간 대리석이었고, 성벽을 타고 오른 장미 덩굴은 곳곳에 금방이라도 활짝 필 것 같은 꽃봉오리와 붉고, 검고, 하얀 장미가 매달려 있었다.

"이곳이 어딘가요?"

"여긴 제5황비님이신 카렐 황비님의 무지개성이에요. 제국에 있는 모든 성 가운데 가장 아름다운 성이지요."

"그런데 이곳에는 왜……?"

"그건 잠시 후에 알게 되니 일단 내리세요."

어리둥절해하는 셸을 데리고 페트리샤들이 도착한 곳은 2층에 마련되어 있던 드레스 룸이었다.

드레스 룸에 들어선 페트리샤는 미리 대기하고 있던 시녀들에게 물었다.

"준비는 됐는가?"

"예, 마마."

"그럼 시작하도록 하지. 쥬벨님, 어서 옷을 벗으세요."

"예?"

"뭣들 하느냐? 어서 쥬벨님의 단장을 시작하거라."

"알겠사옵니다, 마마."

시녀들은 미처 셸이 막을 사이도 없이 그녀의 옷을 벗긴 후 엷은 가운을 입힌 후 옆방으로 안내를 했다. 서너 명이 함께 목욕을 해도 충분할 욕탕에는 뜨거운 목욕물이 김을 피워 올리며 들어올 사람을 기다리고 있었다.

시녀들의 도움을 받아 목욕을 마친 셸은 목욕 중에도 몇 번이나 자신이 왜 목욕을 해야 되는지 물었지만 그에 대한 대답은 전혀 들을 수가 없었다. 시녀들에 의해 목욕탕에서 나온 셸은 다시 그녀들에게 머리와 화장을 맡겨야만 했다.

짧은 시간 안에 화장을 마친 셸은 정신을 차릴 사이도 없이 페트리샤와 그의 두 동생들에 의해 미리 준비되었던 수십 벌의 드레스를 차례로 입어봐야만 했다.

"역시 이게 좋겠지?"

"맞아, 언니. 역시 쥬벨님은 수수하고 청초해 보이는 드레스가 잘 어울리는 것 같아."

"언니, 분위기를 바꿔 이런 건 어떨 것 같아?"

"안 돼, 이건 너무 야해. 이렇게 가슴과 등이 패인 드레스는 쥬벨님에게는 안 어울려."

"그럼 드레스는 이것으로 결정됐고…… 헤어드레스는 이게 좋을까?"

"바베트는 은은한 황금색을 띤 이런 모양이 좋을 것 같고 베일은 엷은 흰색이 좋을 것 같은데 너희들 생각은 어떠니?"

"그건 언니 생각대로 하고, 드레스의 프릴을 최대한 자제했으니 반대로 액세서리를 살리는 것이 좋을 것 같은데 언니들 생각은 어때?"

"붉은색 귀고리와 목걸이는 어떨까?"

"난 드레스 색에 맞춰 진주 목걸이와 진주 귀걸이가 좋을 것 같은데……."

"포인트를 주는 것이 좋지 않을까?"

그녀들의 말을 듣고 있던 셸은 뭐가 뭔지 전혀 알아들을 수 없었다. 아마도 자신을 어떤 용도(?)에 맞게 세팅을 하는 것 같은데 그 용도가 뭔지 전혀 짐작이 되지 않았다.

"저어, 그런데 제가 왜 이런 옷을 입어야……."

"쥬벨님, 잠시만 저희들이 하자는 대로 따라주세요. 그 이유는 조금 있으면 곧 알게 될 거예요. 너희들은 뭘 하고 있는 것이냐? 어서 장신구도 가지고 오고 준비한 꽃도 어서 내오도록 하거라."

"알겠사옵니다, 페트리샤 마마."

페트리샤의 다그침에 시녀들은 더욱 바쁘게 움직였다.

정신없이 움직이는 시녀들과 그녀들을 더욱 다그치는 페트리샤들의 고함 소리에 셸은 정신을 차릴 수 없었다. 그녀가 정신을 차렸을 때는 이미 흰색의 조금은 심플해 보이는 드레스에 역시 흰색과 황금색이 섞인 헤어드레스를 걸치고 있었다. 틀어 올린 머리 탓에 길어 보이는 그녀의 목엔 굵은 진주로 만든 목걸이 두 줄이 장식했고, 귀에 매달린 붉은 루비 귀고리는 그녀가 움직일 때마다 가볍게 흔들리고 있었다.

최종적으로 어리둥절해하는 그녀의 손에 들린 것은 일명 부케라 불리는 꽃다발이었다. 그제야 자신의 복장이 무엇인지를 깨달은 셀은 조금씩 몸을 떨려옴을 느꼈다. 동시에 며칠 전 쟌이 자신에게 한 말이 생각났다.

그녀가 막 입을 열려는 순간 페트리샤가 먼저 입을 열었다.

"만약 묻고 싶은 것이 있으면 가이야님의 부탁 때문에 이렇게 한 것이니 그분께 묻도록 하세요. 화장은 어떻게 된 거야? 향수도 좀 더 뿌려야 할 것 아니야."

정신없는 시간이 지나고 주위의 모든 정물들이 멈췄다고 느끼는 순간 셀의 눈에 띈 것은 굳어버린 듯 멍한 표정으로 자신을 바라보고 있는 서너 명의 여인이 전부였다.

어색한 표정을 짓던 셀이 막 입을 열려는 순간 문밖에서 사내의 음성이 들렸다.

"준비를 모두 끝난 것이냐?"

"아~ 헤르난 오라버니, 어서 들어오세요."

페트리샤의 말에 안으로 들어서던 헤르난은 창가에 비치는 햇살을 등으로 받으며 서 있는 셀의 모습을 발견하고는 순식간에 석상처럼 굳어버렸다.

곁에 서 있던 마샤에게 옆구리를 찔리고서야 정신을 차린 헤르난은 감탄을 금할 수 없었다.

물론 이전에도 셀의 아름다움이 대단하다는 것은 알고 있었지만 지금 자신이 보고 있는 모습과는 비교도 할 수 없다는 생각이 들었다. 보는 사람을 순식간에 매료시키는 아름다움은 여전했지만 인간으로서는 범접할 수 없는 신성함마저 가지고 있는 것 같았다.

"헤르난 전하, 그동안 안녕하셨습니까?"

"무, 물론이오, 레이디 쥬벨."

더듬거리는 헤르난의 대답에 셸은 얼굴을 붉혔다. 그 모습에 헤르난은 다시 한 번 멍해질 수밖에 없었다. 가까스로 정신을 차린 헤르난은 셸 앞에 한쪽 무릎을 꿇고는 그녀의 한쪽 손에 가볍게 키스를 했다.

"레이디 쥬벨, 정말 아름답소. 저에게 레이디를 에스코트할 수 있는 영광을 주시겠소?"

"전하께서 원하신다면⋯⋯."

가볍게 헤르난의 팔에 손을 올린 셸은 헤르난이 이끄는 대로 발걸음을 옮겼다.

드레스 룸을 나와 몇 개의 방을 거쳐 아래로 내려가는 계단에 도착했을 때 셸은 베일 너머로 수많은 사람들이 자신을 바라보며 감탄을 터뜨리는 모습을 곧 발견할 수 있었다.

헤르난이 유도를 하는 대로 걸음을 옮기던 계단을 내려서자 붉은 주단이 깔린 통로를 따라 걸음을 옮겼고, 그 끝에서 자신을 기다리고 있는 쟌의 모습을 곧 발견할 수 있었다.

쟌 역시 평소와는 달리 황금색 언더튜닉 위에 흰색의 가나슈를 걸치고 있었고, 역시 흰색의 달라붙는 브리치스에 흰색의 장갑과 부츠를 신고 있었다. 흰색 천에 황금색 수실로 장식된 머리띠를 한 채 미소를 짓고 있는 쟌의 모습은 평소 날카로운 모습과는 다르게 너무나 부드러워 보였다.

여섯 개의 대리석 기둥이 바치고 있는 천장까지는 거의 10여 미터가 넘어 보였고, 천장에는 채광을 위해 만들어놓은 수십 장의 스테인드글라스가 설치되어 있었고, 그곳을 통해 갖가지 색의 햇살이 실내로 쏟아지고 있었다.

중앙에 깔린 주단 양쪽에는 20여 개의 테이블에 4, 50명 정도의 사람들이 앉아 있었고 곳곳에 대리석 조각들과 아름다운 꽃들로 장식되어 있었다.

셀이 막 헤르난과 함께 걸음을 옮기는 순간 웅장한 음악이 울려 퍼졌고, 사람들은 걸음을 옮기는 셀의 모습을 마치 넋이 나간 듯 바라보고만 있었다.

마침내 두 사람이 쟌 앞에 도착을 하자 쟌은 가볍게 헤르난에게 인사하고는 셀에게 팔을 내밀었다. 조금은 천천히 쟌의 팔을 잡는 셀의 손이 부르르 떨린다고 느낀 것은 쟌의 착각이었을까?

팔짱을 낀 두 사람은 천천히 계단을 올라 단상 앞에 섰다.

터질 듯이 두근거리는 가슴을 억지로 진정시키며 살짝 고개를 든 셀의 눈에 보인 사람은 황제인 쾌헤리건이었다.

"대지의 여신인 가이야님과 티오네스님께서 주관하시는 봄을 맞이해 여기 한 쌍의 남녀가 새롭게 부부로 탄생하게 된 것을 기쁜 마음으로 만인들 앞에 알리게 되었소. …(중략)……. 신랑인 쟌 가이야는 나라에 충성하고, 정의를 지키며, 가족을 돌볼 것을 맹세하는가?"

"맹세합니다."

"신부 셀레니온느 쥬벨은 쟌 가이야를 평생 사랑하며, 투기하지 않을 것이며, 언제까지나 그를 믿고 따를 것을 신 앞에 맹세하는가?"

"맹세합니다."

"그렇다면 맹세의 증거로 신랑 쟌 가이야는 신부 셸레니온느 쥬벨에게 반지를 끼워주도록."

쿼헤리건의 말이 끝나자마자 대기하고 있던 시종이 쟁반 하나를 받쳐 들고 쟌에게 다가왔다. 쟌이 집어 든 것은 새끼 손톱만한 다이아몬드가 박힌 반지였는데 특이하게도 투명한 파란색과 붉은색이 섞여 있는 다이아몬드였다.

반지를 집어 든 쟌은 조심스럽게 셸의 왼손 네 번째 손가락에 반지를 끼워주었고, 그 모습을 쿼헤리건은 흐뭇한 모습으로 지켜보고 있었다.

반지를 낀 셸이 손을 내려놓는 모습을 본 쿼헤리건이 다시 말을 이었다.

"두 사람이 성혼 하였음을 정식으로 알리며, 신랑은 신부에게 키스를 하도록 하라."

쿼헤리건의 말에 천천히 셸이 쓴 베일을 머리 너머로 넘긴 쟌은 천천히 셸의 입술에 가볍게 입을 맞추었다. 그 모습을 흐뭇한 미소를 지으며 바라보던 쿼헤리건이 큰 소리로 외쳤다.

"새로 탄생한 가이야 부부에게 선물을 준비한 사람들은 선물을 주도록 하라!"

쿼헤리건의 말에 가장 먼저 다가온 사람은 헤르난이었다.

"결혼을 진심으로 축하하네. 그리고 아마도 제국의 황제를 주례로 모신 사람은 자네가 유일할 걸세."

"정말 고맙소."

"이건 그저 조촐한 선물이네. 성의로 생각하고 받아주었으면 고맙겠군."

　말과 함께 헤르난이 내민 것은 작은 나무 상자 두 개였다. 가볍게 셀의 손에 키스한 다음 물러섰고, 다음은 주례를 봤던 쿼헤리건이 역시 작은 상자를 내밀었다.

　"앞으로 두 사람 앞에 얼마나 많은 시간이 남았는지는 모르지만 언제까지나 함께 기쁨과 슬픔을 공유하는 삶이 되었으면 좋겠군."

　"감사합니다, 폐하."

　"이건 내가 마련한 작은 선물이네. 받아주게나. 그리고 이것은 황후와 황비들이 준비한 선물이네."

　"감사합니다, 폐하."

　쿼헤리건의 선물이 전달된 후 선물을 준비했던 사람들은 차례로 두 사람의 결혼을 축하하며 선물을 내밀었다. 주로 헤르난 진영에 소속된 사람들이 대부분이었다.

　가장 마지막으로 나타난 사람은 올리비에였다.

　"마차는 제가 준비했습니다."

　자신들에게 선물을 준 사람들에게 다시 한 번 인사를 한 두 사람은 식장을 빠져나왔고, 곧 자신이 탈 마차를 발견할 수 있었다.

　백마 네 마리가 매어져 있는 마차는 정말 호사스러움의 극치를 보이고 있었다. 갖가지 모양을 정밀하게 조각한 대리석도 대리석이었지만 금과 은으로 장식된 마차의 벽은 화려하기 이를 데 없었다.

　이 마차는 제4황후가 자랑으로 삼고 있는 마차였다.

　마차 안은 두 사람이 앉을 자리를 제외하고는 빼곡하게 꽃으로 장식되어 있었다.

두 사람이 마차에 오르기 전 쿼헤리건이 조금은 짓궂은 표정을 지으며 입을 열었다.

"내가 준비한 선물이 더 있네. 그건 앞으로 며칠 후 흑장미성으로 보내도록 하지. 아마 자네가 그 선물을 보면 깜짝 놀랄 걸세. 후후후. 그럼 신혼여행 동안 즐겁게 보내도록 하게."

그 말을 듣는 순간 잔은 다시 불길한 생각이 들긴 했지만 애써 잊기로 했다. 평생에 한 번뿐인 신혼여행을 망치기는 싫기 때문이었다.

두 사람이 마차에 오르자 재빠르게 마부석에 앉은 올리비에가 큰 소리로 외쳤다.

"그럼 출발하겠습니다!"

점점 멀어지는 마차를 바라보며 헤르난이 쿼헤리건에게 슬쩍 물어보았다.

"폐하, 그 깜짝 놀랄 만한 선물이 뭔지 미리 가르쳐 줄 수는 없는 겁니까?"

"후후후. 헤르난, 왜 궁금하냐?"

"폐하께서 호기심을 유발시키지 않으셨습니까?"

"후후후."

헤르난의 질문에도 쿼헤리건은 그저 의미를 알 수 없는 미소만 지을 뿐 단 한 마디의 설명도 하지 않았다.

올리비에가 몰던 마차가 도착한 곳은 헤르난이 자신의 휴식처로 삼고 있던 통나무집이었다.

킬라우림 스타디움이 있는 곳보다 남쪽에 위치한 탓인지는 모르지만 통나무집 외벽과 지붕까지 타고 오른 장미 덩굴이 꽃망울을 활짝 터뜨려 마치 장미로 지은 듯 보였다. 붉고, 희고, 검고, 노랗고, 보라색의 갖가지 장미들로 장식된 집은 한마디로 환상적이었다.

평소 좀처럼 감정의 굴곡이 그리 심하지 않았던 셀이 입을 벌린 채 다물지 못하는 것을 보면 아마 통나무집을 보고 꽤나 놀란 모양이었다.

"헤르난 전하께서 두 분을 위해 이곳을 새롭게 단장하셨습니다. 며칠 동안 지낼 수 있도록 식량도 준비가 되어 있고, 또 한동안 이곳 주위에 사람들의 출입을 금지시켰으니 두 분을 방해할 사람은 아무도 없을 겁니다. 저도 이대로 흑장미성으로 돌아갔다가 열흘 후에 두 분을 모시러 올 겁니다."

"열흘 후? 아니, 6일 후에 오도록 해."

"알겠습니다, 마스터."

올리비에가 마차를 몰고 흑장미성으로 돌아간 후 천천히 통나무집 주위를 산책하던 쟌과 셀은 아름다운 것이 통나무집을 장식하고 있는 장미만이 아님을 곧 깨달을 수 있었다.

통나무집 주위는 연한 잔디가 융단처럼 깔려 있었고, 조금 떨어진 곳에는 한 사람이 껴안기 힘들 정도로 굵은 나무들이 즐비한 숲도 있었다.

셀은 숲이 마음에 들겠지만 쟌은 탁 트인 언덕 밑에 펼쳐진 넓은 호수가 더 마음에 들었다.

햇살에 반짝거리는 호수는 마치 수면에 오색 영롱한 보석 가루를 뿌려놓은 듯 눈이 어지러울 정도로 빛을 뿌리고 있었다.

셀과 함께 풀밭에 앉은 쟌은 호수의 수면을 바라보며 입을 열었다.

"셀, 마음에 들어?"

"이렇게까지 하지 않아도 되는데……."

"아니야. 셀에게 결혼식을 선물하고 싶은 생각도 있었지만 실은 나도 셀과 결혼식을 올리고 싶었어. 사실 셀이 워낙 예뻐서 언제 누가 데리고 갈지 몰라서 그동안 상당히 불안했거든."

그 말에 고개를 돌리고 보니 눈이 활처럼 휜 채 짓궂은 미소를 짓고 있는 쟌의 얼굴이 보였다. 붉게 물든 얼굴로 어쩔 줄 몰라 하던 셀은 곧 호수로 눈을 돌렸다.

"정말 상상도 못했어요. 너무 고마워요, 쟌."

"당연히 내가 해주었어야 할 일인데 뭐. 나도 헤르난에게 부탁을 하긴 했지만 설마 황제가 주례를 맡으리라고는 생각을 못했어."

쟌의 말에 셀도 고개를 끄덕였다.

단상 앞에 선 퀘헤리건의 모습을 발견하는 순간 사실 그녀도 깜짝 놀랐었다. 하객으로 온 사람도 모두 황족들뿐이어서 그녀의 놀라움은 더할 수밖에 없었다. 황제의 주례에 황족들의 축하를 받으며 결혼할 수 있는 사람이 과연 천하에 몇 명이나 되겠는가? 황제의 아들조차 아버지의 주례를 받을 수는 없지 않은가?

"앞으로 어떻게 하실 건가요?"

"승계 전쟁 말이야?"

"그래요."

"일단 이곳에서 지내는 동안만은 잠시 그 생각을 접어두자고. 어차피 성으로 돌아가면 정신없이 바쁠 테니까 말이야."

"알겠어요, 쟌."

대답을 한 셸은 쟌의 가슴에 가만히 머리를 기댔다.

서쪽 하늘을 붉게 물들이는 석양과 황금색으로 빛나는 호수의 수면이 어우러지자 그야말로 환상적인 광경이 눈앞에 펼쳐졌다. 정신없이 그 광경을 바라보던 두 사람이 정신을 차렸을 때는 이미 주위는 짙은 어둠이 내린 후였다.

어두운 밤하늘을 가득 메운 별들이 수면에 비치자 마치 별들이 자신들에게로 쏟아지는 듯한 기분이 들었다.

"정말 오랜만에 보는 은하수(銀河水)네."

"예? 은하수가 뭐죠?"

"셸, 잘 봐. 저쪽에 유난히 별들이 많이 모여서 마치 물이 흘러가는 듯 보이는 곳이 있잖아. 저런 별무리를 내가 살던 곳에는 은하수라고 불러."

"밤하늘을 흐르는 은빛 물결……. 상당히 운치있는 이름이네요."

"후후후, 그 말이 그렇게 운치있게 들렸어? 나는 어렸을 때부터 자주 들었던 말이라 별로 운치있는 줄도 모르겠어."

"나중에 시간이 나면 본격적으로 쟌이 살던 곳의 말과 글을 가르쳐 주세요. 그때 쟌의 기억 속에서 말과 글을 마법으로 배우기는 했지만 완전하지는 않아요."

"그래? 빌어먹을 한자는 너무 복잡하고 또 많아. 하지만 내가 아는 한자는 그리 많지 않거든. 그 이야기는 나중에 하기로 하고 안으로 들어가실까요, 레이디 쥬벨?"

"호호호, 미안하지만 잘못 아셨어요. 저는 레이디가 아니라 마담 가이야예요."

"아~ 죄송합니다. 그럼 남편이 오기 전까지 제가 마담을 모셔도 되겠습니까?"

"어머~ 저를 어떻게 보고 그런 말씀을 하시는 거죠? 저는 정숙한 여인이에요. 한 번만 더 수작을 부리시면 실레스틴을 불러 혼을 내주겠어요. 흥!"

"헉! 이럴 수가……. 나의 이 살인미소에 넘어오지 않는 여인이 있었다니, 도저히 믿을 수 없군."

쟌의 과장된 행동에 서로 눈이 마주친 두 사람은 동시에 폭소를 터뜨렸다. 얼마나 통쾌하게 웃었는지 배가 다 아플 지경이었다.

통나무집 안으로 들어선 두 사람은 화사하게 꾸며진 실내의 모습에 놀라움을 금치 못했다. 벽난로에는 장작이 쌓여 있었고, 작은 티 테이블 위에는 도기로 만든 작은 주전자와 두 개의 찻잔, 그리고 과일 몇 가지가 담긴 바구니가 있었다. 또 황금으로 만든 듯 보이는 촛대에는 두 자루의 양초가 꽂혀 있었다.

또 열린 문 사이로 보이는 침실에는 네 개의 기둥을 가진 커다란 침대가 보였다. 네 개의 기둥에는 베일이 연결되어 있어 침대의 모습이 은은하게 보였다.

천장에는 작은 마법등이 있었지만 실내를 밝히기에는 충분했다. 쟌이 벽난로에 불을 지피는 동안 셀은 마법등을 끄고 양초에 불을 밝혔다.

벽난로의 불빛과 촛불의 불빛이 은은히 실내를 밝히고, 티 테이블에 마주 보고 앉은 두 사람은 상대의 잔에 와인을 따라주고는 사랑이 가득한 눈으로 상대를 바라봤다.

"셸, 신이 우리 두 사람에게 허락한 시간이 얼마나 되는지 모르지만 죽음이 우리를 갈라놓을 때까지 그대만을 사랑할 것을 맹세하오. 사랑하오."

"앞으로 당신을 믿고, 당신만을 사랑하며, 당신의 결정에 모든 걸 따르겠어요. 사랑해요, 쟌."

챙.

크리스털로 만든 잔이기 때문에 때문일까?

청아한 소리가 실내에 울려 퍼진 후 가볍게 목을 축인 쟌은 천천히 자리에서 일어나 셸에게로 다가갔다. 그리고는 그녀를 조심스럽게 안아 들었다.

"결혼 후 처음 맞는 밤이야. 이만 잘까?"

"예."

쟌의 목에 팔을 두른 채 모기만한 소리로 대답하는 셸의 얼굴은 빨갛게 물들어 있었다.

침실의 마법등도 꺼지고 벽난로에서 장작 타는 소리만 실내에 울려 퍼졌다.

44 장
골치 아픈 선물

"가이야 부부의 마차가 성으로 다가옵니다!"

성벽 위에 서 있던 병사 하나가 큰 소리로 성 안쪽을 향해 크게 외쳤다.

병사의 외침에 굳게 닫혔던 성문이 서서히 열렸고, 마차는 열린 성문 사이를 통과해 성안으로 들어섰다.

속도를 서서히 줄인 마차가 성의 정원과 현관 사이에서 정확하게 멈추자 황급히 마부석에서 뛰어내린 올리비에가 재빨리 마차의 문을 열어주었다.

문이 열리자마자 쟌이 뛰어나왔고, 그런 쟌의 손을 잡고 내린 셸은 이전과는 비교할 수 없을 정도로 부드럽고, 행복한 미소를 지은 채 마차에서 내렸다. 마차에서 내린 쟌과 셸은 팔짱을 낀 채 자신들을 기다리고 있던 헤르난과 그의 동생들, 조세프 후작과 크리스토퍼 용병단장, 그리고 자신들을 기다리고 있던 몇몇 용병들에게 조금은 어색한 표정으로 인사를 했다.

"편히 쉬었는가?"

"전하 덕분에 영원히 기억에 남을 결혼식을 치르게 되었소. 다시 한번 감사드리오."

"마음에 들었는가?"

"아주 마음에 들었소."

"그렇다니 다행이군. 그건 그렇고… 왜 좀 더 쉬지 않고 이렇게 빨리 왔나? 앞으로 쉴 시간도 그리 많지 않을 텐데 말이야."

"그렇지 않아도 그에 대해 할 말이 있소이다. 괜찮다면 회의실로 갔으면 하오."

"그래? 그럼 가도록 하세."

"올리비에, 넌 용병들을 집합시켜 놓도록 해. 그들에게도 할 이야기가 있으니까."

"알겠습니다, 마스터."

다른 사람들의 눈은 신경도 쓰지 않은 채 다정하게 셀과 팔짱을 낀 쟌은 태연스러운 얼굴로 걸음을 옮겼다.

흑장미성 2층에 마련된 회의실에 도착한 사람들은 둥근 회의 탁자에 둘러앉아 쟌이 먼저 입을 열기를 기다렸다.

"그래, 할 이야기라는 것이 뭔가?"

"승계 전쟁이 치러지는 지역은 어디요?"

쟌의 질문에 유리가 테이블 위에 트레슈나 제국 전도를 펼쳤다. 그리고는 제국의 서북쪽을 가리켰다.

　"바로 이곳 커트론 지역이오. 이곳은 산악과 평야, 늪, 숲 등이 전역에 깔려 있어 꽤나 다양한 형태의 전투를 치러야만 하는 지역이오. 이곳에는 약 10여 개의 작은 성이 흩어져 있어 2년 동안 공성전도 꽤 치러야만 할 거요."

　지도를 살펴보니 상당히 복잡한 지형이었다. 평야 지대가 아닌 이렇게 복잡한 지형에서는 정규군끼리의 대규모 전투는 거의 불가능했다. 전투 경험이 풍부한 용병들만이 이런 지형에서 전투를 할 수 있을 것이다.

　"이곳의 날씨는 어떻소?"

　쟌의 질문에 유리와 필립은 순간적으로 말문이 막혔다.

　"날씨 따위가 승계 전쟁과 무슨 상관이 있다는 거지?"

　루이스의 반문에 기가 막히다는 표정을 짓던 쟌은 로고스를 바라봤다.

　"단장님, 대체 단장님은 전하 곁에 있으면서 대체 뭘 한 겁니까? 설마 단장님도 날씨가 전투에 아무 상관 없다고 생각하시는 것은 아니겠지요?"

　"약간의 오해가 있는 것 같군. 사실은 오래전, 그러니까 내가 막 헤르난 전하 진영에 참가했을 때 황제 폐하께서 나를 부르시더군. 하지만 막상 황궁에 도착해 보니까 카멜과 타마룬 역시 와 있더군."

　"3대 용병왕을 모두?"

　반문을 하는 헤르난의 모습은 그 역시 황제가 무엇 때문에 용병왕들을 부른 것인지 그 이유를 모르고 있던 것 같았다.

"황제께서 나와 두 사람을 부른 이유는 우리가 가진 지식 가운데 전략·전술에 관한 지식 사용을 승계 전쟁 기간 동안 유보해 달라는 것이었네. 이유를 물었지. 그랬더니 황제께서 그러시더군. 우리 세 용병왕의 경험과 지식보다는 승계 전쟁을 치르는 전하들께서 가지신 능력을 보고 싶다고 말이야. 우리들도 각자 자신이 모시는 전하들의 능력을 보고 싶은 생각도 있어 폐하의 요구를 받아들였네."

 "단장님이 황제와의 약속을 지켜 아무 말도 하지 않은 것은 이해를 하겠는데 다른 두 사람의 용병왕도 약속을 지킨다고 어떻게 확신할 수 있단 말입니까?"

 "황제 앞에서 자신이 믿는 신과 부모님, 그리고 자신의 이름과 명성을 걸고 맹세했네. 그리고 승계 전쟁이 시작되면 로즈 검증단 가운데 몇 명이 우리 진영에 파견되어 내가 약속을 지키는지, 그리고 우리가 전략·전술을 어떻게 운영하는지, 작전 계획은 어떻게 짜는지, 또 수뇌부는 어떻게 활동하는지 감시·감독하게 될 것이네."

 "거 정말 복잡한 것을 좋아하는 황제시네. 제길."

 "닥쳐라! 황제 폐하께 대한 불경은 황실에 대한 불경임을 모른단 말이냐!"

 "당신이나 닥치고 있으시오. 날씨, 지형 이 모든 것이 전황에 얼마나 심각한 영향을 끼치는지 그것도 모르는 주제에 누구에게 큰소리를 치는 거요? 여기 지형을 보란 말이오. 전반적으로 숲과 늪, 호수가 깔려 있지 않소. 이런 지형에는 당연히 안개가 자주 낄 것이고, 다른 지역에 비해 비도 자주 올 것이오. 질퍽거리는 지형은 무거운 공성병기들을 이동시키는 데 발목을 잡을 것이 분명하고, 눅눅한 날씨는 용병들의 건

강에 심각한 영향을 끼친단 말이오. 당연히 겨울에는 더 결정적으로 작용할 것이고 말이오. 물론 귀하들이야 따뜻한 성에서 작전회의나 하면서 시간을 보내면 될 테니까 용병들이야 얼어 죽든 말든 신경 쓸 필요도 없겠지."

지독하게 신랄한 쟌의 말에 그 자리에 앉아 있던 사람들은 일제히 꿀 먹은 벙어리처럼 한마디도 하지 못했다.

그동안 그들이 상의했던 것은 그저 병력 운용을 어떻게 할 것인가? 얼마나 많은 양질의 용병들을 고용할 수 있는가? 군자금은 어떻게 지속적으로 조달할 것인가? 아직까지 마음을 결정하지 못한 귀족들을 어떻게 포섭할 것인가 등등이었다. 전략과 전술에 해박하다는 유리와 필립조차 기본적으로 고려해야 할 날씨나 지형에 대해서는 생각도 해본 적이 없었다.

"그만 하게. 아직 전하들께서는 경험이 부족해서 그런 것 아닌가? 차츰 배워 나가실 것이네."

"흥! 귀하신 이분들께서 '아~ 내가 작전을 잘못 세웠네' 라고 할 때마다 아마 수백 수천 명의 용병들이 누구를 원망해야 되는지도 모른 채 죽어갈 거요."

"사과하겠소. 미처 그 점은 생각하지 못했소."

유리의 솔직한 사과에도 쟌의 굳은 얼굴은 풀릴 줄 몰랐다. 그 모습에서 왕자들은 쟌이 얼마나 용병들을 소중하게 생각하고 있는지 짐작할 수 있었다.

"그래, 그 점은 나도 사과를 하겠네. 유리, 필립, 두 사람은 앞으로 쟌이 말한 것을 신경 쓰도록 해라."

"그건 그렇고… 승계 전쟁이 벌어지는 지역이 이 지역이라면 다른 두 왕자는 어느 성을 본거지로 삼는지 알고 있소?"

"일단 현재까지 조사된 바로는 아마 아쉬드 전하께서는 북방의 평야 지대에 있는 이곳에 본거지를 삼을 것 같고, 그리고 주네티 전하께서는 평야를 끼고 있는 이 지역을 본거지로 삼을 것으로 예상이 되네. 두 분 전하와의 거리를 생각하면 아마도 우리는 이 지역이 좋지 않을까 생각하고 있네."

마리아노의 설명에 그가 가리킨 곳을 바라보던 쟌은 잠시 고개를 갸웃거렸다. 물론 거리상으로 마리아노가 가리킨 곳이 가장 적당했지만 그곳은 주위에 늪지대가 있어 장시간 머물기는 적당한 곳으로 생각되지 않았다. 잠시 셀과 뭔가를 얘기를 나눈 쟌은 지도상에 표시되어 있던 여러 성 가운데 숲 사이에 표시된 성을 지목했다.

"내가 생각하기에는 여기 숲 속에 있는 성이 본거지로 가장 적합할 것 같소."

"이곳 말인가? 하지만 이곳은 숲으로 둘러싸여 있어 경계하기 어렵지 않겠는가?"

"물론 일반적으로 생각하면 그렇겠지만 숲 주위에 마법 트랩을 설치하거나 정령들로 경계를 하게 한다면 해결될 문제 아니겠소? 숲에 성이 있으니 다른 성에 비해 오히려 날씨나 지형에 대해서는 신경을 덜 써도 될 것이라고 생각하오."

쟌의 나중의 말이 잘 이해되지 않는지 사람들은 고개를 갸웃거렸다. 그 모습에 쟌이 한숨을 쉬며 설명을 하려는 순간 셀이 먼저 입을 열었다.

"그것에 대해서는 제가 설명할게요. 조금 전 쟌이 지목한 성은 비교적 낮고 평탄한 지역에 펼쳐진 숲 속에 있어요. 여러분들은 잘 모르시겠지만 이런 지역에서는 급격한 날씨 변화나 기온 변화는 드물어요. 그런 반면 다른 두 분의 전하께서 본거지로 삼으신 성은 평야 지대이긴 하지만 고지대에 위치하고 있기 때문에 주위를 정찰하거나 성을 방어하기에는 용이하나 급격한 날씨 변화와 온도 변화를 피할 수 없어요. 게다가 승계 전쟁이 벌어지는 이곳은 시멘루이나 대륙 북방에 위치하고 있기 때문에 겨울이 길 수밖에 없어요. 아마 두 분 전하께서는 지금까지 경험해 보지 못한 혹독한 겨울을 경험하셔야만 할 거예요."

셸의 설명에 그제야 사람들은 고개를 끄덕였다.

"다른 사람도 아닌 엘프이신 마담 가이아의 말이니 틀림없겠지. 우리가 또 알아야 할 것이 있는가?"

마리아노의 말에 쟌은 생각할 것도 없이 말을 꺼냈다.

"가장 급하게 처리할 것은 세 가지. 먼저 승계 전쟁 지역의 성으로 언제 이동할 것인가? 다음, 용병은 얼마나 고용할 것인가? 마지막으로 공성병기는 어떻게 조달할 것인가? 우선 이 세 가지에 대해 대답해 주시오."

"그건 내가 대답하도록 하지. 황제께서 승계 전쟁의 시작을 선포하시면 다음날부터 한 달 안에 병력의 이동을 종결해야만 하고 그때부터 본격적인 승계 전쟁이 시작된다네. 그리고 약간의 운용 자금을 제외한 나머지 군자금 전부 용병들을 고용하는 데 사용할 생각이네. 마지막으로 공성병기는 직접 제작해서 사용해야 하네. 하지만 발리스타, 스프링널, 트레뷔세, 캐터펄트의 설계도를 이미 입수해 놓았으니 제작하는 것은 그리 어렵지 않을 것이네."

헤르난의 대답에 쟌은 고개를 저었다.

"왜, 문제있나?"

"문제라기보다 방법을 달리하는 것이 좋지 않을까 생각되기 때문이오."

"방법을 달리한다니, 어떻게 말인가?"

"아까 용병들을 약간의 군자금만 제외하고 모두 고용하겠다고 했는데, 전하가 생각하기에 본격적인 전투가 언제부터 시작될 것 같소?"

"아마도 우기(雨期)가 지나기 전에는 시작하지 않을 것 같은데 네 생각은 어떠냐?"

"제가 생각에도 조직 정비나 지역 정찰들을 마치려면 어느 정도 시일이 걸릴 것입니다. 형님께서 말씀하신 대로 우기 전에는 전쟁이 시작되지는 않을 것 같습니다."

"더구나 상대 진영에 대한 정확한 정보를 수집하려면 시간이 좀 더 필요하지 않겠습니까?"

헤르난의 질문에 유리와 필립이 차례로 대답했다.

"단장님, 아쉬드 왕자나 주네티 왕자는 용병을 얼마나 고용할 것 같습니까?"

"지금까지 아쉬드 전하께서는 약 3만 명 정도의 용병을 고용하셨고, 주네티 전하께서도 약 2만 7천 명 정도의 용병을 고용하신 것으로 파악되고 있네."

"그럼 단장님이 생각하실 때 우리 진영에서는 용병을 얼마나 고용해야 한다고 생각하십니까?"

"최소 2만 5천 명 정도는 고용해야 되지 않겠나?"

"그 정도 숫자를 유지하려면 상당히 많은 군자금이 들어갈 텐데… 군자금은 여유가 있습니까?"

"현재로서는 빠듯한 상황인 것으로 알고 있네."

로고스의 대답에 곰곰이 뭔가를 생각하던 쟌은 천천히 자신의 생각을 이야기했다.

"이건 전부터 생각해 오던 것인데 내 의견의 타당성은 알아서 판단하도록 하시오. 먼저 고용하는 용병들의 숫자인데, 내가 생각하기에 단장님이 말한 정도의 용병은 고용할 필요가 없을 것 같소."

"필요가 없다니? 그게 대체 무슨 소리지? 이건 놀이가 아니라 전쟁이란 말이야. 상대에게 조금이라도 열세라고 판단할 틈을 보이면 바로 공격을 당한단 말이야!"

발끈하며 따지는 루이스는 본 척도 하지 않은 채 쟌은 신중하게 자신의 의견을 밝혔다.

"내 말이 끝나거든 떠드시오. 내가 적은 수의 용병을 고용해야 한다고 생각하는 이유는 그렇게 하면 일단 군자금을 압박받을 일이 없을 테고 또 병력의 운영도 용이할 것이라고 생각되기 때문이오. 게다가 그렇게 고용한 용병들을 날씨나 지형에 적응시키고 몇 번의 전투를 겪게 하면 새로 고용할 용병들의 길잡이나 그들을 이끌 팀장으로 삼을 수 있게 될 것이오."

"으음~ 당장 전투가 벌어지지는 않을 테니까 그것도 괜찮을 것 같군. 그럼 자네가 생각할 때 용병들을 얼마나 고용해야 하겠나?"

"내가 생각할 때 8천 정도면 될 것 같소. 물론 애초에 목표로 한 용병들과는 비밀리에 계약해서 우리가 필요로 할 때 신속하게 보충이 되어야만 할 것이오."

"8천이라…… 자네 생각은 그것뿐인가?"

"아니오. 또 한 가지가 있소. 공성병기의 설계도를 가지고 있다고 했소?"

"그렇네."

"그럼 공성병기를 만들 수 있는 원자재를 미리 구해 공성병기를 만드는 연습을 해야 될 것이오."

"만드는 연습? 그건 왜 필요하지?"

좀처럼 입을 열지 않던 부케인이 도저히 이해가 되지 않는다는 표정으로 질문을 했다. 그렇기는 다른 사람도 마찬가지였다.

한번 만들면 끝인 공성병기를 만드는 연습은 대체 무엇 때문에 필요하다는 것인가?

그런 사람들의 반응이 쟌으로서는 한심스럽기만 했지만 애써 그런 마음을 억누르며 설명을 시작했다.

"지도를 보면 알겠지만, 이 지역은 평야 지대보다는 숲과 늪, 호수가 더 많소. 다시 말하자면 지면이 평야 지대에 비해 훨씬 무르단 말이오. 설사 공성병기가 있다고 하더라도 어떻게 운반을 할 것이오? 아무리 말을 이용한다 해도 이동 속도는 형편없이 떨어질 것이오. 가장 좋은 방법은 모조리 분해를 해 다른 왕자들의 성 근처에서 다시 조립해 공격하는 방법뿐이란 말이오."

쟌의 말에 그제야 왕자들과 마리아노는 탄성을 지르며 고개를 끄덕였고, 곁에 있던 로고스는 감탄하는 기색이 역력한 얼굴로 쟌을 바라봤다.

황제와의 약속 때문에 비록 아무런 말도 하지는 않았지만 왕자들이 일을 처리하는 모습을 곁에서 지켜보면서 답답했던 적이 한두 번이 아니었다. 게다가 지금껏 지내온 생활 탓인지는 모르지만 모든 것을 자기 중심적으로 생각하고 결정하는 경향이 있었다. 게다가 쟌을 못마땅하게 생각하는 왕자들의 태도는 그들을 모르는 사람들이 보기에도 금세 눈치 챌 수 있을 정도로 노골적이었다.

하지만 로고스가 보기에 쟌이란 청년은 알면 알수록 점점 더 신비스러운 점이 계속해서 보였다. 대체 몇 살 때부터 전쟁에 관한 지식을 배웠기에 저렇게 어린 청년이 자신 같은 베테랑 용병도 생각하지 못한 점을 지적할 수 있는 것인지 아무리 생각해 봐도 이해가 되지 않았다.

자신이 20여 년 동안 피를 흘리고 목숨을 몇 번이나 잃을 뻔한 위기의 순간을 경험하며 익혔던 그 모든 것보다 쟌이 퉁명스럽게 내뱉었던 말이 훨씬 강인한 인상을 남겼다. 전쟁에 관한 제반 지식만 해도 놀랄일인데 쟌은 무시무시한 맨손 타격기까지 익히고 있지 않은가. 그의 스승이 누구인지는 모르지만 쟌이란 걸출한 인재를 키워낼 수 있다는 것만으로도 존경스러운 감정이 저절로 생겼다.

처음 헤르난에게 군자금을 내겠다고 했을 때부터 보통은 아니라고 생각이 되었지만 지금은 헤르난 진영에서 결코 없어서는 안 될 인물이라고 수뇌부라면 누구든 인정하는 사실이다.

"내가 할 이야기는 다 했소. 할 말이 없다면 난 이만 나가보겠소이다."

"자네의 말은 잘 들었네. 특별히 볼일은 없으니 그만 나가보도록 하게."

헤르난의 말에 쟌은 고개만 까닥거렸고, 셀은 정중히 인사를 한 후

회의실을 빠져나갔다.

"대체 저 자식은 어디서 저런 지식을 배운 것이지? 게다가 저 자식은 비격인지 뭔지 괴상한 무술까지 익혔잖아."

"정말 대단한 사람이야. 이런 상황만 아니라면 지위를 떠나 한번 사귀어보고 싶은 사람이야."

"뭐야? 설마 유리 형, 저 자식한테 반하기라도 한 거야?"

"후후후. 왜, 그럼 안 되니? 루이스, 네 생각에는 쟌이란 사람을 정말 대단하다는 생각이 안 든단 말이냐?"

"대단한 건 사실이지만 그렇다고 저따위 자식과 사귈 생각은 손톱만큼도 없어."

아옹다옹하는 두 사람의 모습을 지켜보던 헤르난은 피식 미소를 지었다. 쟌에게 반한 사람이 또 한 사람 늘었다는 것을 확인하자 자신도 모르게 웃음이 흘러나온 것이었다.

"참! 헤르난 형."

"왜 그러니, 필립."

"황실에서 온 사람들 이야기를 깜빡 잊고 가이야 부단장에게 말하지 않았잖아."

"그렇구나. 하지만 올리비에가 알고 있으니 연락을 해주겠지. 하지만 쟌이 그 선물을 보고 어떤 표정을 지을지 정말 궁금하구나."

"흐흐흐, 맞아. 그걸 보고 곤란해하는 그 자식의 얼굴을 보며 놀려줘야 하는데 나도 깜빡 잊고 있었잖아. 에이, 좋은 기회를 놓쳤어."

헤르난의 말에 루이스는 정말 아깝다는 표정을 지었고, 그 모습에 다른 사람들의 얼굴에도 미소가 번졌다.

성의 지하로 향한 쟌은 자신을 기다리고 있는 2백 명의 용병들을 곧 발견할 수 있었다.

"오셨습니까, 마스터."

쟌을 발견한 용병들은 일제히 고개를 숙이며 인사했다.

가장 앞쪽에 서 있던 올리비에가 흡족한 미소를 짓고 있는 모습을 발견한 쟌의 눈매가 가늘어졌다.

"네가 시킨 거냐?"

"아닙니다. 이번 판클라치온 대회에 참가했던 용병들이 마스터께 배웠던 기술과 훈련으로 놀라운 성적을 거둔 것을 다른 용병들도 알게 되면서 마스터에 대한 존경심이 생겨 이렇게 인사를 드리게 된 것입니다."

"정말이냐?"

"쓸데없는 예의를 싫어하시는 마스터의 성격을 제가 아는데 어떻게 제가 감히 이런 짓을 하겠습니까?"

그 말을 하면서도 올리비에의 얼굴에 걸린 웃음이 사라지지 않은 것을 보면 직접적인 개입은 하지 않았을지 모르지만 그의 입김이 작용한 것만은 확실해 보였다.

"간단하게 말하겠다. 앞으로 며칠 후면 승계 전쟁이 시작된다. 너희들이 어떤 활약을 해주느냐에 따라 승계 전쟁의 향방이 결정될 것이다. 헤르난 왕자와 계약을 했기 때문에 싸우는 것이 아니라 그를 황제로 만들기 위해 싸운다고 생각해라. 너희가 황제를 만드는 것이다. 이상."

말을 마친 쟌은 셀과 함께 그 자리를 떠났고, 그 뒤를 올리비에가 허겁지겁 따라갔다.

뒤에 남은 용병들의 표정이 일제히 멍청하게 변했다.

"우리가 황제를 만든다고?"

그들의 표정이 변한 것은 바로 그 말 때문이었다.

용병 따위가 황제를 만든다는 그런 충격적인 말을 대체 어디서 들어 본 적이 있겠는가?

쟌의 마지막 말을 듣는 순간 그 자리에 모여 있던 용병들은 전신에 소름이 오싹 끼칠 정도로 극심한 전율을 느껴야만 했다. 하지만 불쾌한 감정이 아니라 극도의 황홀함이 느껴지는 쾌감이 전신을 지배했다.

서로의 얼굴을 쳐다보던 용병들의 입가에는 자신도 모르는 사이 미소가 지어졌다.

지하 훈련장을 빠져나와 자신의 거처로 향하던 쟌에게 올리비에가 조금은 다급하게 입을 열었다.

"마스터, 드릴 말씀이 있습니다."

"뭐야?"

"얼마 전 결혼식에서 황제 폐하가 선물을 하실 거라고 한 말씀 기억하십니까?"

"선물? 아~ 그런 말을 들은 기억이 있군."

무덤덤하게 대꾸를 하는 쟌과는 달리 올리비에의 얼굴은 심각하기만 했다. 올리비에의 표정이 이상하게 변한 것을 발견한 쟌이 걸음을 멈추고 몸을 돌렸다.

"무슨 일이 있나?"

"그게 저어~ 마스터께서 직접 만나보는 것이 좋을 것 같습니다."

"만나? 그 선물이라는 것이 그럼 사람인가?"

"그, 그렇습니다."

"내가 직접 만나야 될 정도로 중요한 사람인가?"

"그렇습니다, 마스터."

다급해 보이는 올리비에의 태도가 조금 이상하기는 했지만 크게 신경 쓰이지는 않았다.

"지금 어디 있나?"

"헤르난 전하의 개인 훈련장에서 마스터가 오시기를 기다리고 있습니다."

"그래? 셀, 피곤하지 않아?"

"전 괜찮아요."

"그럼 앞장서."

쟌의 말에 앞장서서 걸음을 옮기던 올리비에는 쟌이 과연 그들을 만나 어떤 표정을 지을까 정말 궁금했다. 물론 쟌에게 기다리는 사람들이 누구인지 말해 줄 수도 있었지만 올리비에도 그가 놀라는 모습을 보고 싶어 말을 하지 않은 것이었다.

그러는 사이 그들은 헤르난의 개인 훈련장에 도착했고, 그곳에 서 있는 세 사람을 곧 발견할 수 있었다. 그런데 그들 가운데 한 사람은 쟌도 잘 알고 있는 사람이었다.

이유는 간단했다. 그 사람은 바로 판클라치온 시합의 본선 1차전에서 자신과 싸웠던 기레스트 유로웰이었기 때문이다.

"그대가 여긴 웬일이오?"

"먼저 결혼한 것을 축하하오."

"고맙소."

기레스트의 축하에 대답을 하던 쟌은 갑자기 뭔가가 생각난 얼굴로 자신을 기다리고 있던 사람들을 살폈다.

30대 초반으로 보이는 기레스트와 그와 비슷한 연령대로 보이는 금발의 청년, 그리고 두 사람보다 적어도 열 살은 더 먹어 보이는 중년인이 못마땅하다는 표정이 역력한 얼굴로 서 있었다.

"설마?"

"여기 황제 폐하의 편지가 있소."

기레스트가 내민 편지를 받아 든 쟌은 신경질적으로 편지를 폈다. 불쾌한 예감이 또다시 뇌리를 스쳤기 때문이었다.

〈쟌 가이야 경에게.

신혼여행은 잘 다녀왔는지 궁금하군.

내가 이렇게 펜을 든 이유는 다름이 아니라 자네에게 부탁할 것이 있기 때문이라네.

부탁은 이 편지를 전달하는 세 사람에게 자네가 알고 있는 그 비격이라는 무술을 가르쳐 달라는 것이네.

물론 이것은 자네가 승계 전쟁 후에 맡게 될 근위기사단의 무술 마스터 자리와는 아무런 상관도 없는 일이네.

그저 1년이라는 시간 안에 이들이 얼마나 강해질 수 있는지 그것을 확인하고 싶기 때문이네.

편지를 전하는 세 사람은 각기 근위기사단 두 명의 부단장 가운데 한 명인 슈뢰더 발라키 백작과 크렌 드래곤 기사단의 부단장 드보아 루돌프 백작, 그리고 이번에 레드 와이번 기사단의 부단장으로 임명된 기레스트 유로웰 백작이라네.

아마 이들 세 사람을 가르친다면 후일 기사단의 기사들을 가르치는 데도 상당히 도움이 될 것이라고 생각하네.

자네의 말에 절대 복종하라고 했으니 아마 그들로 인해 골치 썩을 일은 없을 것이네.

또한 그들도 거의 소드 마스터에 준하는 실력을 가진 기사들이니 가르치는 것이 그리 어렵지는 않을 것이라 생각하네.

나를 놀라게 했던 자네 모습을 다시 한 번 볼 수 있게 되기를 바라네.

다시 한 번 결혼을 축하하며, 부인에게도 내가 안부를 묻더라고 전해주게나.

그럼 이만.

추신:그들을 가르치는 데 필요한 것이 있으면 그것이 무엇이든 요구하도록 하게.〉

짧지 않은 내용의 편지를 읽는 동안 쟌의 얼굴에는 여전히 못마땅해하는 표정뿐이었다. 천천히 편지를 셀에게 내민 쟌은 여전히 자신을 쳐다보고 있는 세 사람을 바라봤다.

기레스트가 비교적 담담한 표정인 데 반해 드보아는 호기심이 가득한 표정이었고, 슈뢰더는 기분 나쁘다는 표정이 역력한 얼굴을 하고 있었다.

처음 드보아는 황제의 명령을 받은 후 자신이 왜 맨손 격투술 따위를 익혀야 하는가 하는 생각을 했었다. 하지만 그 생각은 기레스트와 직접 겨뤄보고는 금세 바뀌었다.

기레스트의 검술 실력이 자신보다 조금 뛰어난 것은 인정하지만 설마 맨손 격투술에서 이렇게까지 차이가 날 줄은 상상도 못했다. 그런데 그런 기레스트를 기권까지 시킬 정도로 차이가 나는 쟌의 실력은 대체 얼마나 대단할까 하는 궁금증이 생기는 것을 감출 수 없었다. 게다가 판클라치온 시합에서 그가 보여준 갖가지 격투 모습은 그를 흥분하게 만들기 충분했다.

그런 반면 슈뢰더는 자신이 왜 이렇게 조잡한 맨손 격투술 따위를 익혀야 하는 것인지 전혀 이해를 할 수 없었다. 황제의 명이라고는 하지만 황제에게 자신은 명령을 따를 수 없음을 분명하게 밝혔다. 그러나 그런 슈뢰더의 거부는 황제에게 간단히 무시되었다.

슈뢰더를 더욱 불쾌하게 만든 것은 자신이 가르침을 받아야 할 사람이 자신보다 훨씬 어린 쟌이었기 때문이다.

"정말 맨손 격투술을 익히고 싶은 거요?"

"그렇소."

"벌써 만나게 되었구려."

쟌의 말에 기레스트나 드보아는 고개를 끄덕였지만 슈뢰더는 아예 몸을 돌려 쟌을 외면해 버렸다.

그렇지 않아도 황제의 뜻하지 않은 선물(?) 때문에 골치 아프다는 표정을 짓던 쟌이 그런 슈뢰더의 태도를 좋게 볼 리 만무했다.

"올리비에, 이들에게 스승이 어떤 존재인가를 읊어줘라."

"마스터는 제국의 황제와 같은 존재이시며, 나를 낳아준 부모님과 같은 존재이십니다! 마스터의 지시를 거부하는 것은 신의 명령을 거부하는 것과 마찬가지로 천벌받아 마땅한 행동이며 한 번 맺은 인연은 죽는 날까지, 아니, 죽은 다음에도 사라지지 않습니다!"

부동 자세로 외치는 올리비에의 모습에 비교적 쟌에게 호감을 가지고 있던 기레스트마저 어이가 없다는 표정을 짓지 않을 수 없었다.

"내 지시를 따를 수 있다면 남고 따를 수 없다면 당장 돌아가시오. 그렇지 않아도 쉴 시간도 없어 죽겠는데 혹까지 달고 있을 생각은 눈곱만큼도 없으니까. 내일까지 결정하도록 하고, 대신 남아 있는 사람은 나를 마스터라 부르며 내 지시에 무조건 복종해야 하오. 거부하는 자는 혹독한 맛을 보게 될 것이오."

"혹독한 맛?"

쟌의 말에 기분 나쁘다는 듯 반문한 사람은 슈뢰더였다.

"그렇소. 이가 갈리고 날 찢어 죽이고 싶다는 생각이 저절로 들 정도로 말이오."

"흐흐흐, 과연 그럴 만한 실력이 된다고……."

어이가 없다는 듯 웃음을 흘리던 슈뢰더의 얼굴이 급격하게 굳어졌다. 5미터 밖에 있던 쟌이 어느 순간 눈부신 속도로 다가온 것이다.

비록 슈뢰더가 당황했다고는 하지만 그렇다고 언제까지 멍하게 서 있지는 않았다. 놀라는 순간에도 그의 손은 허리에 차고 있던 롱 소드의 손잡이를 잡아갔다. 하지만 쟌의 발은 상상을 초월할 정도로 빨랐다.

쟌의 오른발 끝이 복부에 파고든다고 느끼는 순간 그의 몸이 허공으로 치솟아올랐다. 쟌의 몸이 회전하는 것을 보는 순간 슈뢰더의 관자놀이에 쟌의 발뒤꿈치가 꽂혔다.

퍽! 쿵!

슈뢰더가 기절한 채 맥없이 쓰러지자 쟌은 신경질적으로 바닥에 침을 뱉었다.

"퉤! 감히 누구 앞에서 건방지게 이를 보이는 거야! 올리비에."

"예, 마스터!"

"이 작자를 거처에 던져 버려라."

"알겠습니다, 마스터."

올리비에가 슈뢰더를 어깨에 멘 채 멀어져 가는 것을 기레스트와 드보아가 멍하니 바라보고 있을 때 냉랭한 쟌의 음성이 들려왔다.

"두 사람도 신중하게 생각하고 결정하시오. 나같이 성질 더러운 놈에게 배우다 보면 지금보다 더 험한 꼴을 꽤나 자주 보고 경험하게 될 거요."

쟌과 셀마저 그 자리를 떠나자 드보아는 애써 정신을 차리며 입을 열었다.

"방금 그 공격, 자네는 눈치 챘나?"

드보아의 말에 기레스트는 쓴웃음을 지었다.

번쩍 하더니 끝났다는 말처럼 그가 움직인다고 느끼는 순간 쟌의 몸은 허공으로 치솟아 있었고, 놀라는 순간 슈뢰더는 이미 쟌에게 통렬한 일격을 당한 후였다.

쟌과 싸워본 적이 있던 기레스트는 비록 판클라치온 시합에서 기권을 했지만 그와 맨손이 아닌 무기를 들고 싸운다면 충분히 승산이 있을 것이라 생각을 했었는데 지금 와서 생각해 보니 그건 완전히 자신의 오판이었다. 쟌은 맨손 무술만 강한 것이 아니라 원래 강한 사람이었다.

솔직히 이곳에 온 세 사람 가운데 가장 강한 사람은 슈뢰더였다. 그런 그가 검조차 뽑아보지 못하고 쟌에게 당했다는 것은 자신들이 슈뢰더의 입장이었다고 해도 똑같이 당할 수밖에 없다는 말이었다.

물론 강하다고 하더라도 털끝만한 차이일 뿐 그리 큰 차이가 나는 것은 아니지만 어쨌든 가장 강한 사람이 슈뢰더라는 것은 기레스트나 드보아도 인정하는 사실이었다. 그런 그를 간단하게 제압했다는 것은 다시 말해 쟌이 소드 마스터란 것을 증명하는 것 아니겠는가.

일정 수준까지 실력을 쌓은 후에는 수많은 대결과 깨달음이 있어야 소드 마스터가 될 수 있다는 것이 정설이었다. 그렇게 따지고 보면 20대 초반에 불과한 쟌이 10대부터 다른 사람들과 대결을 벌였다고 하더라도 얼마나 많은 대결을 경험해 봤겠는가? 그렇다면 그에게는 소드 마스터에 이를 수 있는 특별한 방법이 있는 것은 아닐까라는 생각이 드는 것은 당연한 일이었다.

체계적인 훈련을 받는 기사들이 용병들에 비해 소드 마스터에 이르는 사람이 많은 것은 사실이지만 그렇다고 기사들 모두가 소드 마스터가 되는 것은 아니었다. 기레스트도 우연한 기회에 남들보다 섬세하게 마나를 다루는 방법을 깨닫게 된 것이지 검술에 천부적인 재능을 타고 났기 때문은 아니었다. 또 소드 마스터가 된 기사들은 좀처럼 남들에게 자신의 깨달음을 가르쳐 주지 않는다.

만약 쟌에게서 그 방법을 알아낼 수만 있다면 비록 그가 자신보다 어리다고는 하지만 그를 마스터라 부르거나 그의 지시를 따르지 못할 이유가 전혀 없었다. 그런 생각을 하니 내일부터 자신이 무엇을 배우게 될지 궁금해 가슴이 다 설렐 정도였다.

"후후후, 하지만 내일부터 무엇을 배우게 될지 정말 궁금하군. 드보아, 자네는 그렇지 않은가?"

막역한 친구 사이인 기레스트의 말에 드보아는 입맛을 쩍쩍 다셨다. 갖은 고생을 다해 현재의 위치에 도달했는데 설마 뭔가를 배우기 위해 다시 훈련을 받아야 할 줄은 정말 상상도 못했던 드보아였다.

"그보다 저 어린 청년을 마스터라 부르며 훈련받을 생각을 하니 벌써부터 아득해지는군. 판클라치온 시합에서 우승한 저 사내의 이름이 올리비에 렌죠라 했던가?"

"맞네."

"조금 있다가 그자를 다시 만나 저 청년이 어떤 인물인지나 물어봐야겠군. 당해도 알고 당해야 하지 않겠나."

"그건 그렇지만… 그보다 발라키 백작은 그만두겠지?"

기레스트의 말에 드보아는 고개를 갸웃거렸다.

"글쎄? 하지만 그가 아무런 성과도 없이 그만두려고 할까? 나도 그를 개인적으로 만난 적은 없지만 그가 고지식하고 융통성이 없을 정도로 책임감이 강하다는 소문은 들었네. 그런 사람이 그냥 그만두려고 하겠나? 게다가 조금 전 직접 당해봤으니 생각이 바뀌었을 수도 있잖아."

"두고 보면 알겠지. 하여간 내일부터 땀 좀 흘려야겠어."

잠시 나름대로 어떤 훈련을 받을 것인지 생각하던 두 사람은 곧 슈뢰더의 거처로 향했다.

전날 올리비에에게서 쟌이 어떤 사람인지 전해 들은 세 사람은 쟌에 대한 평가를 전면 수정하지 않을 수 없었다.

단순히 맨손 격투술만 익혔으리라 생각했던 쟌이 갖가지 무기를 사용한다는 말을 듣고 반신반의했지만 트레슈나 제국과 바리타스 왕국 사이의 숲에서 있었던 오크들과의 싸움을 전해 듣고는 놀라지 않을 수 없었다.

물론 어느 정도 실력을 가진 기사라면 대여섯 마리쯤의 오크들은 충분히 상대할 수 있다. 게다가 검에 마나를 집어넣을 줄 아는 기사라면 거의 배 이상의 오크를 물리칠 수는 있다. 하지만 그 이상은 역부족이었다.

세 사람이 생각하기에 설사 소드 마스터라 할지라도 동시에 7, 80마리의 오크들을 상대하기는 곤란하지 않을까 하는 생각이 들었다. 오크들이 모조리 한 종류의 무기만을 사용한다면 모르지만 쇼트 소드, 글레이브, 파이크에 대거와 같은 단검이나 갖가지 투척 무기를 사용한다면 그것을 어떻게 일일이 막고 피할 수 있단 말인가?

하지만 올리비에의 설명을 들으니 더욱 기가 막혔다.

유엽비도라는 작은 비도를 던지고, 검과 유성추를 휘두르며 오크들을 상대했다는 올리비에의 말에 세 사람은 대체 쟌이 어떻게 싸웠다는 것인지 도저히 장면이 떠오르지 않았다.

"세 분께서는 제 말이 믿어지지 않으십니까?"

"솔직히 그렇네. 그 청년이 강한 것은 인정하지만 그렇다고 120마리의 오크를 혼자서 도륙해 버렸다니…… 누가 들어도 과장된 것이라

할 것이네."

슈뢰더의 대답에 기레스트나 드보아도 고개를 끄덕였다.

그런 세 사람의 모습에 답답한 듯 가슴을 두드리던 올리비에는 갑자기 뭔가가 생각난 듯 입을 열었다.

"그럼 샤겔스 부단장님께 물어보십시오. 그분도 그날 함께 계셨으니까 말입니다."

올리비에의 말에도 세 사람의 얼굴에 걸린 의혹은 사라지지 않았다.

그러는 사이 중앙 훈련장에도 햇살이 드리워졌고, 쟌과 셀이 다가오는 모습이 보였다. 게다가 그들뿐만이 아니었다.

쟌과 셀 뒤로 헤르난과 로고스, 그리고 다른 왕자들이 대화를 나누며 다가오는 모습이 보였다.

올리비에와 함께 세 사람이 자신을 기다리는 것을 발견한 쟌은 긴 한숨을 내쉬고는 말을 꺼냈다.

"휴우~ 정말 나에게 무술을 배울 생각이오?"

"그렇습니다, 마스터!"

기레스트의 대답에 쟌의 시선은 옆으로 향했고, 드보아 역시 큰 소리로 대답했다.

"저 역시 마찬가지입니다, 마스터."

"귀하도 그렇소? 겨우 평민에 불과한 내게 욕설까지 들어가면서 꼭 무술을 배워야만 하겠단 말이오?"

쟌의 시선이 자신을 향하자 잠시 움찔하던 슈뢰더는 곧 결심한 듯 대답했다.

"그, 그렇습니다, 마스터."

어색한 듯 더듬거리며 슈뢰더마저 대답하자 쟌은 실망한 듯 땅이 꺼져라 한숨을 내쉬었다.

"제길, 난 왜 이렇게 재수가 없는 거지? 이제 겨우 일이 풀리나 했더니 느닷없이 이런 혹이 하나도 아니고 셋이나 한꺼번에 생기다니……."

쟌이 노골적으로 자신들을 혹 취급하자 세 사람의 얼굴은 미미하게 일그러졌다. 땅이 꺼져라 한숨을 내쉬던 쟌이 고개를 쳐들었을 때 그의 눈매가 상당히 가늘어져 있었다.

지금까지 쟌이 이런 눈매를 했을 때 사고가 일어나지 않은 적이 없다는 것을 알고 있던 셸로서는 세 사람이 걱정되지 않을 수 없었다.

"좋아. 그렇단 말이지. 그럼 너가 이 결정이 얼마나 경솔하고 어리석은 결정인지 곧 깨닫게 해주지. 오늘은 첫날이니 우선 간단하게 체력 측정부터 하도록 하지. 그럼 가볍게 훈련장을 뛰어볼까."

그때부터 쟌과 올리비에, 그리고 세 사람은 훈련장을 뛰기 시작했다.

처음 쟌이 체력 측정이니 훈련장을 뛰느니 말을 꺼냈을 때 세 사람은 솔직히 코웃음을 쳤다.

기사들이 무기를 휘두르며 싸운다고 단순히 상체 근육만 단련시켰다고 생각하면 큰 오산이었다. 상대와의 격전에서 전해지는 충격을 견디려면 하체 근육 또한 단련하지 않으면 안 된다. 더불어 복근을 비롯한 전신의 모든 근육을 단련시키지 않으면 공격이나 방어를 할 때 상대에게 힘에서 밀리게 되고, 그렇게 되면 대부분 그걸로 끝이 난다.

그래서 웬만한 기사단에서는 갖가지 도구를 이용해 신체 각 부분의 근육을 단련하고, 또 기본적인 훈련으로 대부분 달리기를 한다. 이들이 소드 비기너에서 마나를 느끼기 시작한 소드 유저가 될 때까지 달리기 훈련만은 계속한다.

달리기 시작한 지 얼마 지나지 않아 세 사람은 뭔가 자신들이 생각했던 달리기와는 판이하게 다르다는 것을 느꼈다. 곁에서 달리던 쟌이 호각을 불 때마다 꽁지에 불붙은 X개처럼 빠르게 달려야 했는데 호각을 부는 간격이 점점 좁아졌다.

복날 개처럼 헐떡거리는 네 사내의 곁에 따라 뛰던 쟌의 입가에 비릿한 미소를 지었다.

"달리기 시작한 지 아직 두 시간도 안 됐어. 체력이 그것밖에 안 되나. 삑!"

다시 한 번 악마 같은 호각 소리가 들렸고, 그 소리를 듣자마자 네 사람은 또다시 전력을 다해 쏜살같이 앞으로 달려나가야만 했다. 헉헉거리며 달려가던 세 사람은 순전히 쟌에 대한 오기 때문에 다리를 움직이고 있었다.

지쳐 조금씩 속도가 떨어질 때마다 쟌은 그들의 자존심을 건드리는 말을 서슴지 않고 해댔다. 곁에서 함께 듣고 있던 올리비에가 저절로 화가 날 정도였다. 게다가 쉴 새 없이 불어대는 호각 소리는 거의 지옥에서 들려오는 초혼곡처럼 느껴졌다.

그럼에도 불구하고 이들이 쟌을 욕하지 못하는 것은 자신들과 함께 쟌도 곁에서 뛰고 있었기 때문이다. 게다가 자신들에게 잔소리하랴, 호각 불랴, 숨 쉬는 법 가르쳐 주랴 몇 배나 더 힘이 드는 것을 잘 알고 있었기 때문이다.

물론 쟌도 처음에는 같이 뛸 생각이 없었다. 하지만 얼마 후부터는 본격적인 승계 전쟁에 참가해야 하기 때문에 본인의 수련도 겸해 이들과 함께 훈련을 하기로 결심한 것이다.

거의 세 시간이 지나자 네 사람은 다리 근육이 풀어져 걷는 것인지 뛰는 것인지 전혀 구분이 되지 않을 정도가 되었다. 이미 몇 개월 전부터 훈련받은 올리비에도 지치기는 마찬가지였다. 그러나 그 몇 개월 먼저 훈련받았다는 것 때문에 겨우 버틴 것이지 쟌을 만나기 이전 같았으면 기절을 해도 예전에 했을 것이다.

사회적 지위와 체면 때문이 이를 악물고 버텼지만 사람의 체력이라는 것은 분명 한계가 있었다.

가장 먼저 나가떨어진 사람은 드보아와 올리비에였다. 그리고 불과 10여 미터 차이로 기레스트가 주저앉았고, 꿋꿋하게 버티던 슈뢰더도 훈련장을 한 바퀴 더 돌고는 그 자리에 널브러져 가쁜 숨을 몰아쉬었다.

"집합!"

쟌의 고함 소리에 훈련장 곳곳에 쓰러져 있던 네 사람이 그야말로 이를 악물고 자리에서 일어나 후들거리는 다리를 움직여 쟌에게로 걸음을 옮겼다. 가쁜 숨을 몰아쉬던 네 사람은 너무나도 멀쩡한 쟌의 모습에 할 말을 잃었다.

오월의 햇살은 가만히 서 있기만 해도 땀이 흐를 정도인데 자그마치 세 시간 동안이나 달린 사람이 어떻게 이마에 땀 한 방울 흘리지 않는단 말인가? 너무나 멀쩡한 쟌의 모습은 도저히 같은 인간이라고 볼 수 없을 정도였다.

"겨우 세 시간 뛰었다고 이렇게 녹초가 돼버리다니… 체력이 정말 형편없군. 그런 체력으로 어떻게 각자의 기사단에서 부단장이 될 수 있었던 거지? 뇌물이라도 쓴 건가?"

쟌의 비꼬는 말에 치미는 분노를 참느라 어금니를 깨문 탓인지 그들의 얼굴은 새빨갛게 물들었고 주먹은 부들부들 떨리고 있었다. 하지만 체력은 이미 바닥이 나 겨우 서 있는 것이 고작이었다.

"실력도 체력이 있어야 발휘되는 법. 내가 됐다고 할 때까지 체력 훈련을 계속한다. 점심 식사 후 이곳에 다시 모이도록. 하지만 점심은 조금만 먹는 것이 좋을 거야."

쟌과 셀이 그 자리를 떠나자마자 네 사람은 누가 먼저라고 할 것도 없이 제자리에 주저앉아 가쁜 숨을 내쉬었다. 가쁜 숨을 내쉬는 순간에도 드보아는 궁금함을 참을 수 없는지 올리비에에게 질문을 했다.

"헉헉헉, 펴, 평소에도 이, 이렇게 훈련을… 하는가?"

"헉헉~ 그렇지는 않습니다. 저도 이렇게 힘들게 훈련해 보기는 처음입니다."

길게 심호흡을 몇 번 해 억지로 숨을 진정시킨 올리비에는 곧 말을 이었다.

"하지만 마스터의 모습을 보니 오늘 쉽게 끝날 것 같지는 않습니다."

"헉헉~ 그럼 이, 이렇게 지쳤는데 훈련을 계속한단 말인가?"

기레스트 역시 숨을 몰아쉬며 질린다는 표정을 지었다.

"제발 마스터 앞에서 그런 말은 하지 마십시오. 마스터께서 지시하신 일은 그저 아무 소리 말고 따르는 것이 가장 편합니다. 지시를 한 번 거부할 때마다 정말 혹독한 체벌이 내려집니다. 사모님 말씀에는 양처럼 순해지는 마스터시지만 그 순간만큼은 사모님의 말씀도 전혀 소용이 없습니다."

잔보다 훨씬 나이가 많은 올리비에가 겁먹은 표정으로 말하자 세 사람은 묘한 표정이 되어 물끄러미 그의 얼굴만 쳐다보았다.

"오후 훈련을 받으시려면 조금이라도 식사를 해두시는 것이 좋을 겁니다. 저도 예전에 너무 힘들어 식사를 거른 적이 있었는데 훨씬 더 고통스러웠습니다. 그러니……."

"이런 정도의 훈련은 예전에 수도 없이 많이 경험해 봤으니 우리 걱정은 할 필요 없네."

드보아의 말에 올리비에는 뭐라 말을 하려다가 그만두었다. 고작 평민에 불과한 자신의 말을 자존심 강한 이들이 들을 리도 없겠지만 굳이 말해 주고 싶은 생각도 없었다.

올리비에가 비틀거리는 걸음으로 멀어져 가자 그 모습을 보고 있던 드보아가 왠지 불안해지는 심정으로 말을 이었다.

"설마 오후에도 계속 뛰기만 하는 것은 아니겠지?"

"왜? 못 뛰겠나?"

"뛰라면 뛸 수야 있겠지만 이렇게 고통스럽게 뛰어야 할 필요가 있을까? 우리가 이렇게 육체적인 훈련을 할 시기는 솔직히 지나지 않았나?"

"글쎄? 우리는 그저 1년 동안 마스터에게 훈련받고 그 성과를 황제 폐하께 보여 드리면 끝나는 일이네."

"자네는 잘도 마스터라 부르는군. 난 오전 훈련만으로도 벌써 이가 갈리는데 말이야."

드보아의 말에 기레스트는 쓴웃음을 지었다.

"1년 중에 이제 겨우 오전이 지났을 뿐인데 벌써 지친 소리를 할 셈인가? 힘내서 일단 식사부터 하도록 하세."

두 사람이 잔뜩 뭉친 다리의 근육을 풀고 겨우 일어섰을 때 곁에 주저앉아 있던 슈뢰더도 이를 악물고 자리에서 일어섰다. 하지만 다리가 사정없이 덜덜 떨리고 있었다.

결국 오후 훈련은 드보아의 간곡한 요청에 의해 달리기는 그만두었다. 하지만 기마 자세(騎馬姿勢)라는 얄궂은 자세로 그들은 그날 오후를 보내야만 했다. 게다가 손은 앞으로 뻗은 채 말이다.

처음 오후에는 달리지 않아도 된다는 사실에 기뻐하던 사람들이 이 괴상한 자세가 의외로 힘들다는 걸 깨달은 것은 시간이 얼마 지나지 않아서였다.

팔은 팔대로 끊어질듯 아팠고, 다리는 자신의 다리가 아닌 듯 덜덜 떨리는데 정말 미칠 것만 같았다. 차라리 달리다 보면 잠깐이라도 숨을 돌리고 쉴 시간도 있었지만 이 빌어먹을 자세는 인간이 취할 수 있는 가장 고통스러운 자세라는 생각이 들 정도였다.

이윽고 이 갈리는 훈련이 끝났을 때 그들은 저녁 식사나 샤워는 고사하고 그대로 쓰러져 누가 업어가도 모를 정도의 깊은 수면에 빠질 수밖에 없었다.

45장
승계 전쟁의 전야

　쟌에게 사사(師事)받기 시작한 지도 벌써 삼 일이 지났지만 세 사람
은 쟌의 훈련에 조금도 익숙해질 수 없었다.

　더욱 기가 막힌 것은 마치 인간을 괴롭히는 수백 가지 방법에 대해
연구한 사람처럼 매일매일 단 한 번도 반복되지 않는 방법으로 훈련시
킨다는 것이었다. 훈련에 압권은 '오리걸음'이라 명명된 괴상한 고문(?)
이었다.

　앉은 자세에서 뒷짐을 진 채 다리만을 움직여 이동하는 그 훈련은
다리에 근육이 뭉쳐 고통스러운 것은 물론 그 자세의 해괴망측함이 지
켜보는 사람으로 하여금 웃음을 자아내게 하기에 충분했다. 하지만 당
하는 사람의 처절한 고통과 통증은 이루 말할 수 없을 지경이었다.

　만약 옆에서 셸이 그만 하라는 말이 없었다면 아마 세 사람, 아니,

올리비에를 포함해 네 사람은 다음날 침대에서 꼼짝도 할 수 없었을 것이다.

연일 계속되는 훈련으로 인해 너무 힘들어 세 사람은 저녁 개인 훈련은 고사하고 저녁 식사조차 제대로 할 수 없었다. 앓는 소리를 내며 자는 그들에게 매일 저녁 발탄 교단의 프리스트들이 방문한다는 사실은 쟌과 셀, 그리고 올리비에만이 알고 있는 비밀이었다.

처음 쟌이 어떻게 그들을 훈련시키는지 궁금해하던 왕자들은 고문에 가까운 훈련에 곧 흥미를 잃었다. 게다가 승계 전쟁의 시작을 황제가 알리는 시간이 얼마 후로 다가왔기에 다른 곳에 신경 쓸 여유도 없었다.

그날도 올리비에를 포함한 네 사람을 한계까지 몰아붙이고 있던 쟌에게 흑장미 기사단의 단장이 칼 스팍스가 찾아왔다.

"자네에게 손님이 찾아왔네."

"손님? 누구요?"

쟌의 말투가 귀에 거슬리기는 했지만 칼은 애써 그런 마음을 억누르며 입을 열었다.

"일전에 찾아왔던 샤프란 왕국의 둘째 왕자비네."

"카타리나? 무슨 일이 있나?"

쟌은 뜻하지 않는 카타리나의 방문에 잠시 의아함을 느꼈지만 특별히 이상하게는 생각하지 않았다. 그도 그럴 것이 카타리나는 바리타스 왕국과 샤프란 왕국의 자치권을 위해 막대한 군자금을 헤르난 진영에 투자한 투자자 입장이지 않은가. 만약 헤르난이 이 전쟁에서 패하기라도 한다면 두 왕국의 자치권은 말할 것도 없고, 투자했던 막대한 군자금까지 날리는 셈이었다.

그녀로서는 당연히 걱정스러울 수밖에 없으니 자주 헤르난 진영을 방문하고 싶겠지만 속국의 왕자비 입장에서 그럴 수도 없는 것이기에 그녀의 입장은 충분히 이해할 수 있었다.

"올리비에, 세 사람과 함께 선 오리걸음으로 훈련장을 스무 바퀴 돌고 있도록."

"알겠습니다, 마스터."

올리비에의 대답을 들은 쟌은 셀과 함께 그 자리를 떠났고, 남아 있던 사람들은 '선 오리걸음'이라는 것을 알지 못해 올리비에에게 질문했다.

"선 오리걸음이란 오리걸음의 자세에서 상체를 조금 더 높인 자세에서 걸음을 옮기는 겁니다. 이렇게 뒷짐을 진 채 걸음을 옮기면 체중이 모두 다리에 실리기 때문에 보기보다는 상당히 힘이 듭니다. 하체를 단련시켜 몸의 중심을 잡는 데 상당한 도움이 됩니다."

올리비에가 자세를 잡아 보이며 세 사람에게 설명해 주었다. 뒷짐을 진 채 상체를 낮추고 걸음을 옮기는 올리비에의 모습은 아무리 좋게 보아주려고 해도 늙은이의 걸음과 다를 것이 없었다. 그래도 오리걸음의 민망한 자세보다는 훨씬 보기 좋았다.

네 사람이 그리 빠르지 않은 속도로 훈련장을 돌기 시작했고, 근처에 있던 사람들은 그런 네 사람의 모습을 재미난 듯 계속해서 바라보고 있었다.

"샤프란 제2왕자비께 인사드립니다."

쟌의 정중한 인사에 인사를 받는 카타리나나 헤르난 왕자, 셀은 조금은 놀란 얼굴로 쟌을 바라봤다.

"갑작스럽게 왜 이렇게 예의를 차리는 거지? 그냥 예전처럼 말을 편하게 해."

"그럴 수야 없는 일이지요. 결혼하기 전까지는 철없는 계집아이에 불과했지만 지금은 샤프란 왕국의 실질적인 지배자 아니십니까?"

"내가 실질적인 지배자라니? 대체 그런 말은 어디서 들은 거지?"

"저도 바보는 아닙니다. 또 저도 나름대로 정보를 입수하고 있었으니까요."

쟌이 계속해서 존댓말을 하자 카타리나는 왠지 모를 아쉬운 표정을 지었다.

"그냥 옛날처럼 날 대해줬으면 고맙겠는데……."

그런 카타리나를 바라보는 쟌의 시선에는 따스한 빛이 어려 있었다.

"전에 제가 말씀드리지 않았던가요? 당신이 내가 생각한 위치에까지 오른다면 존댓말을 하기로 한 것 말입니다."

쟌의 모습은 너무나 태연했다.

"제가 한말씀드려도 되겠습니까?"

"해봐."

"앞으로 아랫사람의 아픔을 잊지 마십시오."

쟌의 말에 카타리나의 얼굴에는 의문과 함께 동시에 이해를 하겠다는 불가사의한 표정이 떠올랐다.

"아랫사람의 아픔이라는 것이… 전에 내가 경험해 봤던 그런 고통을 말하는 거야?"

카타리나의 물음에 쟌은 고개를 저었다. 그러나 그의 얼굴에는 여전히 미소가 지어 있었다.

"그것뿐만이 아니죠. 힘없는 국민들에게 부여된 과도한 세금을 줄이시고 귀족들에게 주어진 과도한 권력을 제한하십시오. 왕자비님이 조금만 더 신경을 쓰신다면 많은 사람들이 그 혜택을 받게 될 겁니다."

쟌의 말을 들은 후 곰곰이 생각하던 카타리나는 곧 고개를 끄덕거렸다.

"국민들의 고통을 생각하라, 그런 이야기야?"

"그렇습니다. 왕국을 구성하는 가장 기본인 국민들의 힘든 생활을 무시한 왕국은 오래 지속될 수 없습니다. 그 점만 기억하신다면 왕자비님의 왕국은 훨씬 오랫동안 유지될 수 있을 겁니다."

곁에 헤르난과 다른 왕자들이 듣고 있건만 말을 하는 쟌이나 또 그의 말을 듣던 카타리나는 신경도 쓰지 않았다.

"참! 결혼했다면서."

"예, 그렇습니다. 얼마 전 헤르난 전하의 주최로 결혼하게 되었습니다."

"그래서 셀의 얼굴이 그리도 행복해 보였던 것인가 보군."

"그렇습니다, 왕자비님."

쟌의 팔짱을 끼며 셀은 미소를 지었다.

"그런데 이곳엔 어쩐 일로 오셨습니까?"

"헤르난 전하께 드릴 것도 있고 또 물어볼 것도 있고 해서 들렀어."

쟌에게 대답을 한 카타리나는 헤르난에게 편지 한 통을 내밀었다.

"약속드렸던 2차분 군자금이에요."

"저번에 주셨던 군자금도 아직 남았는데……."

"군자금이 충분해야 더 많은 용병들을 고용하실 수 있지 않나요? 그리고 한 가지 물어볼 것이 있어요."

"말씀하시지요."

"실력있는 용병의 수는 충분한가요? 그리고 마법사는요?"

카타리나의 뜻하지 않은 질문에 잠시 어색한 미소를 짓던 헤르난은 곧 대답을 했다.

"아쉬드 형이나 주네티에 비해 늦게 용병들을 모집한지라 질적인 면에서 약간 떨어지는 것은 사실입니다. 하지만 쟌이 지금 훈련을 시키고 있으니 곧 좋은 성과를 거둘 수 있을 겁니다. 그리고 우리 트레슈나 제국은 건국 당시부터 기사들을 우대했던 나라이기에 실력있는 마법사의 수가 극히 적습니다. 아마 두 사람도 마법사는 별로 고용하지 못했을 겁니다."

"그럼 전하의 진영에도 마법사는 그리 많지 않겠군요."

"그렇습니다."

"그럴 것이라 생각했습니다. 제가 나름대로 알아보니 최소 3클래스 이상은 되어야 실전에서 적들에게 타격을 줄 수 있다고 하더군요. 상황이 상황이니만큼 젊은 마법사들로 선발하려고 했지만 수가 너무 적어 양 왕국의 마법사들을 총동원했어요. 그러나 너무 늙거나 너무 어린 수련 마법사들을 제외하고 보니 겨우 백여 명밖에 되지 않아요. 며칠 후 이곳으로 보내 드리지요."

"불과 백여 명이라고는 해도 전원 3클래스 이상이라면 저희에게 정말 큰 도움이 될 겁니다."

"그리고… 만약 실력있는 용병의 수가 부족하다면 저희 두 왕국의 근위기사들을 용병으로 변장시켜 이곳으로 보내 드릴 수도 있습니다."

카타리나의 말에 헤르난을 비롯한 왕자들의 눈빛이 일제히 빛났다.

어차피 아쉬드나 주네티에 비해 고용할 수 있는 용병들의 수가 적은 것도, 또 그 용병들의 질이 떨어지는 것이 현재 이들이 가진 가장 큰 문제였다. 비록 지금은 이름도 없는 두 왕국이라고는 하지만 근위기사단의 기사들이면 그래도 일반 용병들에 비하면 훨씬 뛰어난 실력을 가지고 있을 테니 열악한 지금 상황에 무척이나 큰 힘이 될 것이 분명했다.

"말씀은 고맙지만 사양하겠습니다. 정말 죄송하게 생각합니다. 뭐라 사과를 드려야 할지 모르겠군요."

"예?"

"아니, 형. 방금 형 입으로도 쓸 만한 용병이 없다고 했잖아. 그런데 왜 왕자비님의 제의를 거절하는 거지?"

헤르난의 대답에 놀란 표정을 짓던 카타리나나 불만을 토로하던 루이스는 물론 회의실에 있던 사람들의 시선은 일제히 헤르난에게로 쏠렸다.

담담한 표정으로 자신 앞에 놓여 있던 잔에 임페슈넬리를 따라 한 모금 마신 헤르난은 천천히 자신의 생각을 이야기했다.

"솔직히 나도 샤프란 제2왕자비님의 제의를 받아들이고 싶어. 우리가 고용한 용병들이 아쉬드 형이나 주네티 녀석이 고용한 용병들에 비해 질적으로 떨어지는 것은 나도 아니까."

"그런데 왜 거절하는 거냐고?"

"루이스, 내 말을 좀 들어보려무나. 내가 가진 능력이 모자라 다른 두 사람의 후계자들에 비해 모든 것에서 뒤떨어지는 것은 나도 잘 알고 있단다. 하지만 나도 자존심이 있어. 비록 잔을 통해 왕자비님과 인연을 맺어 많은 도움을 받고는 있지만 나도 내가 가진 것으로 저들과 겨루고 싶어. 물론 말도 안 되는 소리라고 해도 할 말은 없어. 또 이미 받은 도움이 없어지는 것이 아니라는 것도 알아. 그래도 지금부터는 내가 가진 것을 총동원해 두 사람과 싸울 거야. 왕자비님의 도움을 거절한 점 다시 한 번 사과드리겠습니다."

"아닙니다, 전하. 전하의 생각이 그러시다면 따라야지요. 하지만 저희도 그냥 구경만 하고 있을 수는 없는 입장입니다. 이해해 주시겠습니까?"

"물론입니다. 저에게 요구할 것이 있으면 얼마든지 요구하십시오."

"요구라기보다는 부탁이라는 표현이 더 맞을 겁니다. 근위기사단의 기사들을 용병으로 받아주세요. 저희 두 왕국이 전하께 지원하는 것은 저희들의 모든 것이라 할 수 있습니다. 인정하시겠습니까?"

"인정합니다."

"만약 헤르난 전하께서 이번 승계 전쟁에서 패하신다면 전하는 물론 전하와 함께하는 모든 이들의 불행이겠지만 저희들 두 왕국의 미래 역시 함께 종말을 맞게 될 거라는 게 사실입니다. 물론 전하께서도 최선을 다하시겠지만 저희 두 왕국 역시 현재 우리가 할 수 있는 모든 노력을 다하고 싶습니다. 그런 저희의 마음을 받아주십시오. 그 외에 저희가 해드릴 수 있는 것은 약간의 군자금이 전부입니다."

카타리나의 말에는 그녀가 무슨 말을 하든 진심이라는 것을 느끼게 하는 힘이 실려 있었다. 간절한 표정으로 자신을 바라보고 있는 카타리나를 쳐다본 헤르난은 고개를 끄덕였다.

"알겠습니다. 이번만큼은 왕자비님의 호의를 받아들이도록 하겠습니다."

"감사합니다, 전하. 정말 감사합니다."

카타리나의 눈에 살짝 눈물이 고였다.

"감사해야 할 사람은 오히려 전데 왕자비님이 그런 말씀을 하시다니……. 참, 이럴 것이 아니라 식사라도 같이하시지요. 쟌과 가이야 부인도 함께 식사를 하시죠."

"난 올리비에와 황궁에서 파견된 기사들과 함께 식사하겠소."

"그들은 올리비에가 알아서 챙기겠지. 같이 식사를 하도록 하지. 왕자비님이 보내주신다고 한 기사들을 자네가 맡아야 할 것 같으니 그에 대한 이야기를 해야 되지 않겠나?"

"알겠소, 그렇게 하겠소."

오후가 되어 훈련장에서 좀처럼 풀리지 않은 다리 근육을 풀고 있던 네 사람은 쟌의 모습을 발견하고는 자신도 모르게 흠칫 놀랐다. 왜 놀랐는지 이유를 알 수는 없었지만 누가 먼저라고 할 것도 없이 찔끔하지 않을 수 없었다.

"준비됐지? 그럼 슬슬 오후 훈련을 시작해 볼까?"

"저어~ 마스터."

"무슨 일이지?"

"오후에도 또 뛰어야 합니까?"

조심스러운 드보아의 질문에 쟌의 눈매가 가늘어졌고, 그 모습에 올리비에는 심장이 덜컥 내려앉으며 불안한 마음이 들었다.

"왜, 뛰기 힘들어?"

"힘든다기보다는 좀 지겨운 생각이 들어서 다른 훈련을 하면 안 될까 하는데……."

"그래? 그럼 그렇게 하지."

쟌이 너무나 간단히 승낙을 하자 올리비에는 더욱 마음이 불안해졌다.

"그래, 어떤 훈련을 하고 싶나?"

"검 쓰는 훈련을 하고 싶습니다, 마스터."

"호오~ 검을 사용하는 훈련이라……. 올리비에."

"예, 마스터."

"가서 훈련용 목검을 가지고 와라."

"훈련용 목검 말입니까?"

반문하던 올리비에는 이렇게 간단하게 일이 진행될 리 없다는 생각이 들었다. 그래서 반문을 한 것인데 쟌의 표정은 너무 태연스러웠다.

"그래, 창고에 가보면 내가 주문해 두었던 훈련용 목검이 있으니까 그걸 가져오도록 해."

"알겠습니다, 마스터."

그럼 그렇지 하는 표정을 지으며 창고로 달려간 올리비에가 잠시 후 돌아왔을 때 그의 팔에는 일반 목검보다 조금 더 길고 두꺼운 목검이 들려 있었다. 그런데 올리비에의 표정이 심상치 않았다.

그 이유는 목검을 들어보고서야 깨달을 수 있었다.

무거워도 너무 무거웠다. 오히려 진검보다 훨씬 무거운, 투 핸드 소드보다 더 무겁게 느껴지는 목검을 든 사람들은 쟌에게로 시선을 돌렸고, 쟌은 여전히 태연스러운 표정으로 입을 열었다.

"지금부터 검 훈련을 시작한다. 오늘은 첫날이니만큼 가볍게 시작하도록 하지. 기마 자세로 내려치기를 하겠다. 올리비에, 시범을 보여라."

올리비에가 마치 말을 탄 듯한 자세를 취하더니 머리 위로 목검을 치고 힘껏 내려치다가 배꼽 위치에서 급격히 멈췄다. 다시 오른쪽 어깨 위로 목검을 들더니 왼쪽 아래를 향해 힘껏 내려치다가 역시 배꼽 위치에서 멈췄다. 반대쪽으로 다시 한 번 휘두르고 난 후 올리비에는 가슴 앞에 목검을 세웠다.

"이게 한 번이다. 내려치기 천 번 시작!"

쟌의 말에 기레스트와 드보아, 슈뢰더는 쟌의 얼굴을 멍한 표정으로 쳐다보았지만 올리비에는 벌써 목검을 내려치기 시작했다.

"지금 천 번이라고 하셨습니까, 마스터?"

"2천 번."

"예?"

"3천 번."

그제야 쟌의 심통을 눈치 챈 세 사람은 울상인 채 올리비에를 따라 내려치기를 시작했다.

그들의 동작을 유심히 살피던 쟌은 한마디를 남기고 그 자리를 떠났다.

"목검을 들 때 숨을 들이마시고 머리 위에서 숨을 멈춰. 그리고 내려칠 때 숨을 내쉬다 멈춰서 목검에 최대한의 힘을 실어 휘두르도록. 끝나는 대로 해산하도록."

쟌은 이미 멀어져 갔지만 그들은 목검을 휘두르기에 여념이 없었다.

어느덧 킬라우림 대회가 시작된 지도 한 달이 지났다.

영원히 끝날 것 같지 않았던 킬라우림 대회도 드디어 마지막 날을 맞이하게 되었다.

오늘 열리는 시합은 소드 마스터 대회가 유일했다.

강력한 우승 후보였던 슈뢰더, 기레스트, 드보아가 불참한다는 이야기가 나온 후 소드 마스터 대회에 참가하는 사람들의 수가 급증했다. 치열한 예선과 본선을 걸쳐 결승전에 오른 두 사람은 제이알 알렉산더 공작의 블러디 오거 기사단의 단장 드미트리히 마샬 백작과 바먼트 그린후드 후작의 개인 기사단의 단장인 아르본 카론 자작이었다.

마샬 백작은 30대 후반이나 40대 초반쯤으로 보이는 얼굴이었는데 훈련을 많이 한 탓인지 얼굴이 검게 타 나이를 식별하기 힘들었다. 반면 카론 자작은 고생이라고는 해본 적이 없는 귀공자 스타일의 30대 초반쯤으로 보이는 청년이었다.

물론 대회에서 승리하면 개인적으로도 영광이었지만 두 사람이 모시고 있는 주인들이 정적 관계라 그들 역시 사이가 별로 좋지 않았다. 때문에 시합에 임하는 그들의 자세도 다를 수밖에 없었다.

"흥! 재수가 좋았던 모양이군. 결승까지 올라오다니……."

"흥! 선수들을 매수했다고 하더니 그 말이 사실이었던 모양이군. 네 실력으로 결승까지 진출할 줄은 정말 몰랐다."

"감히 건방지게 누굴 모함하는 것이냐!"

"모함? 가소로운 놈. 누가 누굴 모함했다는 거냐?"

도저히 결승전에 진출한 사람이라고는 볼 수 없는 졸렬한 말다툼에 지켜보던 관중들은 입맛을 다시며 어이없다는 표정을 짓지 않을 수 없었다. 그러나 형편없는 말솜씨와는 달리 그들의 실력은 진짜인 듯 뽑아 든 그들의 검에서는 푸른 검기가 피어오르고 있었다.

잠시 상대를 노려보던 두 사람은 급격하게 거리를 좁히고는 상대를 향해 힘차게 검을 휘둘렀다.

쾅!

요란한 폭음과 함께 두 사람의 몸은 일제히 뒤로 날아갔다. 그러나 곧 공중에서 중심을 잡은 후 지면에 내려서서는 그대로 박차며 상대를 향해 몸을 날렸다.

그 모습을 지켜보던 드보아는 입맛을 다셨다.

"제길, 대회에 나갔으면 저들과 결승전에서 싸울 수 있었을 텐데…… 그냥 지켜보고 있으려니 몸이 다 근질거리는군."

"이봐, 마스터께 들리지 않도록 조심해."

기레스트는 근처에 있던 쟌의 눈치를 보며 드보아에게 주의를 주었다. 거의 노골적으로 쟌의 눈치를 보는 기레스트의 태도에 드보아는 한숨을 쉬지 않을 수 없었다.

레드 와이번 기사단의 부단장인 기레스트가 자기보다 나이 어린 쟌의 눈치를 본다는 것을 레드 와이번 기사단 기사들에게 말해 주면 아마 죽어도 믿지 않을 것이다.

드보아가 그런 생각을 하는 동안 시합을 벌이고 있는 두 사람의 격전은 더욱 격렬해졌다. 상체와 팔에는 크고 작은 상처가 이미 여러 곳에 생겼지만 아랑곳하지 않은 채 오직 상대를 향해 검을 휘둘렀다. 하지만 많이 지쳤는지 검에서 뿜어져 나오던 푸른색의 검기도 많이 흐릿해져 지금은 거의 보이지 않을 정도였다.

심호흡을 하며 마지막 힘을 끌어올린 두 사람은 그대로 상대를 향해 달려들며 검을 휘둘렀다.

콰!

"크흑!"

요란한 폭음과 함께 섬광이 피어났고, 섬광 속에서 누군가의 신음 소리가 흘러나왔다. 잠시 후 드러난 시합장에 서 있는 사람은 드미트리히였고, 아르본은 옆구리를 움켜잡은 채 무릎을 꿇고 있었다.

아르본의 손에 들린 롱 소드는 중간 부분이 부러져 있었고, 또 서 있는 드미트리히도 안색이 창백한 것이 그의 상태도 그리 좋아 보이지는 않았다.

"드미트리히 마샬 백작께서 소드 마스터 대회의 우승자가 되셨습니다!"

"와~"

심판의 선언이 울려 퍼지자 관중들의 함성이 일제히 터져 나왔다.

관중들은 한 달 동안 계속된 킬라우림 대회가 드디어 끝났다는 것을 깨닫고는 아쉬워했다. 물론 각 지방마다 축제가 있고 또 라미바 시 같은 도시는 도시 내에 2만 명이 들어가는 원형 경기장이 세 개나 있을 정도로 검투대회가 자주 벌어지는 도시였다. 그러나 킬라우림 대회처럼 많은 선수들이 참가하고, 수준이 높으며, 많은 종목의 경기가 열리는 대회는 좀처럼 열리지 않는 것 또한 사실이었다.

관중들이 아쉬움을 감추지 못하고 있을 때 킬라우림 대회 진행을 맡았던 요한슨 켄스틸 백작이 자리에서 일어나 입을 열었다.

"잠시 조용히 해주시오. 소드 마스터 대회에서 우승한 드미트리히 마샬 백작에게 우선 축하를 하며, 우승자에 대한 수여식과 함께 황제 폐하의 폐회사가 있겠소이다. 마샬 백작은 단상 앞으로 나오도록 하시오."

요한슨의 호명에 어느새 옷을 갈아입은 드미트리히가 차분한 걸음걸이로 단상 앞으로 다가왔다.

"마샬 백작은 폐하 앞에 무릎을 꿇으시오."

요한슨의 지시에 드미트리히는 한쪽 무릎을 꿇은 채 고개를 숙였다.

"블러디 오거 기사단의 단장 드미트리히 마샬은 소드 마스터 대회에서 뛰어난 실력으로 우승을 하였기에 소드 마스터란 칭호와 함께 부상으로 이 검을 내리노라."

쾌헤리건의 말에 드미트리히는 그저 고개만을 숙인 채 두 손을 머리 위로 내밀었고, 쾌헤리건은 들고 있던 검을 그에게 전달했다. 조심스럽게 검을 받아 든 드미트리히는 허리에 차고 있던 검대에 롱 소드를 매달고는 다시 한 번 고개를 숙였다.

"황공하옵니다, 폐하."

드미트리히가 옆으로 물러서자 쾌헤리건은 스타디움을 가득 매운 군중들을 바라보며 입을 열었다.

"여러분들도 잘 알고 있다시피 내일부터 승계 전쟁이 시작되오. 커트론 지역에 사는 주민들에게는 미리 연락을 했지만 다시 한 번 이야기하겠소. 승계 전쟁이 벌어지는 지역은 커트론 지역으로 앞으로 2년 동안 엄격하게 출입을 통제하겠소. 만약 세 왕자와 관계가 없는 사람이 이 지역을 무단으로 왕래할 시에는 제국의 율법으로 그 죄를 물을 것임을 명심하기 바라오. 제국의 황제를 정하는 승계 전쟁이 끝나는 날 우리는 또 한 명의 위대한 황제를 대하게 될 것이오. 트레슈나 제국 만세!"

돌연한 황제의 만세 선창에 잠시 어리둥절하던 군중들은 곧 하나가 되어 큰 소리로 따라 외쳤다.

"트레슈나 제국 만세!"

"트레슈나 제국 만세!"

모든 사람들이 하나가 되어 만세를 외치는 모습에 지켜보던 아쉬드와 주네티, 그리고 그들과 조금 떨어진 곳에 있던 헤르난은 전율이 느껴지는 듯 몸을 부르르 떨었다.

"이것으로 제200회 킬라우림 대회의 막을 내리겠소."

"와~"

"와~"

요한슨의 말에 장내에 모였던 군중들은 꿈처럼 이어졌던 한 달간의 대회가 종결되었음을 아쉬워하며 다음 대회를 기약하며 일제히 함성을 질렀다.

그들의 모습을 잠시 지켜보던 쿼헤리건은 곧 황후와 황비들과 함께 스타디움을 떠났고, 그 뒤를 이어 왕자들과 고위급 작위를 가진 귀족들이 차례로 자리를 떠났다. 하지만 아쉬움이 남은 귀족들은 자리를 떠나지 못하고 옆 사람과 인상적이었던 경기에 대해 대화를 나누거나 꼼꼼히 자신이 배팅한 시합을 점검하는 모습이 곳곳에서 보였다.

쟌과 셀도 헤르난이 마련해 준 마차를 타고 황궁으로 향하고 있었다. 비록 마차가 크다고는 하지만 마차 안에는 그들 두 사람과 올리비에를 비롯한 세 사람이 함께 타고 있어 그리 넉넉한 자리는 아니었다. 그럼에도 불구하고 쟌은 주위의 시선은 신경도 쓰지 않은 채 셀의 어깨에 팔을 두르고는 그녀를 자신의 가슴으로 끌어당겨 연신 귓속말을 주고받고 있었다.

비교적 성적으로 개방된 트레슈나 제국이라고 하지만 흔히 볼 수 있는 모습은 아니었다.

눈을 어디에 두어야 할지 몰라 일제히 창밖만 쳐다보고 있었지만 그런다고 눈앞의 모습을 발견하지 못할 올리비에들은 아니었다. 그래도 올리비에는 이런 닭살스러운 모습을 여러 번 보았기에 이미 면역이 되었지만 다른 세 사람에게는 여간 불편한 것이 아니었다.

슈뢰더가 더 이상은 참지 못해 한마디 하려고 했지만 양 옆에 있던 기레스트와 드보아가 필사적으로 말리는 바람에 불편한 심기를 꾹 참아야 했다. 그도 그럴 것이 쟌의 눈 밖에 나게 된다면 내일부터 보복 조치로 어떤 극악한 훈련을 받게 될지 짐작조차 되지 않았기 때문이다.

온몸에 돋아나는 소름을 대패로 깎아내며 인내하는 동안 어느새 마차는 황궁에 도착했고, 마차에서 내린 사람들은 시종들의 안내를 받아 연회장으로 들어섰다.

수백 명이 입장한다고 해도 충분히 여유가 있어 보이는 홀에는 이미 갖가지 조각상들과 테이블, 꽃들로 장식되어 사람들을 기다리고 있었다. 사람들이 들어서자 시종과 시녀들은 산해진미를 테이블에 세팅하기 시작했다. 가장 상석에는 이 파티의 호스트인 필립이 서 있었고 양편에는 쿼헤리건과 일레나가 서 있었다.

사람들이 자리 잡기를 기다린 쿼헤리건은 필립 앞에 놓인 케이크의 초에 불이 붙여지자 자신 앞에 놓였던 잔을 높이 쳐들며 말을 꺼냈다.

"오늘은 필립이 성년이 되는 날이오. 또한 승계 전쟁에 참여할 마지막 왕자가 되는 날이기도 하오. 하지만 그보다는 이 아이의 열일곱 번째 생일을 진심으로 축하하고 싶소. 나와 뜻을 같이하는 사람들은 잔을 높이 들어 이 아이의 생일을 축하해 줍시다. 건배!"

"건배!"

"전하, 생신을 축하드립니다."

"성년이 되신 것을 축하드립니다."

"전하의 성년을 축하드리며 건배!"

갖가지 축하 인사가 쏟아지자 필립은 자신 앞에 놓여 있던 잔을 높이 쳐들며 사람들을 향해 살며시 고개를 숙였다.

"감사합니다, 여러분. 여러분의 호의를 잊지 않겠습니다."

너무나 소심해 사람들 앞에서는 말조차 제대로 하지 못한다고 알려졌던 그 필립이 아니었다. 그리 큰 음성은 아니었지만 분명한 음성으로 자신을 축하해 주는 사람들에게 답례를 하고 있었다.

평소 자신이 보아왔던 아들의 모습과 다른 모습을 보이는 필립의 행동에 일레나의 눈에도 가볍게 이채가 흘렀다. 누구보다 가까운 사이인 자신에게조차 말을 제대로 하지 못했던 이 아이가 평소 자신이 보아왔던 모습과는 다른 모습을 보여주니 일레나로서도 조금은 당황스럽지 않을 수 없었다.

잠시 어색한 분위기가 흘렀지만 그 어색한 분위기를 깬 사람은 그 분위기를 만든 필립이었다.

"폐하, 말씀을 하시지요."

갑자기 변한 듯한 필립의 행동에 퀘헤리건 역시 이상하다는 느낌이 들었지만 승계 전쟁의 시작을 알리는 것은 현 황제의 고유한 권한이자 의무였기에 고개를 끄덕이며 한 발 앞으로 나섰다.

"여러분들도 다 알다시피 내일부터 승계 전쟁이 시작되오. 승계 전쟁은 단순히 새로운 황제를 선출하는 전쟁이 아니라 노후한 정치와 경제, 사회를 모두 일소하는 제국의 새로운 토대를 만드는 정말 위대한 작업인 것이오. 물론 미숙한 이 아이들이 제국을 제대로 운영하려면 여러분들의 도움이 있어야 함은 너무도 당연한 일이오. 한 세대가 물러나고 다음 세대가 등장하는 것은 지극히 자연스러운 일."

철혈의 통치자, 냉혈한이라고까지 불렸던 쿼헤리건이 꺼낸 말치고는 지극히 평범한 말이었다.

그의 말을 듣고 있던 귀족들은 대체 그가 무슨 말을 하려고 저런 말을 한 것일까 궁금하지 않을 수 없었다. 불안한 표정으로 자신의 표정을 곁눈질로 쳐다보는 귀족들의 모습을 보고 쿼헤리건은 쓴웃음을 지었다.

"너희들의 목표가 황제의 자리임은 잘 알고 있다. 그렇다고 다른 형제들을 미워하지는 마라. 내가 할 말은 이 말뿐이다."

너무나 간단한 쿼헤리건의 말에 왕자들이나 귀족들은 그저 서로의 얼굴만 쳐다볼 뿐 아무런 말도 못했다.

"마음 편하게 보낼 수 있는 마지막 밤이다. 모두들 이 순간을 즐기도록 하거라."

쿼헤리건의 말에 사람들은 어색한 표정으로 테이블 위의 음식들을 들기 시작했다. 그런 사람들 사이에 끼어 있던 쟌과 셀은 술을 마시며 대화를 나눴다.

"재미있는 인간들이군."

느닷없는 쟌의 말에 셀이나 곁에 있던 사람들의 시선이 일제히 그에게 쏠렸다.

"무슨 말이에요?"

"저기 사람들을 한번 봐. 왕자들이 따로따로 모여 있는 것은 이해가 되지만 귀족들은 저게 뭐야? 왕자들에게 가까이 가지도 못하고 더 더욱 황제 곁에는 다가갈 생각도 못하잖아. 그렇다고 자신들끼리 단합을 하는 것도 아니고 말이야. 귀족이란 사람들이 눈치를 보긴 왜 보는 거야?"

"마스터께서는 제국 사람이 아니기 때문에 새로운 황제가 등극하게 되면 어떤 일이 벌어지는지 잘 몰라서 그렇게 생각하시는 겁니다. 새로운 황제가 탄생하게 되면 승계 전쟁에서 패배한 왕자들과 그들에게 동조한 귀족들만 배척을 받는 게 아닙니다. 눈치만 보다가 어느 진영에도 소속되지 못한 귀족들 역시 잔인한 응징을 당하게 됩니다. 게다가 귀족들뿐만이 아닙니다. 프리스트들도 예외가 될 수 없습니다. 자신들이 지원하던 왕자가 패하게 되면 그들의 교세 역시 상당히 위축될 수밖에 없습니다. 다시 말하면 황제가 된 왕자와 그들 도운 왕자, 그리고 그들을 지지해 군자금이나 보급품을 지원한 귀족들을 제외한 거의 모든 황족과 그들의 외가, 귀족들, 교단 역시 갖가지 제재나 불이익을 당하게 됩니다."

슈뢰더의 설명에 쟌은 황제가 탄생된 후 발생하는 일들이 상당히 심각하다는 것을 알게 되었다. 그렇다고 꿈쩍할 쟌이 아니었다.

"2년 동안의 전쟁에, 그것도 남의 전쟁에 자신의 모든 것을 걸어야 한다니…… 그건 너무 불합리한 것 아니야?"

"그래도 할 수 없지요. 제국의 왕자로 태어난 자, 그리고 제국의 귀족으로 사는 자라면 그 누구도 피해 갈 수 없는 선택이니까요. 하지만 승계 전쟁에서 패한 귀족들이 몰락하지 않았다면 아마 지금쯤 제국은 귀족들로 가득 찼을 겁니다."

"그러니까 최고위 지배층만 바뀌는 것이 아니라 귀족들까지 물갈이가 된다는 말인가?"

"그렇습니다. 또한 몰락한 귀족들에게는 가문을 일으켜 세울 수 있는 유일한 기회가 되기도 합니다. 그러나 실패했을 땐 회생할 수 있는 그 유일한 기회마저 놓치게 되지만 말입니다. 때문에 어떤 의미에서 귀족들에게 승계 전쟁은 가문의 흥망성쇠를 가름하는 정말 중요한 선택입니다. 그러니 저렇듯 전전긍긍하는 것도 어찌 보면 당연한 일이지요."

슈뢰더와 기레스트, 드보아의 이어지는 설명에 고개를 끄덕이던 쟌은 잠시 후 이해가 되지 않는 점이 있는지 고개를 갸웃거렸다.

"아까 상대 진영에 협조한 귀족들에게 제재를 가한다는 말은 이해가 되는데 어느 진영에도 협조를 하지 않은 귀족들에게도 응징이 가해진다는 말은 잘 이해가 되지 않는걸?"

"그건 제국의 호전적인 국민성 때문입니다."

"국민성?"

"예, 왕국에서 제국으로 발돋움하게 된 연유를 아시는지 모르겠지만 숙적 관계였던 이웃 왕국을 정복한 후 저희는 제국이 될 수 있었습니다. 그 이후에도 정복전쟁은 계속되었고, 승계 전쟁을 치르는 이유도 좀 더 유능한 황제가 제국을 다스리기를 바라는 마음에 시작된 겁니다. 유능한 황제에게는 당연히 유능한 부하들이 보필해야 하는 법. 차라리 왕자를 잘못 선택한 것은 이해가 될 수 있는 일이지만 피해를 보기 싫어 어느 진영에도 소속되지 못한 경우에는 나중에 배신자가 되거나 분란을 일으킬 수 있는 이기주의자나 기회주의자밖에 없다는 판단에서 그런 대우를 받게 되는 것이지요."

"그렇다면 이번 전쟁에서 만약 헤르난 왕자가 승리하게 된다면 대대적인 지각 변동이 있겠군."

"그야 그렇습니다만······."

의미를 알 수 없는 미소를 지으며 말하는 쟌의 태도에 세 사람은 순간적으로 온몸에 전율이 흘렀지만 그것이 어디서 기인된 것인지는 알 수 없었다.

그동안의 경험이나 자신들이 풍문으로 들었던 세 왕자의 전력을 냉정하게 판단해 봐도 헤르난이 승리할 가능성은 백 분의 일도 되지 않았다. 아쉬드와 주네티가 미친 척하고 전면전을 벌여 회복할 수 없는 상처를 입었을 때 헤르난이 그들 뒤를 치지 않는다면 헤르난이 이번 전쟁에서 승리할 수는 없는 일이었다.

아니, 어찌 생각해 보면 둘이 전술적인 합작을 한 후 헤르난을 먼저 제거할 수도 있는 일이었다. 그렇게 하면 후방을 걱정할 필요가 없을 테니 두 사람 모두에게 좋은 일 아니겠는가. 헤르난은 혹시 이런 병법을 생각하지 못하고 순전히 어부지리만을 노리겠다는 것은 아닐까?

세 사람은 거의 동시에 그런 생각을 했지만 어느 누구도 쟌에게 그 말을 하지는 않았다.

그렇게 승계 전쟁의 전야는 어수선하게 지나갔다.

46장
승계 전쟁의 시작

쟌이 셸과 마차에 오른 지 거의 여섯 시간이 지나서야 애초 목표로
했던 성에 도착할 수 있었다. 성은 지도에서 보았던 것보다 훨씬 더 울
창한 숲 속에 위치하고 있었다.

성에 도착하자마자 쟌이 가장 먼저 한 일은 자신에게 훈련을 받던
용병들로 하여금 성 주변을 수색하게 한 것이었다.

왕자들은 자신들의 예측을 항상 벗어나는 존재가 쟌이기에 비록 아
무 소리도 하지는 않았지만 그가 무슨 이유로 주변을 수색하게 한 것
인지 궁금한 것만은 사실이었다. 하지만 그 이유는 곧 밝혀졌다. 돌아
온 용병들에게 사로잡혀 있는 두 명의 용병을 발견했기 때문이었다.

"누가 보낸 놈들이냐?"

"우리는 그저 헤르난 전하의 진영에 투신하기 위해……."

"올리비에, 끌고 가서 죽여 버려라."

무표정한 쟌의 말에 놀라지 않은 사람은 한 사람도 없었다.

"옛?"

"멍청한 놈, 이제는 귓구멍까지 막힌 거냐?"

"알겠습니다, 마스터."

황급히 머리를 숙인 올리비에가 용병들의 뒷덜미를 잡은 채 막무가내로 끌고 가려 하자 용병들은 사색이 된 채 입을 열었다.

"주네티 전하께서 보내서 왔소!"

"아쉬드 전하께서 보내셨소!"

용병들의 말에 잠시 움찔하며 올리비에가 쟌의 눈치를 보았지만 쟌은 눈썹 하나 까딱하지 않았다.

"뭐 해? 어서 끌고 가지 않고."

"예? 예. 알겠습니다, 마스터."

"잠깐!"

헤르난의 제지에 올리비에가 걸음을 멈추었고, 잠시 용병들의 얼굴을 훑어보다가 말을 이었다.

"어차피 앞으로 2년 동안 수도 없이 피를 볼 텐데 벌써부터 피를 볼 필요는 없지 않은가? 그러니 저들을 일단 성의 지하에 있는 감옥에 가두어놓도록 하게."

헤르난의 말에도 올리비에는 선뜻 움직이지를 못하고 쟌의 눈치를 보았다.

"뭐 하고 있어? 헤르난 전하는 앞으로 2년 동안 너의 주군이 되실 분 아니시냐? 전하의 명령대로 일단 감옥에 처넣어둬. 감시 철저히 하고."

"알겠습니다, 마스터."

"그럼 우린 안으로 들어가 볼까?"

헤르난은 짐짓 유쾌한 듯 입을 열었지만 한번 굳어진 사람들의 표정은 좀처럼 펴질 줄 몰랐다. 자신들도 승계 전쟁이 시작되었다는 것은 익히 알고 있었지만 설마 아쉬드와 주네티가 이렇게 발 빠르게 움직일 줄은 상상도 못했다.

"왜들 이러고 있나? 들어가자니까."

헤르난이 다시 말을 꺼내자 사람들은 어쩔 수 없이 발걸음을 회의실로 옮겼다. 회의실로 들어선 사람들은 하나같이 얼굴이 굳어져 있어 숨소리조차 크게 낼 수 없었다.

"나참, 뭘 그리 굳어 있는 거요? 상대 진영을 감시하는 것은 전쟁을 치르는 사람으로서는 당연한 행동 아니오. 상대의 당연한 행동을 이렇게 심각하게 받아들인다면 앞으로 더 심각하고 예상 밖의 일이 터질 텐데 그땐 어떻게 할 생각이오? 지금처럼 심각한 표정을 지으며 아무것도 안 하고 늘어져 있을 생각이오?"

"그래, 쟌의 말이 맞다. 지금은 저들이 어떤 행동을 취했다고 놀라고 있을 틈이 없다. 한시라도 빨리 대응을 해야만 한다. 유리, 네가 생각하기에 저들이 용병들을 보낸 이유가 뭔 것 같으냐?"

"제가 생각하기에는 단순한 정찰 같습니다."

"단순한 정찰이라……."

"예, 단순히 저희들의 수가 얼마나 되는지, 또 인원 구성은 어떻게 되는지 알아내기 위해서 파견되었을 겁니다. 그리고 아마 그들을 보낸 사람은 아까 용병들이 말한 반대 사람이 되겠지요."

"반대라고?"

루이스의 반문에 유리는 쓴웃음을 지으며 고개를 끄덕였다.

"그건 내 생각도 마찬가지다. 아무리 멍청한 용병이라도 누가 자신을 고용했는지 떠벌이지는 않지 않겠니? 아마 상대를 지목해 죄를 떠넘기려고 하겠지. 그래, 넌 우리가 어떻게 해야 한다고 생각하느냐?"

"가이야 씨의 의견대로 어느 일정 수준의 용병들을 고용한다면 다른 두 사람에 비해 진지 이동이 쉬울 겁니다. 근처에 있는 다른 성으로 자주 이동을 한다면 저들에게 우리의 본거지나 병력 수준을 들키지 않을 수 있는 장점이 있습니다."

"본거지를 자주 옮긴다?"

유리의 말에 헤르난이나 다른 사람들은 심각하게 고민하기 시작했다. 하지만 아무리 생각해 봐도 유리의 의견이 상당히 타당하다는 것을 느낄 수 있었다.

"기발한 생각 같은데? 다른 사람들 생각은 어때?"

"루이스 형님의 말처럼 본거지를 자주 이동한다면 상당히 번거롭기는 하겠지만 우리의 전력을 감출 수 있다는 것에 획기적인 방법이 될 거라고 판단됩니다."

필립마저 유리의 말에 찬성을 하고 나서자 사람들의 시선은 일제히 쟌에게로 향했다. 사람들이 갑자기 자신을 쳐다보자 얼떨떨한 표정을 짓던 쟌은 고개를 갸웃거렸다.

"왜들 날 보는 거요? 내 의견을 말하라는 거요?"

"그래, 자네는 유리의 의견을 어떻게 생각하나?"

"내 생각을 말하라면…… 간만에 쓸 만한 의견이 나온 것 같아 좋았소."

쟌의 묘한 칭찬에 유리나 다른 사람들의 입가에는 쓴웃음이 걸렸다. 그리고 왜 자신들이 그에게 마치 허락이라도 받듯이 의견을 물은 것인지 순간적으로 한심하다는 생각이 들었다.

"본거지를 자주 이동한다면 적의 이목을 가릴 수도 있지만 용병들의 기본 훈련을 할 수 있어서 더 좋을 것 같소. 더불어 공성병기를 조립하는 훈련이나 지형지물을 숙지하는 훈련을 병행한다면 용병들의 경험을 늘리는 데 많은 도움이 될 것 같소."

쟌의 말에 사람들이 고개를 끄덕일 때 회의실 밖에서 중년 사내의 음성이 들려왔다.

"전하, 제론 샤겔스입니다."

"무슨 일인가?"

"방금 모든 인원의 입성을 끝마쳤습니다."

"크리스토퍼 단장은?"

"주위에 정찰할 곳과 감시 초소를 설치하고 있습니다. 아마 곧 올 겁니다."

"알았네."

헤르난은 고개를 돌려 다소곳이 앉아 있는 셸에게 입을 열었다.

"마담 가이아, 부탁드릴 것이 있소."

"말씀하시지요."

"다름이 아니라 카타리나 왕자비가 보내주기로 한 마법사들을 통솔할 사람이 필요하오. 또 그들을 효율적으로 배치하고 운용하려면 마법에 대해 잘 아는 사람이 있어야 하는데, 마담도 알다시피 우리 제국에는 궁정 마법사를 제외한 마법사는 거의 찾아보기 힘든 상황이오. 해서 마담께서 그들을 맡아주셨으면 하는데… 그렇게 해주겠소?"

잠시 곰곰이 생각해 보던 셀은 곧 고개를 끄덕였다. 아닌 게 아니라 검을 쓰는 자들이 마법사를 부린다는 것도 이상한 이야기였고, 그렇다고 체력이 떨어지는 마법사가 파티의 우두머리가 된다는 것도 그리 효율적인 생각이 아니었다.

"알겠습니다. 제가 맡도록 하겠습니다, 전하."

셀이 순순히 승낙을 하자 이번에는 쟌에게 입을 열었다.

"그리고 자네는 카타리나 왕자비가 보내기로 한 근위기사단을 맡아주게."

"그들을 내가 맡으란 말이오?"

"왜? 무슨 문제라도 있는가?"

"그래도 한 나라의 근위기사들인데 한낱 용병에 불과한 내 말을 들으려 하겠소?"

뜻 모를 미소를 지은 채 의문을 제기하는 쟌의 말에 헤르난의 얼굴이 급격하게 굳어졌다.

"그러니까 자네의 말은 그들이 혹시 자네의 지시를 거부할지도 모른다는 말인가?"

"그들이 어떻게 나올지는 아직은 모르지만 그럴 가능성도 있지 않겠소?"

"그런 도움이라면 없는 편이 낫겠지. 만약 그런 일이 벌어진다면 즉시 돌려보내겠네. 카타리나 왕자비에게는 미안하지만 애초에 그들을 보내주기를 내가 원한 것도 아니니 즉시 그들의 나라로 돌려보내겠네.

지금 우리에게 필요한 것은 무엇보다 단합된 힘이니 말이네."

심각한 표정으로 입을 여는 헤르난의 모습은 단호하기 이를 데 없었다.

언제부터일까? 의미를 알 수 없는 미소를 지으며 애매모호한 대답만 하던 헤르난이 언제부턴가 조금씩 변하기 시작했다. 쉽게 말을 꺼내지도 않았지만 꺼낸 말은 어떻게든 반드시 지키려고 했다. 또 쉽게 판단을 내리려고도 하지 않고 재삼, 재사 생각에 생각을 거듭해 신중하게 결정을 내리는 모습을 자주 볼 수 있었다.

"일단 내가 맡아보고 그들의 저항이 너무 심해 통솔이 불가능하다고 판단이 되면 그때 이야기하겠소."

"알아서 하게."

"그럼 셀과 난 나가보겠소."

헤르난이 미처 대답할 사이도 없이 쟌과 셀은 회의실을 빠져나갔고, 그런 두 사람의 뒷모습을 쳐다보던 루이스의 얼굴에는 못마땅해하는 표정이 역력했다.

"자자, 그럼 지금부터 본거지를 자주 옮긴다고 가정하고 어느 곳에 있는 성이 좋을지 찾아보자꾸나."

회의실에서 나온 쟌은 훈련장으로 가며 뭔가를 고민하다가 셀에게 질문을 했다.

"셀, 셀이 해주었으면 하는 일이 있는데 말이야⋯⋯."

"뭔데요?"

"마법은 잘 몰라서 묻는 건데 혹시 먼 곳에서도 의사 소통을 할 수 있는 방법이 있어?"

"텔레메시지라는 마법이 있어요."

"그래? 그게 어려운 마법이야?"

"그렇지는 않아요. 마법진의 도움이 필요하기는 하지만 3클래스의 마법사라면 스펠만 알면 누구든 실현할 수 있어요."

"흐음~ 그렇단 말이지. 그럼 셀은 마법사들에게 텔레메시지 스펠을 가르쳐 줬으면 하는데 말이야. 어때, 괜찮겠어?"

"텔레메시지 스펠이 비록 널려 알려진 스펠은 아니지만 그리 어려운 것도 아니에요. 제가 그들에게 스펠을 가르치도록 하겠어요. 정찰조에게 속할 마법사에게 가르칠 모양인가 보군요."

"정찰조에게 가르칠 생각도 있지만 앞으로는 모든 공격조나 수비조에 속할 마법사에게도 가르칠 생각이야. 상대적으로 인원수가 적으니 신속한 이동만이 전력적 우위를 차지할 수 있는 길이니까."

"나이가 많은 사람들은 성을 지키는 쪽으로 돌려야겠죠?"

"아무래도 그래야 하지 않겠어?"

두 사람이 대화를 나누며 훈련장으로 향했고, 그곳에는 이미 풀 플레이트 메일로 중무장한 사람들이 두 사람을 기다리고 있었다. 기레스트나 드보아, 슈뢰더는 평소 자신들이 애용하던 플레이트 메일을 걸치고 있었지만 약 2백여 명의 용병들은 난생처음 입어보는 풀 플레이트 메일 때문에 숨조차 제대로 쉬지 못하고 있었다.

"마스터, 훈련 준비를 마쳤습니다."

"지금부터 너희들은 승계 전쟁이 끝나기 전까지 모든 훈련을 받을 땐 반드시 지금의 복장을 갖춰야만 한다. 준비가 되었으면 올리비에가 인도해 용병들은 훈련장을 20바퀴, 너희 셋은 50바퀴를 돈다. 훈련장 뛰기가 끝나면 용병들은 평소와 같이 전원 대련을, 너희 셋은 올리비에게 산보의 기본형을 배워 훈련장을 돈다. 실시!'

쟌의 지시에 용병들이나 기레스트들은 질린 표정을 짓긴 했지만 어느 누구 하나 불만을 토로하지는 않았다. 자신들의 불만을 이야기해 봐야 소용도 없겠지만 쟌의 혹독한 훈련 지시가 궁극적으로는 자신의 실력 향상에 커다란 도움이 된다는 것을 잘 알고 있기 때문이었다.

그리 빠른 속도는 아니지만 훈련장을 돌기 시작하는 모습을 지켜보던 쟌은 셀과 함께 성을 빠져나갔다. 그리고는 성 주위의 숲으로 걸음을 옮겼다.

숲에 들어서자마자 셀의 표정이 당장 바뀌었다. 물론 이전에도 푸근해 보이던 미소였지만 지금 그녀가 짓고 있는 미소는 전과는 비교할 수도 없을 만큼 평화롭고 부드러운 미소였다. 그런 그녀의 변화를 항상 곁에 있었던 만큼 쟌은 금세 깨달을 수 있었다.

마치 자연 그 자체로 변한 것처럼 보였다. 이전까지의 모습이 인간에 가까웠다면 지금은 마치 자연이 된 것처럼 셀의 존재마저 희미하게 느껴졌다. 인간이라면 이런 갑작스런 변화가 당연히 이상하게 느껴졌겠지만 셀은 절반은 엘프이기에 오히려 그런 변화가 자연스럽게 느껴졌다.

"기분이 좋은 모양이지?"

"예, 너무나 기분 좋아요. 요즘 왠지 답답했었는데 아마 숲으로 산책을 하지 못해서 그런 모양이에요."

"셀이 좋다니 나도 기분이 좋군. 앞으로 자주 나오도록 하지. 그런데 말이야, 혹시 마법 가운데 일정 지역에 누가 접근을 하면 경계 신호를 알리는 그런 마법은 없어?"

"알람 마법을 말하는 건가요? 알람 마법은 누군가 알람 마법에 걸린 물건에 접근을 하면 신호를 보내주는 마법이에요."

"그래? 그런 마법도 있다는 말이지. 그럼 그 마법의 스펠이 어려운가?"

"스펠이 어려운 것은 아니지만 알람 마법이 걸린 물건을 만드는 것은 그리 쉬운 일은 아니에요."

셀의 말에 뭔가를 생각하던 쟌이 다시 질문을 했다.

"시간이 오래 걸려?"

"물론 저 혼자라면 오래 걸리겠지만 3클래스 이상의 마법사들 몇이 있다면 마법 도구를 만드는 데 그리 오래 걸리지는 않을 거예요. 역시 적의 공격에 대한 대비를 위한 것이겠지요?"

"그래. 인원이 적다는 것은 누가 뭐래도 불리한 것만은 사실이니까. 경계를 철저히 해야만 크든 작든 전쟁에서 승리할 수 있어. 경계야말로 전쟁의 시작이자 끝이니까."

쟌의 말에 셀은 고개를 끄덕이면서도 쟌의 지식에 경탄하지 않을 수 없었다. 대체 그와 그의 사부가 살았던 세계는 어떤 세계였기에 이렇게 전쟁에 대해 해박한 지식을 가질 수 있는 것인지 정말 궁금하지 않을 수 없었다.

"알람 마법을 건 마법 도구를 성 주위에 설치해야 하는 것도 사실이지만 함정이나 덫도 설치해야만 해. 손을 대어야 할 부분이 하나둘이 아니야. 이 자식들, 흐흐흐. 내일부터 너희들은 죽었다고 복창해야 할 거다."

갑자기 음흉한 미소를 짓는 쟌의 모습에 셀은 문득 그에게 훈련을 받고 있는 용병들이 걱정되었다. 말이 함정이고 덫이지, 순수하게 모든 것을 인력만으로 처리해야 한다는 것을 이트스 힐에 살며 몬스터와의 전쟁 때 이미 경험을 해본 적이 있었다.

쟌과 셀은 천천히 성 주위를 감싸고 있는 숲을 걸으며 산책 같은 정찰을 마쳤다. 간간이 로고스가 미리 설치한 매복조와 마주치기도 했었다.

비록 그들이 숨소리를 죽이고 있긴 했지만 쟌과 셀이 그들의 존재를 느끼지 못할 리 만무했다.

로고스가 매복조를 설치한 위치는 외부에서 성으로 접근하려고 하면 반드시 지나쳐야만 할 위치였다. 그러면서도 숲이나 나무, 지형적으로 가려 쉽게 드러나지 않은 지역에 매복을 하게 한 것으로 보아 로고스 역시 이런 싸움에 상당한 경험이 있다는 것을 쉽게 짐작할 수 있었다.

쟌과 셀이 성으로 돌아왔을 때는 이미 석양이 붉게 물들어 있었다. 용병들은 자유 대련을 하고 있었지만 기레스트들은 뒷짐을 진 채 괴상한 자세로 훈련장을 돌고 있었다.

충분히 사람들의 관심을 끌고 웃음까지 지을 수 있는 상황이었지만 어느 누구도 그들의 모습을 보고 웃지 않았다. 아니, 자신의 훈련에 집중하느라 그들의 자세가 어떤지 전혀 신경을 쓰지 못했다.

풀 플레이트 메일을 걸친 채 그런 괴상한 자세로 걸음을 옮기는 것은 정말 등에서 식은땀이 흐를 정도로 힘이 들었다. 소드 마스터를 눈앞에 둔 자신들이 왜 이따위 훈련을 받아야 하는 것인지 아무리 생각해 봐도 그들 세 사람은 도저히 이해가 되지 않았다. 그러면서도 드보아는 그렇게 불만이 많았던 슈뢰더가 왜 묵묵히 이따위 훈련을 받고 있는 것인지 그게 더 의문이었다.

이미 세 사람의 전신은 땀투성이로 변한 지 오래였고, 걸음을 옮길 때마다 신발 부분에서는 자신들이 흘린 땀 때문에 찌걱거리는 소리가 들리고 있었다.

"모두 동작 그만!"

쟌의 외침에 용병들과 기레스트들은 일제히 동작을 멈추고 잠시 그를 쳐다보다가 곧 이어 들려온 말에 재빨리 몸을 움직였다.

"집합!"

자신 앞으로 신속하게 몸을 움직이는 용병들을 바라보던 쟌은 잠시 그들을 바라보다가 입을 열었다.

"내일부터는 훈련을 조금 다르게 시작하겠다. 오전에는 다른 용병들과의 집단 격투, 오후에는 각자 개인 훈련을 실시하도록 하겠다. 오전의 격투 상대는 누구라도 좋다. 마음에 드는 녀석과 싸워도 좋고, 평소 불만이 쌓였던 녀석을 혼내줘도 좋다. 이 훈련은 내가 좋다고 할 때까지 계속한다. 알겠나?"

"네! 알겠습니다, 마스터!"

"그런데 만약 훈련에 동조하지 않는 녀석이 있으면 그땐 어떻게 하면 됩니까?"

용병들 가운데 누군가 질문을 했다.

"죽지 않을 정도라면 얼마든 패도 좋다. 발탄 교단의 프리스트들이 그들을 치료해 줄 것이다. 언제 실전이 벌어질지 모르는 상황이다. 방심하는 녀석은 죽어도 할 말이 없다. 그리고 내일 새벽부터 구보가 있을 테니 성을 지킬 최소한의 병력을 제외한 나머지 인원들은 훈련장에 집결하도록. 만약 내 지시가 마음에 들지 않는 사람들은 거부해도 좋다."

쟌의 말에 그 앞에 모여 있던 용병들은 어리둥절한 표정을 감추지 못했다. 하지만 곧 이어 이어진 쟌의 말에 그러면 그렇지 하는 표정을 지었다.

"대신 이후에 벌어지는 일에 대한 모든 책임은 본인이 감당해야만 할 거다. 이상, 해산!"

쟌의 말에 용병들은 입술이 쑥 삐져 나온 채 뿔뿔이 흩어졌다. 하지만 그것뿐이었다. 쟌에게 훈련을 받던 용병들이 흩어진 후 주위에 있던 용병들은 그와 셀을 조금은 두려운 눈길로 쳐다보고 있었다.

자신들보다 훨씬 더 명성을 날리고 있는 용병들이 무슨 이유로 나이도 어린 쟌의 명령을 받는 것인지는 알 수 없지만 그의 지시대로 용병들이 훈련하는 모습은 예전부터 쭉 지켜보아 왔었다.

특히 2미터가 넘는 괴물들인 크롤 형제가 쟌의 명령대로 훈련하는 모습은 보는 사람의 눈을 의심케 만드는 것이었다.

도저히 궁금함을 이기진 못한 젊은 용병 하나가 조심스럽게 그들에게 다가갔다.

"저어~ 페르난님."

"뭐야?"

걸걸한 케로스의 음성에 이름을 불렀던 젊은 용병은 찔끔하는 표정을 지었다. 그들 형제의 성질이 워낙 더러워 누군가가 자신을 건드리면 사람의 피가 마를 정도로 괴롭히기를 즐기기 때문이었다.

"궁금한 것이 있어서……."

"말해 봐."

"아까 그 젊은 용병은 대체 누굽니까?"

"누구?"

"왜 아름답게 생긴 여인 곁에 서 있던 젊은 용병 있지 않습니까? 눈매가 날카로워 보이던……."

"아하~ 마스터."

"예?"

젊은 용병의 눈이 동그랗게 변했다. 뿐만 아니라 곁에 있던 다른 용병들의 눈도 휘둥그레졌다.

"마스터라니? 그럼 그 청년이 마스터란 말씀이십니까?"

"그래. 가이야님께서는 충분히 마스터가 될 자격이 있으신 분이지. 좀 괴팍하신 게 탈이긴 해도 말이야."

"하지만 저희들에게는 크리스토퍼 단장님이 계시지 않습니까?"

"물론 크리스토퍼님이 우릴 다스리고 계시기는 하지만 난 크리스토퍼님보다 가이야님을 더 존경한다."

"예? 존경이오?"

전혀 예상치 않은 대답에 젊은 용병은 믿을 수 없다는 표정을 지었다. 자신보다도 훨씬 어린 애송이를 존경한다니…….

젊은 용병의 믿지 못하겠다는 표정을 발견하자마자 케로스는 그대로 주먹을 휘둘렀다.

펙!

둔탁한 소리와 함께 젊은 용병은 거품을 물고 기절했고, 다른 용병들은 그러면 그렇지 하는 표정으로 케로스를 쳐다보았다. 하지만 케로스는 아무 일도 없었던 것처럼 태연스럽게 말을 이었다.

"지금까지 살아오면서 어느 누구도 내게 아무것도 바라지 않고 뭘 준 적이 없다. 하지만 가이야님만큼은 달랐다."

"형 말 그대로야. 대체 누가 어떤 보답도 바라지 않은 채 남에게 무술을 가르쳐 주지? 쥐꼬리만한 실력을 가진 인간들도 그게 무슨 대단한 거라도 되는 것처럼 비밀로 하는 자들이 대부분 아닌가?"

샤를마저 케로스를 거들고 나서자 용병들은 믿을 수 없다는 표정을 짓다가 자신을 노려보는 트롤 형제의 사나운 눈길에 찔끔하는 표정을 지었다.

"기사들은 어렸을 때부터 체계적인 훈련을 받는다. 물론 우리들도 어렸을 때부터 그런 훈련을 받았다면 기사들만큼 실력이 늘었겠지. 문제는 그들이 그러한 훈련 방법을 결코 누구에게도 알려주지 않는다는 것이야. 처음에는 그 실력 차이라는 것이 별로 나지 않겠지만 시간이 지나면 지날수록 점점 더 벌어져 나중에는 메울 수 없을 정도로 차이가 난다는 것은 누구라도 알 거야. 그런데 마스터 가이야께서 바로 그 훈련 방법을 지금 우리에게 가르쳐 주고 계신다 그 말이다."

"그게 정말입니까?"

"이 자식이, 지금 누구 말을 의심하는 거야! 네놈들 눈에는 마스터께 훈련을 받고 있는 저 세 명이 보이지도 않냐? 저들은 그 이름도 유명한 제국의 3대 기사단의 부단장들이다. 그런 저들도 마스터께 훈련을 받고 있지 않느냐?"

자신의 말에 용병들의 얼굴에 불신의 빛이 가득하자 케로스는 코웃음을 쳤다.

"홍! 그럼 너희들은 평생 용병 짓이나 하고 살아라. 난 마스터의 훈련 방법대로 훈련해 죽기 전에 소드 마스터가 돼봐야겠다. 마스터 말씀대로라면 누구든 소드 마스터가 될 수 있다고 하셨으니 말이다."

케로스의 말에 용병들은 더욱 어이없다는 표정을 짓지 않을 수 없었다.

지금까지 소드 마스터는 하늘이 내려준 몇몇 천재들만이 도달할 수 있는 꿈의 경지라고 알려져 있었다. 워낙 소드 마스터의 숫자도 적을 뿐더러 그나마도 거의 전부라고 해도 좋을 정도로 기사들만이 도달했기 때문이었다.

그렇게 보면 용병 세계를 삼 분하고 있는 세 명의 용병왕들은 모두 소드 마스터인 것은 정말 특이한 일이라고 하지 않을 수 없었다. 하지만 사정을 알고 보면 그들 역시 어렸을 때 각자의 가문에서 체계적인 검술 훈련을 했기에 소드 마스터가 될 수 있었던 것이다.

그런데 훈련만 착실히 하면 누구든 소드 마스터가 될 수 있다니……
아무리 생각해 봐도 그 말은 믿을 수가 없었다. 하지만 케로스나 샤를은 그 말을 믿는지 훈련하는 손길을 멈추지 않았다. 아니, 그들뿐만이 아니라 다른 용병들 역시 훈련을 멈추지 않았다.

아침이라기보다는 새벽에 더 가까운 시간.
늦게까지 회의를 한 탓에 잠자리에 든 지 얼마 되지 않은 헤르난은 창밖에서 들리는 기합 소리 때문에 잠에서 깨어 일어나야만 했다.

"무슨 일이지?"

창밖은 아직 태양도 뜨지 않아 깜깜하기만 했다. 졸린 눈을 비비며 창가로 간 헤르난은 훈련장에 모여 있는 사람들을 발견하고는 깜짝 놀라 잠이 다 달아나 버렸다.

"뭐, 뭐야? 적이라도 침입한 거야?"

잔뜩 시력을 돋워 살펴보니 자신이 고용한 용병들이 아닌가? 겨우 놀란 마음을 진정시키며 침실을 나가던 헤르난은 놀란 얼굴로 뛰어오는 동생들과 곧 만날 수 있었다.

"형, 대체 이게 무슨 일이야?"

"어떻게 된 일이야?"

"무슨 일이 생긴 거야?"

일단 놀란 동생들을 진정시켜야만 했다.

"진정들 해라. 나도 무슨 일인지 모르겠구나. 일단 알아보도록 하자꾸나."

건물을 막 빠져나가는 순간 그들은 팔짱을 낀 채 성의 정문을 향해 달려가고 있는 용병들을 바라보고 있던 로고스를 발견할 수 있었다.

"크리스토퍼 단장, 이게 대체 무슨 일이오?"

"나오셨습니까, 전하."

"크리스토퍼 단장, 어서 대답을 좀 해보시오."

루이스의 다그침에 로고스는 다시 한 번 용병들의 뒷모습을 쳐다보고는 곧 입을 열었다.

"용병들의 체력을 향상시키기 위해 새벽 구보를 한다고 하더군요."

"새벽 구보? 그건 대체 누구 생각이지?"

"가이야 부단장의 지시라고 하더군요."

"또 그 자식이야? 빌어먹을 자식, 대체 그 자식은 지금 어디 있소?"

"용병들과 함께 뛰고 있습니다."

로고스의 대답이 의외였는지 왕자들은 서로의 얼굴만 쳐다보았다. 대부분이 지시로 일관할 뿐이지 함께 훈련하는 무술 마스터는 거의 없다.

"그럼 구보 코스는 어떻게 되오?"

"성 주위를 뛴다고 하더군요. 두 바퀴라던가?"

말이 좋아 성 주위 두 바퀴지 그 거리는 그리 만만한 거리가 아니었다. 말로 달린다 하더라도 30분 이상이 걸리는 거리였다. 아무리 전력을 다해 빨리 뛴다고 해도 1시간 이상이 걸릴 것은 물어보나마나였다.

"가능한 거리요?"

"속도 조절을 한다면 불가능한 것은 아니지만 아마 익숙하지 않아 많은 용병들이 중간에 포기할 겁니다. 가이야 부단장이 단순히 구보만 할 리 만무하지 않겠습니까?"

로고스의 입가에 미소가 떠오르자 다른 왕자의 입가에도 쓴웃음이 떠올랐다. 그들도 쟌이 세 기사를 어떤 식으로 훈련시키는지 평소 잘 지켜보았기에 용병들이 어떤 꼴을 당할지 짐작이 갔다.

"얼마나 참가했소?"

"대략 1천 5백 명 정도였던 것 같습니다."

"젠장, 난 들어가서 좀 더 자야겠군."

말과 함께 루이스가 몸을 돌리다가 이상함을 느꼈는지 걸음을 멈추고 자신의 형제들을 바라봤다.

"다들 안 자? 새벽까지 회의를 하느라 잠도 못 잤잖아. 왜들 그러고 있어?"

"루이스, 넌 들어가 자도록 하거라. 난 저들이 돌아올 때까지 이곳에 있겠다."

"뭐 때문에?"

루이스의 반문에 헤르난은 조금은 굳은 얼굴로 대답했다.

"이 전쟁은 저들의 전쟁이 아니라 바로 우리들의 전쟁이라는 것을 벌써 잊었니? 정작 노력해야 할 사람은 저들이 아니라 우리란 말이다. 자신의 일도 아닌 일에 노력하는 저들이 보기 부끄러워서라도 이대로 있을 수만은 없는 일이잖니. 기다리는 것은 내가 할 테니 너희들은 그만 들어가서 쉬도록 하거라. 그리고 너희들도 다시 한 번 마음을 다잡도록 하는 것이 좋을 것 같다."

헤르난의 말에 다른 왕자들은 자책하는 빛이 역력했다.

헤르난이 로고스와 함께 기다린 지 40분이 지나자 구보를 포기한 용병들이 하나둘 성으로 복귀하기 시작했다. 땀으로 뒤범벅된 옷은 몸에 찰싹 달라붙어 있었고, 금방이라도 끊어질 듯 몰아쉬는 용병들의 모습은 우람한 덩치들과 어울리지 않아 불쌍한 감정이 저절로 들 정도였다.

성으로 복귀한 용병들은 너무나 지쳐 하나같이 땅바닥에 주저앉아 숨을 몰아쉬고 있었다. 마치 패잔병 같은 모습으로 복귀하는 용병들이 계속 이어질 때 무리의 선두로 달렸던 사람들이 복귀했다. 역시 선두는 쟌과 올리비에, 그리고 기레스트들이었다.

쟌에게서 훈련받던 용병들 가운데 서너 명이 함께 뛰고는 있었지만 온몸은 땀투성이였고 금방이라도 쓰러질 듯 그들의 발걸음은 위태위태 했다.

쟌의 호각 소리가 들릴 때마다 빠르게, 혹은 늦게 달리던 기레스트 들은 훈련장을 두 바퀴나 더 달리고서야 달리기를 멈췄다. 쟌의 호흡 은 평소와 별다를 것이 없었지만 올리비에를 비롯한 세 사람은 물속에 빠졌던 사람처럼 땀으로 흠뻑 젖어 있었다. 그러나 적어도 달리고는 있었다. 나머지 용병들은 성으로 복귀를 하고서도 멈출 생각을 하지 않는 올리비에들을 보자마자 그 자리에 주저앉고 말았다.

"한심한 놈들."

쟌은 그 말만을 남긴 채 어느샌가 나타난 셀이 내민 수건을 받아 들 고는 그 자리를 떠났다.

올리비에는 땀을 닦을 사이도 없이 팔다리의 뭉친 근육을 풀고는 천 천히 몸을 움직이며 이상 유무를 살폈다.

한동안 뭉친 근육을 풀던 올리비에는 숨을 돌린 후 그때까지 자리에 서 일어나지 못하고 있던 기레스트들에게 주의를 주었다.

"그렇게 계시다가는 오전 훈련 시간을 맞출 수 없을 겁니다. 어떻게 든 뭉친 근육을 빨리 풀고 아침 식사를 하시는 것이 좋을 겁니다. 마스 터의 훈련에는 어떤 경우에도 예외가 없다는 것을 명심하십시오."

올리비에가 막 돌아서려는데 기레스트가 그를 불렀다.

"이보게, 올리비에."

"무슨 일이십니까?"

"자네는 지치지도 않나?"

기레스트의 질문에 돌아서 그들을 보니 모두 기레스트와 동감인 듯 보였다.

"그렇게 보이십니까?"

올리비에가 대답과 함께 손으로 가리키는 곳을 보니 강철 기둥같이 보이는 그의 다리가 미약하게 부들부들 떨리고 있었다. 그 모습을 보니 기레스트들은 더욱 기가 막혔다.

"그러고도 자넨 견딜 수 있단 말인가?"

"후후후, 저라고 왜 힘든 것을 모르겠습니까? 하지만 도저히 견디기 힘들다고 느끼는 바로 그 순간만 넘긴다면 그 고통을 견딜 수 있는 힘이 생기는 신기한 경험을 하게 됩니다. 손가락 하나 까딱할 힘도 없다고 느끼는 순간 갑자기 누군가에게 공격을 받게 된다면 고개를 움직이든 지면을 구르든 그 공격을 피할 힘이 나옵니다. 다시 말해 우리는 우리의 몸에 대해 정확하게 알지 못한다는 것입니다. 내 몸속에는 분명 내가 모르는 힘이 숨어 있고, 마스터의 훈련은 그 힘을 뽑아내어 쓸 수 있는 방법을 저에게 가르쳐 줄 수 있을 것이라 믿고 있습니다."

"자넨 정말 마스터의 말을 믿는단 말인가?"

드보아도 회의적인 표정으로 질문했지만 올리비에의 표정에는 변함이 없었다.

"저는 믿습니다."

이미 상당히 회복이 되었는지 돌아서서 내딛는 발걸음은 가볍기 이를 데 없었다.

그 모습을 지켜보던 세 사람은 올리비에의 놀랄 만한 체력에 할 말이 없었다. 만약 지금 그와 싸운다면 그에게 질 사람은 한 사람도 없겠지만 앞으로도 그럴 수 있다고 장담할 수 있는 사람은 아무도 없었다.

정말 잔에게 소드 마스터에 이를 수 있는 방법이 있다면 올리비에는 짧게는 몇 년 만에, 길게는 몇십 년 만에라도 소드 마스터가 되어 자신들 앞에 나타날지도 모르는 일이었다.

잠시 동안 멍하니 올리비에의 뒷모습을 바라보던 세 사람은 누가 먼저랄 것도 없이 자리에서 벌떡 일어섰다. 그리곤 서둘러 뭉친 근육을 풀고는 식사를 하기 위해 서둘러 식당으로 향했다.

주위에 쓰러져 있던 용병들도 올리비에가 한 말을 듣긴 했지만 말처럼 그렇게 간단히 소드 마스터가 될 수 있을 것이라고는 전혀 믿을 수 없었다.

그건 그것이고 정작 용병들을 놀라게 만든 것은 기레스트들과 똑같이 뛰고도 오히려 더 멀쩡하게 보였던 올리비에의 모습이었다. 기레스트들이 어디 보통 사람들인가? 기사, 그것도 제국에서 둘째가라면 서러워할 기사단의 부단장들이 아닌가?

게다가 약간의 명성을 얻고 있다고는 하지만 한낱 용병에 불과한 올리비에가 정규 기사 훈련을 받은 기레스트들과 똑같이 훈련을 받은 줄은 미처 생각지 못했던 일이었다. 그런데도 오히려 그가 더 멀쩡해 보이지 않은가?

올리비에를 처음 보는 용병도 그의 이름 정도는 들은 적이 있었다. 하지만 그런 소문보다 용병들에게 강한 인상을 심어준 것은 매일매일 끊임없이 훈련을 하는 올리비에의 노력하는 모습이었다. 그렇기 때문인지 자신도 노력을 한다면 그만큼은 아니더라도 비슷한 실력을 가질 수 있을지 모른다는 생각이 들자 이대로 앉아 있을 수만은 없었다.

하나둘씩 일어난 용병들은 식사를 하기 위해 식당으로 향했다.

식사를 마친 쟌은 셸과 함께 성루에 올라가 주위를 둘러보며 잠시 휴식을 취하고 있었다. 불어오는 바람에 몸을 맡기며 성벽에 몸을 기대고 있던 쟌은 끝도 보이지 않은 숲을 바라보며 입을 열었다.

"숲은 저렇듯 고요하고 평온한데 왜 인간들은 그렇게 욕심을 부리고 욕망을 가지는 것인지… 정말 한심스러운 일이야. 그렇게 따지고 보면 엘프들은 참으로 현명한 종족인 것 같아."

"엘프에게도 분명히 욕심은 있어요. 하지만 인간처럼 무조건적인 세력 확장이나 금은보화를 바라지는 않아요. 그렇다고 문제가 없는 것도 아니지요. 엘프들은 자신들의 사고방식이 너무 확고해서 다른 종족은 물론 다른 지역에 사는 엘프들과도 잘 어울리지 못해요. 엘프들의 불행이라면 바로 그것이겠지요."

역시 성루에 몸을 기대고 있던 셸의 음성에는 자조적인 감정이 가득 실려 있었다.

"그래도 인간들은 공동의 적이 나타나면 잠시 자신의 욕심은 접어두고 힘을 합쳐 적을 물리치잖아요. 하지만 엘프들은 달라요. 모든 일을 자신이 가진 힘으로, 혹은 자신이 사는 마을이 가진 힘으로만 처리하려고 해요. 당연히 해결이 되는 일도 적지만, 그 일을 해결하는 데도 많은 시간이 걸리게 되지요. 그러면서도 엘프들은 좀처럼 그런 생활 방식을 바꾸려하지 않아요. 휴우~"

셸의 말에 쟌은 그녀가 처해진 사정을 처음 들었을 때 그녀가 왜 다른 엘프 마을에 가서 도움을 청하지 않은 것인지 궁금하게 생각했던 적이 있음을 기억해 낼 수 있었다. 물론 도움을 청한다고 해서 지상 최강의 생명체라는 드래곤을 이길 방법은 없었겠지만 힘을 합쳤다면 훨씬 빠른 시간 내에 당면한 문제를 해결할 수 있었을지도 모르는 일 아닌가.

"그들도 이번에 경험을 했으니 앞으로 조금은 변할지도 모르잖아? 난 그럴 거라고 생각이 드는데 말이야."

"후후후~ 쟌은 몰라요. 엘프들이 그 아름답고 부드러운 얼굴 속에 얼마만큼 지독한 아집을 가지고 있는지 말이에요. 한번 자신이 세운 규칙은 무슨 일이 있어도 지킬 뿐 아니라 어떤 경우에도 남의 충고를 듣거나 자신이 세운 규칙을 허물지 않아요."

셸의 음성에는 희미한 슬픔 같은 것이 묻어 있었다. 쟌은 무슨 말로 그녀를 위로해야 좋을지 몰랐다. 그저 그녀를 품에 안고 등을 토닥여 줄 뿐이었다.

잠시 그러고 있다가 천천히 자리에서 일어났다.

"셸은 천천히 내려오도록 해. 난 먼저 내려가서 훈련을 좀 해야 할 것 같아. 본격적으로 몸을 만들어야 할 것 같아서 말이야."

"본격적으로 몸을 만들다니, 그게 무슨 말이죠?"

"솔직히 지금까지는 약간 놀면서 훈련을 했거든. 생명을 건 전투를 치르려면 모든 신경과 근육, 그리고 컨디션을 최고조로 끌어올려 놓아야만 하잖아. 전투가 언제 벌어질지 모르니 한시라도 빨리 몸을 만들어야 할 것 같아."

쟌의 말에 셸은 어이가 없었다. 지금까지의 훈련하는 모습만 봐도 질릴 정도인데 그것이 놀면서 한 것이라니… 할 말이 없었다. 그녀가 멍해 있는 사이 쟌은 성루를 내려갔고, 혼자 남은 셸은 다시 푸르게 펼쳐진 숲으로 시선을 돌렸다.

성루를 내려온 쟌은 지금까지 착용하지 않았던 갑옷을 착용하기 시작했다. 또한 컴포짓 보우를 메고 화살이 가득 찬 통을 옆구리에 찼다. 품에는 유엽비도가 가득 든 가죽 주머니가 들어 있었고, 왼쪽 팔에는 핸드보우와 유성추를 찼고, 오른손에는 예의 그 목검(?)을 들고 있었다.

쟌으로서는 처음으로 갖춰보는 완전 무장이었다.

가볍다고는 하지만 갑옷을 갖춘 상태에서 평소 잘 차지 않은 핸드보우까지 왼팔에 차자 행동은 더욱 둔하게만 느껴졌다. 몇 번인가 팔을 움직이며 훈련장에 도착해 보니 잔뜩 굳은 표정으로 도열해 있는 천여 명의 용병들과 그런 그들을 신기한 듯 쳐다보고 있는 나머지 용병들의 모습이 보였다. 하나같이 무질서하게 흩어져 쉬고 있는 것이 상당히 꼴불견이었다.

"뭐야? 뭐가 이렇게 많아?"

"마스터께 훈련을 지도받기 위해 모인 사람들입니다."

"지도는 누가 지도를 한다는 거야? 각자 알아서 훈련하라고 해. 그리고 너희들은 내려치기 5백 번을 한 후에 격검의 기본형 네 자세와 산보의 기본형 세 자세를 집중적으로 연습하도록 해."

"마스터, 저들도 지도해 주십시오."

올리비에가 다시 한 번 부탁하자 쟌은 못마땅한 듯 잔뜩 인상을 찌푸리다가 입을 열었다.

"올리비에, 우선 네가 격검과 산보의 기본형을 가르쳐라."

"제가 말입니까?"

"기본적인 자세를 네가 가르친다면 자세 교정은 내가 잡아주도록 하지. 젠장, 단장님은 어디 있는 거야?"

"잠시 헤르난 전하를 만나러 가셨습니다. 아마 곧 나오실 겁니다."

"단장님이 오시거든 애들 자세를 좀 봐달라고 해. 오늘부터는 나도 본격적으로 훈련을 해야 하니까."

쟌의 말에 올리비에는 영문을 모르겠다는 표정으로 그의 얼굴을 빤히 쳐다보았다. 솔직히 지금만 하더라도 소드 마스터 수준인 쟌이 더 훈련을 해야 할 이유가 어디 있는가? 게다가 본격적이라는 단어까지 사용하면서 말이다.

올리비에가 자신을 쳐다보든 말든 쟌은 헤르난의 개인 훈련장으로 향했다. 이미 전날 헤르난에게 훈련장의 사용 허가를 얻었기에 훈련장에는 아무도 없었다.

그뿐이 아니었다. 강철로 만든 사람만한 크기의 인형들이 훈련장 곳곳에 서 있었다. 가볍게 근육을 풀던 쟌은 곧 비격의 수련을 시작했다.

비격을 크게 나누면 맨손 타격기와 무기술, 두 가지로 구분이 된다.

반허가 가장 신경 쓴 부분은 무기술보다는 맨손 타격기였지만 그렇다고 무기술을 경시하지도 않았다. 반허가 사용하던 무기는 평소 짚고 다니던 지팡이를 이용한 단장술이었다.

맨손만으로도 상대가 없었던 반허였기에 무기술에 특별하게 신경 쓰지 않았다. 하지만 쟌을 가르칠 때는 철저하게 가르쳤고, 쟌은 여러 가지 무기 가운데 특히 원거리 투척 무기에 대해 관심이 많았다. 활이나 비도를 철저히 익혔음은 물론 일본 군인이나 경찰과 싸울 때나 기습할 때를 대비해서 검술도 익혔다.

원거리 투척 무기에 관심이 많았던 것은 일본군들이 가진 총 때문이었다. 그리고 검술을 익힌 것은 니뽄도라는 걸 차고 거들먹거리는 일본인들을 상대할 때 검으로 그들을 혼내주기 위해서였다.

일본인들에게 직접적인 원한도 없었고, 또 그렇다고 투철한 애국심이 있었던 것도 아니지만 강압적인 그들의 태도가 싫었고, 무엇보다 자신과 같은 대한제국 사람들을 괴롭히는 그들이 싫었다. 또 사부 반허가 알려준 그들의 죄악들도 일본인들을 증오하는 데 단단히 한몫을 차지했다.

가장 먼저 활을 든 잔은 2백 미터쯤 떨어진 곳에 설치해 놓은 과녁을 향해 활을 겨누었다. 팽팽하던 활시위가 원래대로 돌아가는 순간 날카로운 파공성을 울리며 강철 화살이 허공을 갈랐다.

쐐액~

화살을 날리자마자 이번엔 두 대의 화살을 시위에 걸고는 그대로 날렸다.

쐐액~

다시 한 번 두 대의 화살을 날린 잔은 활을 놓자마자 전면에 있던 강철 인형을 향해 검을 뽑아 그대로 휘둘렀다.

깡!

몸을 회전하면서 왼손을 뻗자 손목에 감겨 있던 유성추가 무서운 속도로 풀려 나가며 4미터 밖에 있던 한 강철 인형의 목에 휘감겼다.

왼손을 잡아당겨 생긴 반발력으로 허공으로 몸을 날린 잔은 어느 틈에 꺼냈는지 유엽비도를 뿌렸다.

채채채챙~

10여 개의 유엽비도가 강철 인형과 부딪치며 수없이 많은 불똥이 튀었다. 지면에 내려서자마자 쟌은 목검 속의 진검을 뽑아 휘둘렀고, 새파란 검날은 강철 인형의 몸 곳곳에 기다란 상처를 남겼다.

무서운 속도로 회전을 하면서 강철 인형들을 공격하는 쟌의 신형은 대낮임에도 불구하며 흐릿하게 보일 뿐이었다.

깡! 깡! 깡! 깡! 깡!

쟌의 검이 강철 인형을 공격할 때마다 귓전을 울리는 날카로운 금속음이 들리고, 불똥이 튀었다. 물론 검에 마나를 불어넣어 검기를 일으킨다면 검날에 손상없이 강철 인형들을 잘라 버릴 수 있었지만 훈련이 목적이기에 마나를 일으키지는 않았다.

허공으로 몸을 날리는 순간 몸을 비튼 쟌은 5미터 밖에 있던 강철 인형을 향해 왼팔을 내밀었다. 팔에 힘을 주는 순간 기관 장치에 의해 핸드보우가 작동되어 네 발의 쿼럴이 발사되었다. 연이어 몸을 회전시켜 다른 강철 인형을 가리키는 순간 다시 네 발의 쿼럴이 강철 인형을 향해 날아갔다.

쿼럴이 강철 인형에 적중되었는지 확인할 사이도 없이 지면을 박찬 쟌은 나머지 강철 인형의 목 부분을 향해 검을 휘둘렀다. 자세 또한 검의 손잡이를 똑바로 잡았다가 역수로 검을 잡고 휘두르기도 했다. 또한 오른손으로 휘두르기도 했고 왼손으로 휘두르기도 했다.

어느 손으로 휘두르든 쟌의 몸놀림에는 조금의 어색함도 없었다.

짝짝짝~

갑자기 들린 박수 소리에 쟌은 동작을 멈추고 고개를 돌려 소리가 난 쪽을 바라보았다.

그곳에는 셸과 로고스, 그리고 언젠가 만난 적이 있던 바리타스 왕국의 파렉스 스웰턴 공작과 샤프란 왕국의 룰렌 가리언 공작, 그리고 한 번도 본 적 없는 노인 한 사람이 자신을 향해 박수를 치면서 서 있었다.

"쟌, 손님이 찾아오셨어요."

"오래간만이오, 스웰턴 공작 나리."

약간은 비꼬는 듯한 쟌의 말투에 파렉스의 눈썹이 꿈틀하기는 했지만 애써 눌러 참는 듯 보였다.

"다시 만나게 되어 반갑소이다. 난 샤프란 왕국의 룰렌 가리언 공작이오. 그리고 이쪽은 바리타스 왕국의 궁정 마법사이신 오웬 그라시아스님이시오. 함께 온 마법사들을 대표해서 오셨소."

룰렌의 소개에 탐스러운 수염을 쓰다듬고 있던 노인 오웬이 쟌에게 반쯤 허리를 숙이며 인사했다.

"카타리나 왕자비께서 극찬하시던 분을 이렇게 만나게 되니 정말 영광이구려."

오웬이 뜻밖에 정중히 인사하자 곁에 있던 파렉스는 조금 의외라는 표정을 지었다. 오웬은 궁정 마법사이기도 하지만 국왕의 국사(國師)인 관계로 그에게 이렇게 정중한 인사를 받기란 상당히 드문 경우가 아닐 수 없었다.

뜻하지 않은 상대의 정중한 인사에 쟌도 서둘러 허리를 숙였다.

"천만에 말씀이십니다. 그라시아스님을 만나뵙게 되어 오히려 제가 영광입니다."

자신의 예상과는 달리 쟌이 정중한 인사를 하자 파렉스의 눈썹이 다시 한 번 꿈틀거렸다.

아무리 생각해 봐도 이 까만 머리 청년은 자신의 어떤 점이 마음에 들지 않기 때문에 처음 만날 때부터 자신에게 시비를 걸었다. 하지만 자신은 그 이유를 도무지 알 수 없었다.

성미대로 하자면 당장 그와 한판 벌이고 싶은 생각이 굴뚝같았지만 출발하기 전 카타리나가 반드시 쟌의 지시대로 움직여야 한다고 몇 번이나 강조를 했기 때문에 함부로 그에게 시비를 걸 수도 없는 일이었다.

그때까지 검을 늘어뜨리고 있던 쟌은 먼저 검날의 상태부터 살폈다. 검을 만들었던 드워프 노인의 말처럼 대단한 강도를 가졌는지 이가 빠진 곳은 보이지 않았다. 이 정도 강도라면 아무리 치열한 전투를 치른다고 하더라도 무기가 사용 불능 상태에 빠지는 경우는 없을 것 같았다.

쟌이 풀어졌던 유성추를 팔에 감고 있을 때 룰렌이 품 안에서 한 통의 편지를 꺼내 쟌에게 내밀었다.

"카타리나 왕자비님께서 귀하에게 전하라는 편지요."

편지를 받아 든 쟌은 천천히 내용을 확인했다.

〈쟌에게.

직접 찾아가 안부를 확인해야겠지만 사정이 여의치 않으니 이해해 주기 바라.

이렇게 펜을 든 이유는 물론 쟌도 잘 알고 있겠지만 헤르난 왕자가

이기느냐 지느냐에 따라 우리 두 왕국의 운명이 결정지어지기 때문이야.

나름대로 조사를 해보니 두 왕국의 귀족 가운데 스파이가 제국에 협조하는 사람들의 수가 적지 않아. 그러나 헤르난 왕자가 황제가 된다면 명령을 내려 두 왕국에 있는 스파이들을 철수시킬 수도 있을 테니까 쟌의 활약을 기대할게.

제대로 보답도 하지 않으면서 부탁만 해서 미안하지만 지금 나에게는 힘이 부족해. 하지만 쟌의 은혜는 죽을 때까지 잊지 않고 두고두고 갚을게.

다시 한 번 부탁할게.

고생이 되겠지만 우리 두 왕국의 자치권을 위해 노력해 줘. 그리고 기사단장인 스웰턴 공작과 가리언 공작에게는 단단히 주의를 주었으니까 쟌의 지시를 충실하게 따를 거야.

그럼 다음에 연락할 때까지 몸조심하도록 해.

참, 셀에게도 안부 전해줘.〉

짧다면 짧은 편지였지만 카타리나의 마음을 충분히 느낄 수 있었다.

"모두 몇 명이나 왔소?"

"160명이네. 두 분과 단원들은 자네가, 그리고 마법사들은 마담 가이아께서 맡아주시오."

"예, 알겠어요. 그라시아스님, 절 따라오시겠어요?"

"오웬이라고 불러주시오, 마담 가이야."

두 사람이 그 자리를 떠나자 로고스가 입을 열었다.

"난 용병들의 훈련을 지켜볼 테니 자네는 여기 두 분과 앞으로의 일에 대해 상의하게."

로고스마저 떠나 버리자 헤르난의 개인 훈련장에는 못마땅한 듯 인상을 쓰고 있는 쟌과 어색한 표정을 감추지 못하고 있는 파렉스와 룰렌뿐이었다.

"조금 전 크리스토퍼 단장이 말한 앞으로의 계획이란 것이 뭔가?"

47 장
우기(雨期), 그리고 게릴라

파렉스와 룰렌이 이곳에 도착한 지도 벌써 한 달이 지났다.

매일 새벽 구보 때를 제외하면 성은 비교적 평온한 상태를 유지하고 있었다.

처음 쟌의 건의를 받아들여 헤르난이 용병들에게 아침 구보를 명령했을 때만 하더라도 용병들의 불만은 상당했었다. 왜 자신들이 아침잠까지 설쳐 가며 뜀박질을 해야 하는지 불만을 터뜨리지 않는 용병들이 별로 없었다. 하지만 자신보다 훨씬 강한 용병들이 아무런 군소리도 없이 훈련하는 모습을 보고는 차츰 동화되어 지금은 거의 모든 용병들이 새벽 구보를 하고 있었다.

물론 구보 행렬의 맨 앞은 쟌과 올리비에, 그리고 세 명의 기사들이 항상 차지하고 있었고, 어느 정도 체력 훈련의 효과가 나타난 탓인지

성 주위를 두 바퀴 돌던 것을 세 바퀴로 늘린 상태였다. 하지만 쟌과 그의 제자들은 다섯 바퀴를 돌았고, 이들 다섯 사람의 뒤를 쫓아올 체력을 가진 사람은 파렉스와 룰렌이 이끌고 온 기사들뿐이었다.

물론 그들이 잘 훈련된 기사들이라고는 하지만 처음부터 쟌들의 뒤를 쫓는 것은 불가능했다. 일정한 속도로 뛰는 것이라면 또 모르지만 쟌의 호각 소리가 들릴 때마다 전력 질주와 속보를 번갈아 달리는 그들의 체력은 도저히 인간처럼 느껴지지 않았다.

두 왕국의 기사들은 거의 한 달이 지나서야 겨우 그들과 함께 달릴 수 있었다. 그것도 이를 악물고 처절하게 노력했기 때문이었다.

처음 부하들에게 체력적으로 딸려서 도저히 함께 훈련할 수 없다는 말을 들었을 때 파렉스는 기가 막혀 아무 말도 할 수 없었다. 자신도 꽤나 엄하게 기사들을 훈련시켰다고 생각해 왔는데 용병들의 훈련조차 따라가지 못하다니 기가 막힐 뿐이었다.

보고를 받은 다음날 자신도 직접 새벽 구보에 참가를 해보았고, 그제야 쟌들과 함께 달린다는 것이 얼마나 어려운 일인지 여실히 깨달을 수 있었다. 그냥 달리는 것만 해도 꽤나 힘이 드는 일인데 전력 질주와 속보로 번갈아 하니 훈련이라기보다는 사람을 괴롭히기 위해 구보를 하는 것은 아닌가 하는 생각이 들었다.

아무리 작은 왕국이라고는 하지만 그래도 왕국의 정규 기사단 소속의 기사들이 용병보다 체력이 떨어진다는 것은 말도 안 되는 소리였다. 파렉스와 룰렌은 당연히 부하들에게 체력 보강을 하도록 들볶았다.

단순히 체력만 용병들에 비해 떨어지는 것이 아니었다.

두 패로 나뉘어 백병전을 대비한 훈련은 손에 들린 무기가 목제라는 것만 빼고는 싸우는 그들의 위세는 그야말로 살벌하기 이를 데 없었다. 한 패는 로고스가, 또 한 패는 헤르난이 그의 형제들과 함께 맡아 공격과 방어를 되풀이하고 있었다.

오전 세 시간 동안 계속된 백병전의 결과 로고스 측 용병들의 승리로 돌아갔고, 그들이 조금 쉬운 훈련을 하는 동안 헤르난 측 용병들은 공성병기를 분해·조립하는 훈련을 해야만 했다. 그들이 조립하는 공성병기는 발리스타, 스프링널, 트레뷔세, 캐터펄트들로 주로 발리스타와 트레뷔세, 그리고 성문 파괴를 위한 배터링 램이었다.

성벽 파괴를 위해서는 발리스타와 트레뷔세 이상 가는 공성병기가 없었다.

활을 극도로 증폭시켜 놓은 듯 보이는 활의 형태를 가진 발리스타는 20여 명이 달라붙어야 할 정도로 탄력을 가지고 있어 강철 창처럼 생긴 화살을 성벽에 박아 용병들이 성벽을 파괴하거나 타고 오르는 데 도움을 주는 공성병기다. 그런 반면 트레뷔세는 무거운 추의 무게를 이용 2백 킬로그램이 넘는 스톤 볼을 거의 3백 미터 이상 날려 성벽을 파괴하는 무시무시한 공성병기였다.

또한 배터링 램은 성문만을 파괴하기 위해 만든 공성병기로 무거운 통나무 앞부분에 강철을 덧붙여 만든 것이다. 이동의 용이성을 위해 통나무 바퀴를 붙여 만든 것인데, 성벽 위에서 쏟아지는 적의 공격을 막기 위해서 캡이라고 불리는 지붕을 만들어 씌우기도 한다.

공성병기는 그것뿐만이 아니었다.

벨프라이라고 불리는 공격용 누대도 있고 또 에스컬레이터라 불리는 성 진입용 사다리도 있다.

물론 가벼운 것은 직접 들고 이동할 수도 있었지만 대부분의 공성병기는 너무 크고 무거워 이동을 하려면 수십 마리의 말이 동원되고, 수십 명, 때에 따라서는 백여 명의 인원이 달라붙어야만 겨우 움직일 수 있었다. 특히 트레뷰세 같은 경우는 무게가 1.5톤을 넘는 경우가 허다했다.

원래대로라면 제작 기간만 3개월 이상 걸리는 복잡하고도 세심한 공정을 필요로 한다. 하지만 쟌이 요구하는 수준은 최소 반나절 만에 조립하는 것이었다.

처음 말도 안 되는 소리라고 불만을 토로했던 용병들은 어김없이 쟌에게 잔인한 응징을 당했고, 거의 한 달 정도가 지나자 하루 만에 만들 수 있을 정도가 되었다.

백병전을 가정한 격투는 매일같이 계속되었고, 쟌이 이끄는 4백여 명의 기사와 용병들로 이루어진 혼합 용병단까지 가세해 삼파전으로 벌어져 더욱 혼전을 치러야만 했다.

물론 지는 편은 공성병기를 조립했다 해체하는 벌칙(?)을 수행해야만 했다. 용병들은 각기 2천여 명씩 네 개 조로 나뉘어 백병전을 치러야만 했다. 처음에는 주로 실력이 떨어지는 용병들이 계속해 패배를 해 거의 전담하다시피 해서 공성병기를 조립해야 했지만 시일이 지나자 거의 모든 사람들이 한 번 이상 패배를 경험함으로써 용병들 가운데 공성병기를 조립할 줄 모르는 사람은 한 사람도 없게 되었다.

처음 용병들을 깔보던 두 왕국의 기사들도 지독하게 몰아치는 훈련에 곧 용병들의 일에는 신경 쓸 여유도 없게 되었다. 오히려 시간이 지날수록 함께 훈련을 받는다는 동료 의식까지 생겨나 비록 일부이기는 하지만 그들과 스스럼없이 지내는 기사들도 생겨났다.

물론 이런 변화가 파렉스나 룰렌에겐 반가울 리 없었다.

자신들이 비록 헤르난을 지원하기 위해 이렇게 파견되어 오긴 했지만 엄밀히 말해 장래 이들은 자신들의 적이 될 처지가 아닌가? 그럼에도 불구하고 그들과 가까이 지내서 어쩌자는 것인가?

파렉스와 룰렌의 이마에는 주름이 더 늘었다.

*   *   *

쏴아아~

6월 초순.

벌써 이틀째 소나기가 쏟아지고 있었다.

하늘을 가득 메우고 있는 흑회색의 먹구름을 바라보던 셸은 고개를 돌려 성의 훈련장을 쳐다보았다.

훈련장에는 쏟아지는, 아니, 퍼붓는 빗속에서 격전을 벌이고 있는 다섯 명의 사내들이 있었다. 쟌을 제외한 나머지 네 사람은 사방에서 포위한 채 공격을 퍼붓고 있었다.

비록 목검을 사용하고 있어 생명에는 지장이 없다고 하지만 블랙 아이언이란 나무로 만든 목검이기에 인간의 뼈쯤은 간단하게 부러뜨릴 수 있었다.

따따따딱!

목검과 목검이 부딪치는 소리가 요란하게 귓전을 울렸지만 어느 누구 하나 상대에게서 눈길을 떼지 않았다. 네 사람이 사방에서 공격을 퍼붓고 있었지만 누구 한 사람 공격을 성공시킨 사람이 없었다.

금방이라도 성공할 것 같았던 공격은 귀신같은 쟌의 몸놀림에, 철벽 같은 그의 방어에 가로막혀 번번이 실패로 돌아갔다. 그뿐이 아니었다. 오히려 쟌의 빠른 역습에 걸려 이미 몇 대씩 얻어터진 후였다.

건물 안에서 비를 피하고 있던 용병들은 그 모습을 지켜보면서 저게 대체 무슨 청승인지 그 연유를 알지 못했다. 훈련장 바닥에는 빗물이 제대로 빠지지 않아 곳곳에 물이 고여 있었고, 다섯 사람의 움직임 때문에 웅덩이는 금세 흙탕물 구덩이로 변해 버렸다.

영원히 끝나지 않을 것 같던 대결은 쟌이 그들의 발목을 공격하는 것으로 끝이 나버렸다.

"헉헉헉∼ 정말 대단하십니다, 마스터."

"단 한 번도 공격을 성공시키지 못하다니……."

네 사람은 가쁜 숨을 몰아쉬면서도 설마 자신들 넷이 쟌 한 사람에게 패할 줄은 몰랐기에 놀라움은 더욱 클 수밖에 없었다. 하지만 쟌은 호흡조차 거칠어지지 않아 그가 조금 전 격전을 치른 사람이라고는 전혀 느낄 수 없었다.

따따따딱∼

"내가 입으로 숨 쉬지 말라고 했지!"

네 사람의 머리통을 사정없이 내려친 쟌은 유리창을 통해 자신을 바라보고 있던 셀에게 손을 흔들어주며 내려오라고 손짓을 했다. 수줍게 웃던 셀은 쟌의 손짓에 무슨 일로 자신을 부르는 것인지 궁금해하며 내려왔다.

셀은 우선 운디네를 소환해 쟌의 몸과 옷부터 말려주었다. 쟌의 옷과 몸에 묻었던 물기가 순식간에 날아가 버렸고, 쟌은 뽀송뽀송한 상태가 된 자신의 모습을 보면서 신기해했다.

"언제 봐도 신기하단 말이야. 정말 나중에 시간이 나면 한번 배워봐야겠어."

"그렇다면 제가 도와드릴게요. 그런데 무슨 일로……."

"다른 게 아니라 성 주위에 설치하기로 한 감시망이 얼마나 처리되었나 싶어서 말이야."

"아~ 그거요. 앞으로 이틀 후면 모두 마칠 수 있어요. 그리고 함정이나 덫의 설치도 그때쯤이면 완료될 거예요."

"그렇단 말이지……."

곰곰이 뭔가를 생각하던 쟌은 다시 셀에게 질문했다.

"혹시 이 비가 언제까지 계속될지 알 수 있을까?"

"그동안 입수한 정보에 의하면 한 번 내리기 시작하면 최소 5일, 최대 열흘 동안 내린다고 하더군요. 본격적인 우기인 7월엔 거의 매일 내린다고 봐야 한다고 해요."

"그렇단 말이지. 셀의 생각에는 어느 성으로 이동하는 게 좋을 것 같아?"

쟌의 질문에 셀은 어리둥절한 표정을 지었다.

"이동을 하다니요? 지금 말인가요?"

"그래. 비가 내린다고 전쟁을 안 할 것은 아니잖아. 그리고 이곳은 이미 저들에게 알려졌으니 아마도 곧 어떤 움직임이 있을 거야. 아직은 우리 전력을 숨겨야 하니 우선은 다른 성으로 이동을 하는 것이 좋을 것 같아서 말이야."

쟌의 설명에 고개를 끄덕이던 셀은 곧 대답을 했다.

"하지만 모든 인원이 이동을 하려면 왕자님께 알려야 하지 않겠어요? 장소 역시 전하의 말씀을 들어야 할 것 같아요."

"당연히 알려야지, 이건 야외 훈련도 겸하는 거니까."

고개를 끄덕인 쟌은 셀과 함께 회의실로 향했다.

"미친 것 아니야? 이런 날 꼭 이동을 해야 하는 이유가 대체 뭐야? 그 이유를 어디 설명해 봐."

쟌이 이동해야 한다는 말을 꺼내자마자 루이스가 당장 반발 의사를 표시했다.

"이유를 설명하라니…… 지금 내가 한 말은 대체 어디로 들은 거요? 어차피 우리의 전력을 숨기기 위해 본거지를 이동해야 한다는 사항에 당신도 이미 찬성하지 않았소? 그런데 이제 와서 왜 이동해야 하느냐고 묻는 것은 너무나 멍청한 발언 아니오?"

쟌의 말에 루이스의 얼굴은 순식간에 시뻘겋게 변했다.

그가 막 입을 열려고 했을 때 근처에 있던 유리가 질문을 했다.

"우리가 꼭 이런 날 이동을 해야 하는 이유가 무엇인지 다시 한 번 설명해 주시겠습니까?"

유리의 질문에 쟌의 얼굴이 굳어졌다.

그들이 왜 자신에게 지금 이동해야 하는지를 묻는 것인지 모르는 것은 아니었다. 하지만 자신의 생각과는 너무나 다른 그들의 행동에 쟌은 순간적으로 짜증이 나는 것을 감출 수 없었다.

"우리의 전력을 감추기 위해 본거지를 이동해야 한다는 생각에 찬성한 사람은 대체 누구요? 그리고 귀하들은 비가 온다고 전쟁을 안 할 거요?"

쟌의 말에 헤르난을 비롯한 왕자들의 얼굴이 일제히 일그러졌다.

물론 자신들이 그런 말을 한 것은 사실이지만 그렇다고 이렇게 비가 억수같이 쏟아지는 날을 택해 다른 성으로 이동을 하겠다는 말은 아니지 않은가.

"자네의 말이 앞으로의 일을 대비해야 한다는 말인 줄은 알겠는데, 왜 우리가 지금 다른 곳으로 이동해야 하는지 자네가 생각하고 있는 것을 말해 주게."

"어차피 본거지를 옮기면서 우리의 전력을 감추기로 결정하지 않았소? 당연히 시기는 문제가 되지 않소. 내가 그런 생각을 한 이유는 지면이 엉망이 된 상태에서 다음 성까지 이동하는 데 얼마의 시간이 걸리는지 알아두어야만 하기 때문이오. 그것을 알아야만 우리가 다른 두 진영을 공격할 때 도움이 되고 또 이동 중 적들의 공격에 용병들이 어떻게 대비를 하는지 알고 싶기 때문이오."

쟌의 말에 왕자들의 얼굴이 심각하게 굳어졌을 때 셀의 말이 뒤를 이었다.

"마법사들 가운데 나이가 많아 실제적으로 유격조로 활동할 수 있는 마법사들은 30명도 되지 않아요. 나머지 인원들은 용병들과 호흡을 맞춰 수비조로 활동을 하게 될 거예요. 그리고 현재의 성 주위의 감시망은 거의 완성이 된 상태라는 것을 알려 드려야겠군요."

셀의 말에 왕자들의 얼굴은 잠시 환해졌다가 곧 다시 굳어졌다.

왜 마법 감시망이 완성된 성을 버리고 다른 성으로 이동을 해야 하는지 그 이유를 모르는 왕자는 없었다. 하지만 머리로는 이해를 하면서도 가슴으로는 전혀 이해를 하지 못하고 있었다. 게다가 단순히 이동만 하는 것이 아니라 이동 시에 공격과 방어에 대한 용병들의 반응을 보고 싶다는 쟌의 말에 왕자들은 그가 노리는 것이 뭔지 전혀 알 수 없었다.

"그럼 이곳은 어떻게 할 생각인가? 그리고 이동할 때 공격은 누가 할 것인가?"

"이곳에는 약간의 마법사와 용병들만 배치하면 될 것이고, 원래는 내가 약간의 용병들을 데리고 공격하려고 했었는데 그러면 피해가 너무 클 것 같아 다른 사람이 그 일을 맡는 것이 좋을 것 같소."

"다른 사람이라면, 누구 생각해 둔 사람이라도 있나?"

"지금 나에게 훈련을 받고 있는 네 사람과 용병 2백 명 정도면 될 것 같소."

쟌의 말에 헤르난이나 다른 왕자들은 일제히 로고스를 쳐다보았다.

"크리스토퍼 단장, 겨우 2백 명 정도로 기습이 가능하단 말이오?"

"잘 훈련이 된 용병들이라면 2백 명밖에 안 된다고 하더라도 큰 타격을 입힐 수 있습니다. 다만 누가 공격을 하느냐는 것이 중요하겠지요."

로고스의 대답에 왕자들은 고개를 갸웃거렸다. 아무리 대단한 용병들이라 하더라도 겨우 2백 명으로 8천 명을 공격해 큰 타격을 입힐 수 있을 것이라고는 도저히 생각할 수 없었기 때문이다.

"기습 부대는 내가 선발하도록 하겠소이다. 그리고 이동하는 날은 모레로 하겠소. 그때가 되어야 마법 감시망이 완성된다고 하니 말이오."

"그럼 모레 정오에 출발하는 것으로 하지. 이동할 곳은 구릉 지대에 있는 성으로 하겠네. 기습은 성을 출발한 다음부터 시작하는 것이 좋겠지. 유리, 그곳까지 이동하는 데 시간이 얼마나 걸리지?"

"인원이 적지 않으니 아마 3일이나 4일 정도는 걸려야 이동을 완료시킬 수 있을 것 같아, 형."

"그래? 기습에 대해서는 쟌, 자네가 알아서 하도록 하게. 참, 그런데 이 사실을 용병들에게 알려야 하나?"

헤르난의 질문에 쟌은 기가 막히다는 표정으로 그를 쳐다보았다.

"지금 그걸 말이라고 하는 거요? 기습한다고 알려주고 난 다음 기습을 하면 대체 무슨 효과가 있단 말이오? 적들이 언제 기습한다고 통보를 하고 기습하는 건 아니지 않소? 그리고 이동 중에 있을 기습이나 방어에 대해서 난 손톱만큼도 개입하지 않을 생각이오. 그래야 부족한 부분을 메울 수 있을 것 아니오."

"알겠네."

"그럼 난 기습을 담당할 사람들에게 이 사실을 알려주러 가겠소."

"그렇게 하게."

헤르난의 대답에 쟌은 셸과 함께 회의실을 빠져나갔고, 헤르난과 남은 사람들은 앞으로의 일에 대해 상의하기 시작했다.

쟌과 셸의 발길이 향한 곳은 올리비에들이 숙소로 삼고 있는 곳이었다. 조금 전 쟌에게 당한 상처를 치료하며 쉬고 있던 네 사람은 쟌의 모습을 보자마자 누가 먼저라고 할 것도 없이 자리에서 벌떡 일어나 그의 눈치를 살폈다.

그런 사람들의 반응에는 아랑곳하지 않은 채 쟌은 셀과 함께 자리에 앉아서는 그들을 불렀다.

"멍청하게 서 있지 말고 이리로 와 앉아봐."

쟌의 부름에 다가가면서도 그들은 불안한 표정을 감추지 못했다.

"올리비에."

"예, 마스터."

"전에 나에게서 훈련을 받았던 녀석들의 명단을 네가 가지고 있나?"

"예, 가지고 있습니다."

"좋아, 지금 즉시 스웰턴 공작과 가리언 공작을 불러라."

"예? 알겠습니다."

올리비에는 고개를 갸웃거리면서도 신속하게 방을 빠져나갔고, 잠시 후 두 사람과 함께 나타났다.

"무슨 일로 우리를 부른 것인가?"

"두 사람이 해주어야 할 일이 있소."

"할 일?"

"그렇소이다. 앞으로 이틀 후 우리는 이곳을 떠나 구릉 지대에 있는 성으로 이동할 것이오. 두 사람이 해줄 일은 귀하들이 데리고 온 기사단을 이끌고 이동 중인 본진을 공격해 타격을 입히는 것이오. 귀하들이 데리고 온 기사들이 얼마나 대단한 실력을 가지고 있는 것인지, 또 우리가 데리고 있는 용병들이 갑작스러운 적의 기습에 어떻게 대처하는지 그것을 알고자 함이오. 또 게릴라전을 대한 왕자들이 어떻게 상황에 대처하는지도 알고 싶소."

쟌의 말에 파렉스와 룰렌은 잠시 서로의 얼굴을 쳐다봤다.

"그러니까 우리보고 이동 중인 본진을 공격해 타격을 입혀라 그 말인가?"

"그렇소이다. 어차피 귀하들도 각자 왕국의 장래를 위해서도 이들의 실력을 미리 알아두는 것이 좋지 않겠소?"

그 말에 두 사람은 자신도 모르게 테이블 주위에 앉아 있던 기레스트들을 쳐다보았다. 하지만 기레스트들은 두 사람에게는 신경도 쓰지 않은 채 앞으로 있을 일에 대해 고민하고 있었다.

"그리고 너희들도 올리비에가 소집할 용병들과 함께 움직이면서 효율적인 기습이 되도록 작전을 세워봐. 참고적으로 난 전혀 개입하지 않을 테니까 될 수 있으면 본진에 큰 타격을 줄 수 있도록 해봐. 저 두 사람과 힘을 합쳐도 좋고 너희끼리 기습을 감행해도 좋다."

"하지만 같은 편인데 큰 상처를 입힐 수는 없지 않은가?"

"그건 간단하오. 현재 훈련용으로 사용하고 있는 목검만 사용하면 되오. 그리고 목검에 붉은색 물감을 묻혀 공격한다면 어떤 부위를 공격당했는지, 또 얼마만큼 타격을 입혔는지 쉽게 구별할 수 있을 것이오."

고개를 끄덕이던 룰렌은 이해가 되지 않는 점이 있는지 질문을 이었다.

"그럼 마법사들은 어떻게 하겠나?"

"그건 제가 그라시아스님께 통보할 거예요. 마법사들의 공격은 걱정하지 않으셔도 됩니다."

"그렇다면 해볼 만하겠군."

"될 수 있으면 본진을 철저히 유린해 주었으면 좋겠소. 비록 지금은 좌절할지 모르지만 나중에 웃을 수 있을 테니 말이오."

"그럼 다음에 만나도록 하겠네."

"수고해 주시길……."

쟌의 인사를 들으며 두 공작은 방을 빠져나갔고 쟌은 다시 한 번 기레스트들을 쳐다봤다.

"각자 기사단의 부단장을 역임했다니 어떻게 병력을 운용하는지 두고 보겠어. 올리비에, 너도 한 조직의 우두머리를 지냈으니 알아서 잘할 것으로 믿겠다."

"맡겨주십시오, 마스터."

어느 때보다 자신만만한 올리비에의 태도에 쟌은 의미를 알 수 없는 미묘한 미소를 지은 채 셸과 함께 방을 빠져나갔다.

네 사람은 즉시 머리를 맞대고 회의를 시작했다.

쏴아아~

정말 지겹게도 비가 내렸다.

성문을 빠져나가는 용병들을 바라보던 헤르난은 용병들의 수가 대략 절반쯤 빠져나간 것을 보고 마차를 출발시켰다. 용병들은 이렇게 소나기가 쏟아지는 날 이동해야만 하는 것에 불만을 토로했지만 어차피 헤르난에게 고용이 된 상태이기에 별수없었다.

헤르난과 로고스가 탄 마차가 앞장을 서고 다른 왕자들이 탄 마차가 막 성문을 빠져나갈 때였다.

"와~"

"적이다."

"막아라!"

픽! 픽! 픽!

갑자기 들려온 소리에 마차는 순식간에 멈췄고, 로고스가 마차에서 내렸을 땐 이미 용병들의 선두는 엉망진창으로 변한 후였다. 정말 눈 깜빡할 사이에 벌어진 일이었다.

로고스가 선두로 달려가 보니 정말 기가 막혔다.

이미 270여 명의 쓰러진 용병들의 온몸에 붉은 물감이 묻어 마치 선혈을 흘리고 있는 것처럼 보였다. 갑작스러운 공격을 받았기에 당황하는 것은 이해할 수 있었지만 설마 용병들의 대응이 이렇게까지 엉망일 줄은 미처 예상하지 못했다.

일부는 아직까지 허둥대고 있었고 또 일부는 습격자들을 쫓아갔다고 하니 기가 막혀 할 말이 없었다. 이렇게 집중 호우가 쏟아지는데, 또 적의 규모도 모르면서 무작정 뒤를 쫓아가서 뭘 어쩌자는 것인가? 아마도 그들은 적의 매복에 걸려 전멸했을 것이 분명했다.

이런 일에 대비해 미리 조를 짜고 조장을 정하느라 지난 이틀 동안 잠도 못 잤건만 막상 기습을 받고 엉망인 모습을 보니 로고스의 인상이 당장 굳어졌다.

"조장은 어디 있는가?"

하지만 어디에도 대답이 들리지 않았다.

"1조, 2조 조장은 당장 나에게 오라!"

로고스의 조금은 성난 음성이 빗속에 울려 퍼지고 한참의 시간이 지나서야 두 명의 용병이 그에게로 뛰어왔다.

"1조 조장은 괴한들의 기습을 받아 부상을 입고 기절한 상태고, 2조

조장은 약간의 용병들과 함께 괴한들을 추적해 가습니다."

"괴한을 추적해? 그것도 조장으로 임명한 놈이 앞장서서 멍청하게 적을 쫓아갔단 말이냐?'

로고스는 즉시 두 개의 조에 조장을 임명하고는 다시 전진 명령을 내렸다. 로고스의 보고를 받은 헤르난은 너무나 기가 막혀 아무런 말도 할 수 없었다.

단 한 번의 기습으로 3백 명 가까운 용병들이 부상을 입었다니… 아무리 용병들이 이동 중에 기습을 받을 것이라는 사실을 몰랐다고 하더라도 어떻게 이렇게나 무력하게 당할 수 있단 말인가?

그렇지 않아도 아쉬드나 주네티에 비해 용병들의 수도 적은데 이렇게 전력마저 떨어진다면 그야말로 앞날이 암담하지 않을 수 없었다. 그런 헤르난의 표정이 보기 안 좋았는지 로고스가 위로를 했다.

"전체 용병들에 비해 3백 명의 손실은 그리 많은 수가 아닙니다. 오히려 자신들이 기습당을 수도 있다는 것을 이젠 알았으니 이동 중에 경계심을 풀지 않게 될 것이고, 목적지까지 그 상태만 유지한다면 용병들이 입는 피해는 상당히 줄어들게 될 겁니다."

로고스의 위로에도 헤르난의 얼굴은 펴질 줄 몰랐다.

성에서 떠나온 지 약 2킬로미터쯤 되었을 때 다시 한 번 괴한들의 습격이 있었다. 하지만 이때는 경계심을 풀지 않고 있었을 때라 큰 피해 없이 막아낼 수 있었다. 그렇다고 문제가 없는 것도 아니었다.

쏟아지는 소나기에, 진흙탕으로 변한 지면, 언제 있을지 모를 적의 습격 때문에 용병들의 신경은 극도로 곤두섰다. 게다가 진흙탕으로 변한 지면 때문에 마땅히 쉴 곳도 없었다. 식사도 육포와 비스킷 같은 것으로 대충 때워야 했기 때문에 용병들은 더욱 짜증이 나지 않을 수 없었다.

비록 숲 속이라고는 하지만 비를 피할 만한 장소도 없었고, 또 설사 그런 곳이 있다고 하더라도 이동하는 용병들의 수가 워낙 많아 모두 비를 피하기에는 어림도 없는 일이었다. 간단하게 요기를 마친 용병들은 다시 이동을 시작했지만 쏟아진 소나기로 인해 지면이 엉망이기에 용병들의 이동 속도는 더디기 이를 데 없었다.

마치 패잔병 같은 용병들의 모습은 보기에도 처량하기 그지없었다.

다행인지 불행인지 알 수는 없지만 더 이상 괴한들의 습격은 없었다. 그날 야영하기로 한 장소에 도착해 보니 8천 명이 야영할 수 있을 만큼 넓은 곳임에는 틀림없었지만 사방에 물웅덩이가 있는 것이 도저히 야영할 수 있을 만한 곳이 아니었다.

잠시 고심을 하던 유리와 필립은 지도를 보고 근처에 비교적 지대가 높은 곳 세 곳을 골라 그곳에서 야영을 하도록 용병들에게 지시했다.

천막을 쳐 당장 쏟아지는 소나기는 피할 수 있었지만 바닥이 엉망이라 기름을 먹인 양가죽을 몇 겹이나 깔고서야 겨우 잠을 청할 수 있었다. 하지만 눅눅한 습기 때문에 대부분의 용병들은 쭈그리고 앉아 잠을 청해야만 했다. 하루 종일 흙탕길을 걸은 탓인지 엉덩이를 지면에 붙이자마자 잠 속에 빠져들었다.

불침번을 서는 용병들도 대부분 천막 끝에 서서 소나기를 피하고 있었고, 들리는 것은 소나기가 축축한 지면을 때리는 소리뿐이었다. 먹구름 때문인지 주위는 짙은 어둠에 싸여 있었고, 몇 개의 마법등만이 천막 안을 밝히고 있었다.

그런 칠흑 같은 어둠 속에서 은밀하게 움직이는 검은 그림자들이 있었다. 어찌나 조심스럽게 움직이든지 쏟아지는 소나기 소리를 제외하면 어떤 소리도 들리지 않았다.

불침번을 서며 꾸벅꾸벅 졸고 있던 용병은 왠지 모를 불길한 느낌 때문에 잠에서 깨어 고개를 들어보니 자신을 향해 어둠이 하얗게 이를 드러낸 채 웃고 있는 것을 발견했다.

용병이 막 비명을 지르려는 순간 무엇인가가 목을 휘감는 것을 느끼고는 그대로 기절해 버렸다. 조용히 용병을 내려놓은 검은 그림자는 어둠을 향해 손짓을 했다. 그러자 소리도 없이 검은 그림자들이 천막 안으로 몰려들어서는 잠에 취해 있는 용병들에게 들고 있던 무기(?)를 휘둘러 용병들의 몸에 붉은 흔적을 남겼다. 하지만 용병들은 빗속의 행군이 고되었는지 단 한 사람도 깨지 않았고, 검은 그림자는 그대로 다시 어둠 속으로 사라졌다.

아침에서 잠에서 깬 헤르난은 온몸이 찌뿌둥함과 동시에 온몸의 근육과 뼈마디가 쑤시는 것을 느끼며 별로 유쾌하지 못한 기분이 들었다.

주위를 둘러보니 동생들은 새우처럼 잔뜩 몸을 웅크린 채 잠들어 있었다. 비록 마차를 타고 오기는 했지만 이렇게 험한 날씨에 이동한 적이 없어 피로가 꽤나 쌓인 모양이었다. 게다가 밤새 천막을 두드리는 소나기 소리 때문에 좀처럼 잠들지 못하다가 결국 새벽에야 겨우 잠이 들 수 있었다.

고개를 흔들어 정신을 차린 헤르난은 조금은 어두운 표정을 짓고 있는 로고스를 발견하고는 어리둥절한 표정을 지었다.

"크리스토퍼 단장, 무슨 일이 있소? 아침부터 왜 그런 표정으로……."

"당했습니다, 전하."

"당하다니? 그게 무슨 소리요? 자세히 좀 이야기해 보시오, 크리스토퍼 단장."

"간밤에 기습조의 기습을 받고 약 5백 명의 용병들이 당했습니다."

로고스의 보고에 헤르난은 기가 막히다는 표정을 짓지 않을 도리가 없었다.

"간밤이라니, 대체 언제 당했다는 말이오? 간밤에 싸우는 소리는 전혀 듣지 못했는데 말이오."

"백여 명이 들어갈 수 있는 천막 다섯 개에서 자고 있던 용병 5백 명이 자다가 속수무책으로 당했답니다."

"불침번을 세우지 않았소?"

"물론 불침번은 세웠습니다. 하지만 불침번이 제일 먼저 당했기 때문에 아침이 되어서야 당했다는 것을 알았답니다."

"세상에… 성을 출발한 지 하루도 되지 않아 일 할의 병력이 한 번 싸워보지도 못한 채 당하다니…… 허~ 정말 기가 막혀 할 말이 없군."

두 사람의 대화 탓인지 왕자들은 이미 모두 깨어 있었다. 하지만 그들도 로고스의 보고에 할 말을 잃고 멍하니 로고스의 얼굴만 쳐다보고 있었다.

"지금 용병들은 뭘 하고 있소?"

"아침 식사 준비를 하고 있습니다."

곰곰이 생각하던 유리는 자신이 생각했던 것을 로고스에게 질문했다.

"정찰조를 운영해 보는 것은 어떻겠습니까?"

"원래대로라면 정찰조를 운영하는 것이 정석이긴 합니다만 피해도 만만치 않을 겁니다."

"그래도 전체 전력을 보호하려면 어쩔 수 없지 않습니까?"

유리의 말에 사람들은 고개를 끄덕였다.

"알겠습니다. 그럼 아침 식사 후부터 정찰조를 운영하도록 하겠습니다."

로고스가 물러난 후 왕자들은 고개를 흔들며 어떻게든 생각을 정리하려고 했다. 하지만 생각하면 할수록 기가 막힐 뿐이었다. 싸움 한 번 해보지 못한 채 단지 이동하다가 보유 병력의 일 할을 잃다니…… 이보다 더 허망한 일이 어디 있겠는가.

"어서 우리도 식사를 마치고 이동하도록 하자."

헤르난의 말에 왕자들은 찜찜한 마음을 지우지 못한 채 식사를 해야만 했다.

정말 지겹게 비가 내렸다.

빗줄기는 조금도 가늘어질 줄 몰랐다. 옷이 젖다 못해 이제는 살이 다 불어터질 정도였다. 게다가 끊임없이 이어진 기습조의 공격은 용병들의 신경을 극도로 곤두서게 만들어 작은 다툼도 금세 큰 싸움으로 번지기 일쑤였다.

만약 이들이 정규군이나 기사들이었다면 이렇게까지 군기가 엉망은 아니었겠지만 워낙 자유분방한 생활을 즐기던 용병들에게 어려운 상황을 참아야 한다거나 군율을 지켜야 한다거나 하는 것을 바라는 건 무리가 아닐 수 없었다.

　짜증스러워하는 백여 명의 용병을 다독거려야 하는 각 조의 조장들은 정말 미치고 환장할 지경이었다.

　처음엔 단순히 이동만 하면 될 것이라고 생각했던 것과는 달리 시간이 지날수록 갖가지 문제들이 불거져 나왔다.

　소나기에 대한 대비가 부족했기 때문인지 식량의 상당 부분이 비에 젖어버렸고, 갖가지 무기와 장비들 역시 비에 젖어 손을 보아야만 할 처지였다. 하지만 가장 문제가 된 것은 무엇보다 용병들의 건강이었다.

　며칠 동안 계속 내린 비로 용병들의 일부—대부분이 용병 초년생들이었다—가 감기와 몸살로 앓아 누운 것이었다. 물론 발탄 교단의 프리스트들이 동행했기 때문에 즉시 용병들을 치료할 수 있었고, 대부분 나았지만 문제는 그것뿐만이 아니었다.

　공성병기를 실어 나르는 데 없어서는 안 될 말들의 건강 상태도 별로 좋지 않다는 것이다. 진흙탕을 걷는 것은 사람도 힘든 일이지만 말에게도 힘든 일이 아닐 수 없었다. 발굽에 붙은 편자가 진흙투성이가 되어버려 미끄러지기 일쑤였다. 더구나 짐을 실은 마차도 정비를 제대로 하지 않은 탓인지 바퀴가 빠지고 중심축이 부러지는 등 갖은 말썽을 다 부렸다.

　저녁이 될 때 인원 점검을 해보니 그날도 거의 2백 명 정도가 기습조의 습격에 당했다. 하지만 대부분이 정찰조로 나갔던 용병들이었다.

　본진의 용병들이 당하지 않은 것을 생각하면 다행이지만 이동 시에 정찰조를 내보내지 않을 수도 없으니 그것도 문제였다. 하지만 하루

반나절 만에 당한 용병들의 수가 자그마치 천 명에 이르니 문제가 아닐 수 없었다.

로고스는 정찰조에 될 수 있으면 실력이 뛰어난 용병들을 배치했지만 전혀 안심이 되지 않았다. 아무리 작은 왕국의 근위기사단 기사들이라고 할지라도 일반 용병들의 실력보다 훨씬 뛰어날 것은 당연한 일이었다.

로고스는 일단 40여 개의 정찰조를 본진의 전면과 옆면에 배치하고는 천천히 본진을 이동시켰다. 다행히도 아침 식사를 하고 난 다음부터 빗줄기가 가늘어졌기에 일단 안심이 되었다. 그러나 지금까지 내린 비로 길은 진흙탕으로 변했기에 이동 속도는 이제까지와 마찬가지로 느릴 수밖에 없었다.

소나기가 그친 오후에는 숲 전체에 짙은 안개가 끼기 시작했다. 얼마나 자욱하게 안개가 끼었는지 불과 3미터 앞도 제대로 확인할 수 없었다.

본진의 전면에서 정찰을 하고 있는 10여 명의 정찰조는 손에 목제 무기를 든 채 조심스럽게 전진하고 있었다. 정찰조의 조장으로 임명된 30대 중반의 앙드레는 목검을 잡은 손에 힘을 주며 잔뜩 눈을 찌푸린 채 주위를 살폈다.

물론 자신들의 능력을 보기 위해 기습조가 습격한 것이라는 것은 어제저녁 로고스에게 들었지만 정말 짜증스러운 상황이 아닐 수 없었다. 비록 비가 그쳤다고는 하지만 이번엔 짙은 안개가 시계를 가린 상황이었다.

자신이 용병 생활을 하는 동안에도 이렇게 지독한 상황은 한 번도

겪어본 적이 없었다. 다시 주위를 둘러보던 앙드레는 왠지 모를 불안
감이 스며드는 것을 느끼고는 자신도 모르게 침을 삼켰다.

휙!

갑자기 머리 위에서 들리는 소리에 자신도 모르게 고개를 쳐든 앙드
레는 누군가가 자신을 향해 무엇인가를 휘두르는 것을 발견하고는 거
의 본능적으로 목검을 쳐들어 상대의 공격을 막았다.

딱!

"적이다! 조심해라!"

앙드레의 외침에 정찰조 조원들이 놀라는 순간 주위의 나무 위에서
시커먼 그림자들이 수도 없이 떨어져 내렸다.

따따따딱!

잠시 목검끼리 부딪치는 소리가 들렸지만 주위는 곧 정적에 다시 휩
싸였다.

순식간에 주위가 다시 조용해진 것을 깨달은 앙드레는 조원들이 모
두 기습조에게 당했다는 것을 직감했다. 정신을 차리고 눈앞의 상대를
확인해 보니 잘 다듬어진 콧수염과 턱수염을 가진 중년 사내였다.

무기는 특이하게도 모닝스타를 닮은 목제 무기 두 개를 양손에 들고
있었다.

어떻게든 상대를 빨리 제압하고 본진에 매복이 있음을 알려야만 한
다고 결정한 앙드레는 목검을 잡은 손에 더욱 힘을 주었다. 그리고는
상대를 향해 즉시 달려들었다.

힘껏 목검을 휘두른 앙드레는 자신의 공격이 성공했음을 의심치 않
았다. 그러나 손에는 아무런 느낌도 없었다. 깜짝 놀라 두리번거리는

앙드레의 눈에 언제 뒤로 물러섰는지 빙그레 미소를 짓고 있는 중년 사내의 모습이 들어왔다.

그 모습이 마치 자신을 놀리는 것 같아 기합을 지르며 목검을 휘두르며 달려들자 중년 사내도 거의 동시에 움직였다. 하나의 모닝스타는 목에, 또 하나의 모닝스타는 목검에 휘감겼다.

당황한 앙드레가 모닝스타를 풀려고 했지만 무서운 힘으로 끌어들이는 상대의 힘을 이기지 못하고 맥없이 그에게 끌려 들어갔다. 그리고 그를 기다리고 있던 것은 강철 기둥 같은 중년 사내의 무릎이었다.

퍽!

둔탁한 소리와 함께 앙드레는 복부에 지독한 통증을 느끼며 자신이 짙은 암흑 속으로 떨어지는 것 같은 느낌을 받으며 정신을 잃었다.

중년 사내가 잠시 쓰러진 앙드레를 쳐다보고 있는 사이 두 사람의 대결을 보고 있던 용병들이 몰려들었다.

"어이~ 캡틴. 뭘 그렇게 쳐다보고 있소? 끝났으면 어서 갑시다."

"다친 사람 있나?"

"깨끗하게 기습에 성공했소."

"앞으로 이틀도 남지 않았다. 그동안 우리의 피해를 최소화한 채 최대한 저들의 수를 줄여야만 한다. 각자 알아서 조심하도록. 알겠나?"

"알았으니까 어서 갑시다, 렌죠 캡틴."

"가자!"

올리비에의 말과 함께 용병들은 순식간에 안개 속으로 사라졌다. 그리고 얼마 지나지 않아 10여 명의 용병들이 안개 속에서 모습을 드러냈다.

그들은 나타나자마자 주위부터 살폈고, 곧 여기저기 쓰러져 있는 용병들을 발견할 수 있었다. 주위를 살피던 용병들은 곧 조장에게로 돌아와 보고했다.

"11정찰조 전원이 깨끗하게 당했습니다. 기습조도 이미 사라져 흔적을 찾을 수 없습니다."

조장인 루앙은 부하들의 보고를 듣고는 즉시 결정을 내렸다. 먼저 가까이 있던 부하에게 지시를 내렸다.

"자넨 먼저 크리스토퍼 단장님께 11정찰조 전원이 당했다고 전해라. 그리고 나머지는 다시 한 번 주위를 정찰하면서 기습조의 흔적을 찾는다. 단 하나의 단서라도 놓치지 않도록 세심하게 주위를 정찰하도록."

루앙의 지시를 받은 용병들이 달려가는 모습을 본 나머지 용병들은 즉시 주위로 흩어져 기습조가 남겼을지도 모르는 단서를 찾기 시작했다.

그러는 사이 본진이 다가왔고, 습격한 기습조의 단서를 찾을 수 없다는 루앙의 보고에 로고스는 한숨이 나오지 않을 도리가 없었다. 오늘 이런 보고를 받은 것만 해도 벌써 여덟 번째였다.

40여 개의 정찰조 중에 전멸을 당한 정찰조만 여덟, 전멸에 가까운 타격을 입은 조도 여섯, 습격을 받는 즉시 도주를 해 반 이상의 타격을 입는 것을 피한 조가 일곱이 넘었다. 만약 이대로 계속 가다가는 본진이 직접적인 타격은 입지 않을 수 있겠지만 병력의 손실이 지속될 수밖에 없었다.

거리상으로는 이미 삼 분의 이 가까운 거리를 이동했다.

비도 내리지 않는 지금 이동 속도는 더 빨라지겠지만 그렇다고 병력 손실을 이대로 계속 그냥 지켜볼 수만도 없는 일이었다. 대비책을 생각하다 보니 골치가 지끈거렸다.

　습격을 맡기로 한 자들의 실력을 정확하게 판단하지 못한 자신의 잘못도 있었지만 그들이 설마 이렇게 뛰어난 능력을 보여줄 줄은 상상도 못했다. 마치 전문적으로 게릴라 훈련만 받아온 사람들처럼 자신들을 철저히 괴롭히면서도 감쪽같이 흔적을 감추었기에 마치 유령을 상대하고 있는 듯한 느낌을 감출 수가 없었다.

　로고스가 고민을 하고 있는 사이 어느새 본진에 있던 헤르난이 다가왔다.

　주변을 잠시 둘러보던 헤르난은 곧 짐작이 갔는지 씁쓸한 표정을 지었다.

　"또 당한 모양이구려."

　"그렇습니다, 전하."

　"습격을 맡기로 했던 용병들의 실력이 본진의 용병들과 이렇게까지 차이가 나는 것이오?"

　"물론 차이가 약간 있기야 하겠지만 이렇게 일방적으로 당할 정도로 차이가 나지는 않습니다. 아마도 정찰조의 몇 배나 되는 인원을 동원해 순식간에 해치운 것 같습니다. 당한 모습을 보니 속수무책으로 당할 수밖에 없었을 것이라는 것이 제 판단입니다."

　"정찰조의 인원을 지금보다 늘리는 것은 어떻소?"

　"물론 당장은 다른 방법이 없으니 인원을 늘리는 방법을 택해야겠지만 적이 이런 식으로 행동할 수도 있으니 이에 대한 대비책도 생각해 봐야 할 것 같습니다."

"오늘 야영지는 어디요?"

"약 10킬로미터만 더 가면 야영할 만한 널찍한 장소가 있습니다."

"오늘은 편히 잘 수 있을 것 같소?"

헤르난의 질문에 이번에는 로고스가 씁쓸한 표정을 지었다.

"어제도 당했고 오늘도 당했으니 아마 저녁만큼은 철저하게 불침번을 설 겁니다. 그리고 인원도 늘릴 생각입니다."

"알겠소. 그 문제는 크리스토퍼 단장이 알아서 처리하시오. 난 가서 동생들과 이 문제에 대한 대책을 강구해 봐야겠소."

말과 함께 헤르난은 자신의 마차로 향했고, 남은 로고스는 주위에 있던 용병들에게 이것저것 지시를 내리기 시작했다.

48장
망중한(忙中閑)

때는 7월 중순.

연일 계속 내리는 비를 바라보는 아쉬드의 얼굴에는 온통 짜증스러움뿐이었다.

"젠장, 이놈의 비는 대체 언제 그치는 거야?"

"아마도 보름 이상은 더 내려야 그칠 겁니다."

제럴드의 대답이 아니어도 이미 그 사실을 알고 있었지만 그래도 아쉬드의 얼굴에는 짜증스러움이 사라지지 않았다.

"형님, 그동안 고생 많았다고 하늘이 푹 쉬라고 비를 내려주는데 하늘을 원망해서야 되겠습니까? 그냥 술이나 한잔 드시고 푹 쉬십시오."

넷째 왕자 게일의 나른한 음성에 아쉬드는 순간 눈살을 찌푸렸다가는 조각상처럼 서 있던 카멜에게 질문을 던졌다.

"제이슨 단장, 현재 우리가 고용한 용병의 수가 얼마나 되는가?"

"현재 4만 2천 명을 조금 넘고 있습니다."

"4만 2천이라…… 주네티 녀석은?"

"이틀 전 알아본 바로는 3만 3천 정도라고 알고 있습니다."

"그래? 더 늘어날 가능성은?"

"아직까지 그런 움직임은 보이지 않고 있습니다."

"헤르난 녀석은?"

아쉬드의 이어진 질문에 뜻밖에도 카멜은 선뜻 대답하지 못했다. 그런 상대의 반응이 의외였는지 아쉬드는 창가에서 고개를 돌려 그를 바라봤다.

"왜 대답이 없는가?"

"아쉬드 전하, 아직까지 미처 보고를 드리지 못했습니다만 조금 이상한 일이 있습니다."

"이상한 일이라니? 뭔가?"

"그동안 헤르난 전하께서 어디에 계시는지 커트론 전 지역을 샅샅이 뒤졌지만 전혀 알아낼 수 없었습니다."

"그게 무슨 소리요? 단장의 말은 헤르난 형이 도망이라도 쳤다는 거요?"

열째 리코의 질문에 카멜은 고개를 저어 부정의 뜻을 표시했다.

"그건 아닙니다. 용병들을 풀어 헤르난 전하께서 계실 만한 곳을 수색했지만 돌아온 용병들이 몇 명 되지 않습니다. 그들의 보고로는 성은 텅텅 비어 최소 몇 개월은 사람이 살았던 흔적을 찾을 수 없다는 것이었습니다."

"그럼 용병들이 돌아오지 않았다는 곳으로 용병들을 급파해 보면 알 수 있을 것 아니오?"

그 말은 셋째 왕자 제럴드가 한 질문이었다. 전체 작전 계획을 맡은 자신이 그런 사실을 모르고 있었다는 것이 마음에 들지 않는 듯 사정없이 얼굴이 일그러져 있었다.

"그렇지 않아도 다시 용병들을 보냈지만 그들 역시 흔적도 없이 사라져 버렸습니다. 생각 같아서는 제가 직접 가서 어찌 된 영문인지 알아보고 싶었습니다만, 현재 성에 주둔하고 있는 용병들이 말썽을 부려 일단 유보를 시켜둔 상탭니다. 하지만 제가 추산해 보건대 절대 만 명을 넘지는 않을 겁니다."

"만 명? 푸하하하!"

"큭큭큭! 아이고, 배 아파라!"

"푸하하하! 고작 만 명이라니……."

"맙소사! 헤르난 형은 지금 병정놀이라도 하는 줄 아나? 그 인원 가지고 뭘 하겠다는 거지?"

카멜의 보고에 왕자들은 일제히 폭소를 터뜨렸다.

아마도 승계 전쟁을 시작한 이후 이렇게 웃어보기도 처음이었다. 아무리 생각해 봐도 고작 만 명의 용병들로 승계 전쟁을 치른다는 것은 말도 안 되는 소리였다.

자신들은 겨울이 오기 전 추가적으로 용병을 더 모집할 생각인데 헤르난은 대체 무슨 생각으로 겨우 만 명의 용병들만 고용했단 말인가? 설마 승계 전쟁을 포기라도 했단 말인가?

생각이 거기에 미친 제럴드는 웃음을 멈추고 카멜에게 의문점을 질문했다.

"제이슨 단장의 그 만 명이라는 숫자는 어떻게 나온 숫자요? 단순한 추측이오? 아니면 무슨 근거로 헤르난 형에게 만 명의 용병밖에 없다고 판단을 한 거냔 말이오?"

'흥! 다행히 모두 멍청이는 아니었군.'

"물론 근거가 있습니다. 황제께서 승계 전쟁의 시작을 선포하시고 난 후 저희가 이 성으로 이동을 시작했을 때 몇 명의 용병들을 이 커트론 지역으로 들어오는 입구에 매복시키라고 지시를 내렸습니다. 여러 전하들께서도 잘 알고 계시겠지만 2년 동안 한시적으로 이 커트론 지역은 외부와 차단됩니다. 유일한 출입로는 용병들의 도시라고 알려진 에라츠크 시와 연결된 길뿐인데 지금은 레드 와이번 기사단의 기사들이 철통같이 감시를 하고 있습니다. 바로 그 출입로를 감시하고 있으면 출입하는 용병들의 수를 알아내는 것은 그리 어려운 일이 아닙니다."

"모습만 보고도 그 용병이 누구에게 고용된 용병인지 알 수 있단 말이오?"

"그럴 리야 있겠습니까마는 그곳에서부터 미행을 하면 어디로 가는 것인지 금세 알 수 있지 않겠습니까? 주네티 전하께서 고용하신 용병들의 수는 그렇게 해서 말씀드린 것입니다. 하지만 헤르난 전하께서는 저희가 이 커트론 지역에 들어올 때 데리고 온 용병들 이외에 추가적으로 들어온 용병들이 하나도 없기에 대략적으로 말씀드릴 수밖에 없었던 겁니다."

"만 명이라…… 헤르난 녀석은 대체 무슨 음모를 꾸미고 있기에 그 정도 용병밖에 고용하지 않을 것이지? 혹시 밖의 소식을 알 수 있나?"

아쉬드의 질문에 카멜은 여전히 무표정한 얼굴로 그를 쳐다봤다.

상대의 모든 것이 마음에 들 수는 없는 일이라는 것을 아쉬드도 잘 알고는 있었지만 카멜의 그 소가죽을 뚫어 만들어놓은 것처럼 보이는 가면 같은 얼굴은 정말 마음에 들지 않았다. 아니, 그냥 마음에 들지 않은 정도가 아니라 꼴 보기도 싫었다. 하지만 그런 자신의 감정을 드러낼 정도로 어리석은 아쉬드는 아니었다. 마음만 먹으면 부모를 죽인 원수와도 기꺼이 술잔을 기울일 수 있는 사람이 아쉬드였다. 그렇기에 사람들은 그를 두려워하는 것이다.

"무슨 말씀이신지……?"

"조세프 후작의 근황을 알 수 있을까 해서 말이야."

"지금도 군자금을 끌어대기 위해 백방으로 노력한다는 소문은 들었지만 별 소득은 없다고 들었습니다. 그리고 그를 찾은 귀족들도 겨우 40명 정도라고 들었습니다."

"후후후, 정말 불쌍해서 못 봐주겠군. 제국의 귀족이 몇 명인데 겨우 40명의 귀족들로 뭘 하겠다는 거지?"

게일의 비웃음에 형제들의 얼굴에도 일제히 경멸의 기색이 떠올랐다.

곰곰이 생각을 하던 아쉬드는 곧 제럴드에게 통상적인 지시를 내렸다.

"당분간 헤르난 쪽은 크게 신경 쓸 필요가 없을 것 같다. 그렇다고 방심하지는 말고 새로운 용병들이 충원되는가 하는 것은 반드시 체크를 하도록 해라."

"알았어, 형."

"용병들의 상태는?"

"요즘 계속 비가 내려 보수 작업이나 성의 방책(防柵) 작업은 전혀 못하고 있습니다. 해서 현재는 할 일이 없어 모두 쉬고 있는 상황입니다."

"비가 어서 그쳐야 주네티 녀석과 한판 겨뤄볼 텐데…… 정말 답답하군."

"8월부터는 비가 그친다고 했으니 조금만 더 기다리면 될 것 같습니다."

"특별한 문제가 있으면 말해라."

카멜의 대답에 아쉬드는 제럴드에게 물었다.

"현재까지는 별로 없어. 보급품도 이상이 없고 무구(武具)들도 이상 없이 지급되고 있어. 군자금도 아직은 여유가 있는 상태고 말이야. 다만……."

"무슨 문제냐?"

"다름이 아니고 6월부터 시작해 벌써 한 달 반 동안 거의 매일 비가 내렸잖아. 고용한 용병들이 할 일이 없으니까 매일 술이야. 그렇다고 무조건 마시지 말라고 할 수도 없고 말이야. 해서 술이 계속 부족한 상태야."

"그래? 워낙 거칠게 살아온 자들이 아니냐? 할 일도 없는 상태에서 술까지 못 마시게 할 수는 없으니 너무 과하지 않은 범위 내에서 술을 주도록 해라. 괜히 불만이 쌓이면 전체 사기에도 좋지 못하니 말이다."

"알아서 처리할게, 형."

"그래."

대답을 한 아쉬드는 빗물이 흘러내리는 창문 쪽으로 다시 시선을 돌렸다.

*　　　*　　　*

"제롬, 군자금이나 보급품에 이상은 없니?"

"현재로서는."

주네티의 질문에 재정을 담당하고 있던 여덟 번째 왕자인 제롬은 꽤나 무덤덤한 음성으로 대답했다. 뿐만 아니라 테이블 위에 꼬아 걸쳐놓았던 다리조차 풀지 않았다.

그런 태도는 다른 왕자들 역시 마찬가지였다.

각자 주위에 흩어져 엎드리거나 눕거나 제롬처럼 테이블에 다리를 올린 채 잠을 청하거나 하며 나른한 오후를 즐기고 있었다. 그도 그럴 것이 지난 한 달 하고도 며칠 동안 계속된 소나기로 용병들은 자신들의 거처에서 술이나 마시고 있었고, 왕자들 역시 특별히 할 일이 없었기 때문이다.

"뮤겔 단장, 용병들의 상태는 어떻소?"

"하릴없이 놀고 있습니다, 전하."

"그럼 성의 수비 상태는 어떻소?"

"약 7할 정도 완성이 된 상태입니다. 해자는 완성이 되었고, 성 주위의 함정이나 덫은 현재 설치 중입니다. 비가 그친 후 인력을 집중시키면 보름 안에 마칠 수 있습니다."

타마룬의 말에 고개를 끄덕이던 주네티는 정보를 담당하고 있던 아홉 번째 왕자 헬라인에게 질문했다.

　"아쉬드 형에 대한 새로운 정보가 있냐?"

　"아니. 아마 아쉬드 형도 집중 호우가 내리는 이번 달에는 용병들을 보충하지는 않을 것 같아."

　"현재 아쉬드 형에게 고용된 용병들이 얼마나 되지?"

　"현재까지 파악한 수로는 약 4만 정도? 오차가 1, 2천은 넘지 않을 거야."

　"그럼 최대 4만 2천 정도인가? 그럼 헤르난 형은?"

　"그게 말이야……."

　헬라인이 제대로 대답하지 못하자 근처에 있던 타마룬이 대신 대답을 했다.

　"헤르난 전하 진영에 대한 정보는 최초 이곳 커트론으로 올 때 입수했던 정보가 전부입니다."

　"그게 무슨 소리요? 그럼 지난 한 달 반 동안 아무런 정보도 입수하지 못했단 말이오?"

　"그렇습니다, 주네티 전하."

　너무나 태연하게 대답하는 타마룬의 태도에 주네티의 눈살이 찌푸려지는 것은 어찌 보면 당연한 일이었다. 인상을 쓰고 있는 주네티의 태도에도 불구하고 타마룬은 전혀 표정의 변화가 없었다.

　그런 타마룬의 태도가 주네티는 정말 마음에 들지 않았다.

　주네티는 타마룬의 표정에 변화가 생기는 것을 본 적이 없었다. 그런 그를 지켜보다 보면 설사 드래곤이 딸꾹질하다 죽는 경우가 생긴다고 하더라도 여전히 담담한 미소를 짓고 있을 것만 같았다.

　지금 같은 경우에는 정말 타마룬의 얼굴 가죽을 벗기고 싶은 생각이 무럭무럭 자라날 정도였다.

　"다시 한 번 말해 주겠나?"

　주네티의 표정이 눈에 띄게 변했지만 타마룬의 표정에는 조금의 변화도 없었다.

　"헤르난 전하의 진영에 대한 정보가 전무하다고 말씀드렸습니다, 주네티 전하. 아니, 좀 더 정확하게 말하자면 오히려 용병 2백 명 정도의 피해를 입었다고 보는 것이 정확한 말일 겁니다."

　"용병 2백 명의 피해? 그게 무슨 소린가? 헬라인, 네가 대답을 해봐라."

　주네티의 싸늘한 말에 잠시 머뭇거리던 헬라인은 어쩔 수 없다는 표정으로 입을 열었다.

　"사실은 이 성을 우리의 본거지로 삼은 후 뮤겔 단장과 함께 다른 형들의 전력을 정찰하기 위해 용병들을 보냈었어. 아쉬드 형 진영의 전력을 알아내는 것은 그리 어려운 일은 아니었는데 신경도 쓰지 않았던 헤르난 형 진영의 전력은 조금도 알 수 없었어. 다시 용병들을 보내봤지만 그들 역시 감쪽같이 사라져 버렸어. 뮤겔 단장과 상의를 해봤지만 아마도 적의 매복에 걸려 당했을 것이란 결론밖에는 나오지 않았어."

　"적의 매복? 헤르난 형이 대체 얼마나 많은 용병을 고용했다고 매복에 걸려 당했다는 거야?"

　"현재 우리의 추측이 맞다면 헤르난 형이 고용한 용병은 아무리 많아봐야 고작 만 명 수준일 거야."

"고작 만 명? 그런데 어째서 보내는 용병들마다 사라진다는 거지? 처음 용병들을 고용하기 시작한 사람은 아쉬드 형과 나야. 제법 쓸 만한 용병들은 모두 형이나 내가 고용했단 말이야. 용병들의 수나 질적인 면에서 헤르난 형이 고용한 용병들보다 훨씬 월등한데 어째서 헤르난 형에게 고용된 용병들에게 내가 고용한 용병들이 당했다는 거지?"

흥분한 주네티를 바라보던 타마룬은 마치 욕심 많은 떼쟁이 어린아이를 보는 것 같다는 생각이 들었다.

"우리가 고용한 용병들이 질적인 면에서 떨어진다는 것이 아니라 아마도 미리 매복하고 있던 놈들에게 걸렸기 때문에 당한 것 같아."

헬라인의 말에도 주네티의 일그러진 표정은 조금도 펴질 줄 몰랐다.

"매복이고 뭐고 간에 아쉬드 형도 아닌 헤르난 형에게 당하고는 못 살아. 당장 용병들을 보내……."

"잠깐."

"뭐요?"

타마룬의 제지에 주네티는 노골적으로 불만인 표정을 지으며 따졌다.

"지금 용병들을 보낸다는 것은 정말 어리석고 멍청한 결정입니다. 화가 난다고 용병들을 보내봐야 또 당할 것은 너무나 뻔한 일입니다. 좀 더 냉정하게 생각하십시오. 헤르난 전하께 너무 과도하게 신경을 쓰다 보면 오히려 아쉬드 전하께 뒤통수를 맞을 수도 있습니다. 그래도 용병들을 파견하시겠습니까?"

타마룬의 음성은 여전히 담담했고, 그의 얼굴에는 자신을 자극시키는 예의 그 미소가 걸려 있었다.

물론 타마룬이 자신에게 말하고자 하는 바가 무엇인지 그것도 깨닫지 못할 주네티는 아니었다. 하지만 그래도 짜증이 나는 것만은 어쩔 수 없었다.

가만히 입술을 깨물고 있던 주네티는 곧 생각을 정리해 헬라인에게 질문을 던졌다.

"만약 현재 상황에서 아쉬드 형과 부딪치면 어떻게 되지?"

"열 번 싸우면 아홉 번은 우리가 질 거야. 하지만 그렇게 되면 아쉬드 형이나 우리나 다시는 일어설 수 없을 정도로 큰 타격을 서로 입게 될 것만은 사실이야. 어쩌면 우습게 봤던 헤르난 형에게 뒤통수를 맞게 될지도 모르지."

헬라인의 약간은 비꼬는 듯한 말에 주네티의 눈썹이 하늘 높은 줄 모르고 치솟았다. 극도의 인내심을 발휘하여 치솟는 분노를 억누른 주네티는 서늘한 눈으로 헬라인을 노려보며 싸늘하게 말을 내뱉었다.

"내가 렌타로스 분지로 쫓겨간다면 너도 렌타로스 분지로 가야만 해. 한시라도 빨리 네 처지가 어떤 것인지 깨닫는 것이 좋을 거다."

"후후후, 물론 그렇게 되겠지. 하지만 형하고 같이 간다면 그리 억울할 것도 없을 것 같거든."

나직하게 웃는 헬라인의 모습은 평소의 모습과 별다를 것이 없었지만 주네티는 현재 기분이 엉망인 탓인지 자신을 비꼬는 것처럼 들렸다.

"참! 그렇지 않아도 보고를 드리려고 했는데 차라리 지금 말씀드리는 것이 좋을 것 같군요. 아쉬드 전하 측의 용병들이 계속해서 조금씩 세력권을 넓히고 있습니다. 적절히 조치를 취하고 있긴 합니다만 이대로 두면 저희는 이 성에 고립될 가능성이 높습니다. 적절히 조치를 요망됩니다만… 어떻게 조치하는 것이 좋겠습니까, 주네티 전하?"

"아쉬드 형이? 그대의 생각은?"

"어차피 본격적인 대결은 우기가 끝난 다음이 되어야겠지만 일단은 따끔한 맛을 보여줄 필요가 있을 것 같습니다."

"첼시, 타격조 결성은 어떻게 되었지?"

"특히 활 솜씨가 뛰어난 자들로 인원 구성을 마쳤어. 그리고 정령술사들도 포함시켰고 말이야."

열여덟 번째 왕자 첼시의 대답에 주네티는 고개를 끄덕였고, 첼시 곁에 있던 쌍둥이 동생 휴가 한마디를 거들었다.

"적의 본진을 공격하기 위해 결성해 놓았으니 그들의 실력은 믿어도 될 거야."

"좋아, 그들을 보내 아쉬드 형의 진영을 흔들어본다. 하지만 절대 무리는 하지 말라고 해라. 어차피 본격전인 전쟁이 시작되면 그들의 힘이 절대적으로 필요할 테니 말이다. 그리고 뮤겔 단장은 헤르난 형의 진영을 철저히 수색해 어떻게 하든 반드시 본거지를 알아내도록 하시오. 아무리 적은 병력이라도 내 뒤통수를 노리고 있다면 절대 그냥 둘 수 없소."

"알겠습니다, 주네티 전하."

첼시와 타마룬이 회의실을 빠져나간 후 주네티는 뒷짐을 진 채 금방이라도 비를 뿌릴 듯 잔뜩 먹구름이 끼어 있는 하늘을 바라보았다.

*   *   *

조금 높은 구릉 지대에 위치한 성.

지금 성안은 실전을 방불케 하는 격전이 곳곳에서 벌어지고 있었다.

펑!

따따따~ 딱!

"부상자는 즉시 후방으로 보내고 나머진 전원 진격하라!"

"와~"

누군가의 외침에 복도를 가득 메우고 있던 용병들은 함성을 지르며 진격하기 시작했고, 너무나 거센 반격에 그들을 막고 있던 용병들은 어쩔 수 없이 뒤로 물러나야만 했다.

조금씩 물러서던 용병들은 결국 최후의 방어선까지 밀렸다.

쾅!

폭음과 함께 한 떼의 용병들이 회의실로 난입했다.

"그만!"

회의실에 앉아 있던 헤르난의 고함 소리에 용병들은 일제히 자신들의 목제 무기를 거두어들였다.

"오늘의 승부는 공격조의 승리다!"

헤르난의 선언에 공격했던 용병들의 입가에는 흡족해하는 미소가 떠올랐다. 그런 반면 방어에 실패한 수비조 용병들의 얼굴에는 곧 이어 자신들에게 닥칠 특별 훈련이 생각나 입맛이 쓸 수밖에 없었다.

"공격조는 지금부터 휴식에 들어가고 수비조는 지금 즉시 연병장에 집합하도록."

로고스의 지시에 용병들은 썰물 빠지듯 회의실에서 빠져나갔다. 그 모습을 묵묵히 지켜보던 로고스는 용병들이 모두 빠져나가자 헤르난을 향해 고개를 숙였다.

"철저히 방비를 한다고 했는데도 의외의 기습에 맥없이 당했습니다."

"후후후, 그건 나도 마찬가지요. 설마 해자 밑을 뚫으리라고 누가 짐작이나 했겠소?"

어이가 없는 듯 나직하게 웃음을 흘리던 헤르난은 고개를 저었고, 유리와 필립은 오늘 공격조가 취한 공격 방법에 대해 열띤 토론을 벌이고 있었다.

"헤르난 전하, 전 이만 물러가겠습니다."

"수고해 주시오, 크리스토퍼 단장."

헤르난에게 인사를 한 로고스가 회의실을 빠져나가고 얼마 지나지 않아 하드 레더를 걸친 쟌과 셀이 회의실로 들어왔다.

"어서 오게. 오늘 자네의 공격은 아주 인상적이었네. 성을 공격하는 용병들의 수가 조금 더 많았다고는 하지만 이렇게 맥없이 뚫릴 줄은 생각도 못했네. 미리부터 준비를 했었던 것인가?"

"당연히 그렇소. 일반적으로 성문을 파괴하고 진입하는 방법은 너무나 뻔한 방법 아니오. 해서 다른 방법을 찾다 보니 아무래도 해자 쪽의 지면이 무를 것 같아 그곳을 집중적으로 파라고 지시했지만, 설마 그렇게 쉽게 뚫릴 줄은 나도 짐작하지 못했소. 그 이후는 알다시피 숫자에서 앞선 우리가 승리를 거둔 거요."

"거처에서 쉬지 여긴 무슨 일인가?"

"허락을 해주었으면 하는 일이 있기 때문이오."

"뭔가? 내 허락이 필요하다는 일이."

"많은 양은 아니더라도 오늘 승리를 거둔 용병들이나 패배를 한 용병들에게 술을 좀 주었으면 하오."

"술?"

"그렇소이다. 지난 한 달 반 동안 계속 훈련만 했기 때문에 지금쯤이면 아마 불만도 꽤나 쌓였을 것이고, 또 피로도 상당히 쌓였을 거요. 적당히 풀어줄 필요가 있지 않겠소?"

쟌의 말에 잠시 생각을 하던 헤르난은 곧 고개를 끄덕였다.

본거지를 옮긴 것만 벌써 세 번째였고, 단 하루의 휴식도 없이 연일 계속된 훈련으로 용병들은 제대로 쉬지 못한 것이 사실이었다. 물론 용병들을 위한 훈련이지만 그것으로 인해 불만이 쌓이고 피로가 누적된다면 결론적으로 용병들의 사기 저하로 이어지지 않겠는가.

"좋은 의견이군. 그 문제는 자네 의견대로 하지. 참! 그리고 보니 자리조차 권하지 않았군. 이쪽으로 앉게."

"올리비에, 간단한 파티 준비를 하도록 알리고 크리스토퍼 단장님에게도 알려라."

"알겠습니다, 마스터."

오랜만에 술을 마실 수 있다는 생각에 대답하는 올리비에의 얼굴에도 미소가 떠올랐다. 그런 탓인지 회의실을 빠져나가는 올리비에의 발걸음을 가볍기만 했다.

"부케인, 정보 입수는 어떻게 되고 있지?"

"하루에 한 번씩 정찰조가 정보를 보내오고 있어. 지금까지 보내온 정보에 의하면 아쉬드 형이 4만 2천 명 정도, 주네티 형은 3만 3천 명 정도 용병들을 고용한 것으로 집계됐어."

"그래? 전력 보충이 아직은 이루어지지 않은 모양이군. 우기가 끝나기를 기다리는 건가?"

"우리의 판단도 그래. 어차피 본격적인 전쟁이 벌어지려면 우기를 피하는 것이 좋지 않겠어? 아마도 우기가 끝나면 용병들을 더 고용할 것 같아. 우리도 그때쯤이면 용병들을 더 고용해야 하지 않겠나, 가이야 부단장?"

"그걸 왜 나에게 묻는 거요? 이 전쟁은 내 전쟁이 아니라 당신들의 전쟁 아니오?"

퉁명스러운 쟌의 대답에 유리의 얼굴은 순간적으로 상기되었다가 곧 원래의 표정으로 되돌아갔다.

언제부턴지 몰라도 어떤 의견을 생각한 후에는 쟌에게 그 의견의 타당성을 물어보는 것이 버릇이 되다시피 했다. 그렇다고 쟌이 자신들보다 월등하게 경험이 많은 것도 아닌데 왜 항상 그에게 묻게 되는 것인지 그 연유를 알 수 없었다.

"그럼, 일단은 좀 더 지켜보기로 하지. 어차피 용병들을 고용한다고 해도 우기가 끝나야 하고 또 그들도 훈련을 받아야만 할 테니까 말이야."

유리의 말에 다른 형제들도 고개를 끄덕였다. 현재로서는 그 의견이 가장 합당할 것만 같았기 때문이다.

"형, 지금 정찰조로 운영하는 용병들을 단순히 정찰만 할 것이 아니라 형들의 진영을 번갈아 공격해 보는 것은 어떨까?"

"번갈아 공격해?"

"우리가 먼저 공격을 하자는 말인가?"

필립의 의견에 다른 형제들은 일제히 고개를 갸웃거렸다. 지금까지 다른 두 왕자의 공격을 받지 않으면 다행이라고 생각해 왔었는데 오히려 지금 상황에서 공격을 시도하다니…….

"차도살인지계(借刀殺人之計)라… 후후후. 간만에 옳은 소리를 하는군."

"차도살인지계라니? 그게 무슨 소리지?"

"젠장, 혀도 안 돌아가는군. 그 말이 무슨 뜻인지 어디 설명을 해주실까, 가이야 부단장?"

루이스의 조금은 비꼬는 듯한 말에도 쟌의 시선은 필립에게로 쏠려 있었다. 쟌의 시선이 자신에게로 향하자 쑥스러운 듯 필립의 얼굴이 조금은 붉어졌다.

"차도살인지계란 남의 칼로 살인을 저지른다는 뜻이오."

"남의 칼로 살인을 저질러? 왜?"

루이스의 질문에 쟌의 시선엔 당장 경멸의 빛이 가득해졌다. 그런 쟌의 눈빛에 루이스가 그냥 있을 리 만무하지 않은가? 자리에서 벌떡 일어서려는 루이스를 곁에 있던 부케인이 제지했다.

"귀하의 어깨 위에 있는 물건은 남들이 다 가지고 있어 액세서리로 장식한 물건이오? 생각을 좀 해보란 말이오."

"그러니까 가이야 부단장의 말은 남의 칼로 살인을 저지름으로써 모든 사람의 시선을 칼의 주인에게로 향하게 만든다는 것이오?"

"흥! 그래도 모두 돌만 있는 것은 아니군."

쟌의 조금은 짜증스러운 반응에 모두들 분노를 참느라 얼굴이 붉어졌지만 그럼에도 불구하고 필립만은 뭔가 열심히 고민하는 표정을 짓고 있었다. 그리고는 곧 유리에게 뭔가를 열심히 이야기하기 시작했다.

서로 고개를 끄덕이며 이야기하던 두 사람의 모습을 보던 헤르난은 애써 담담한 표정을 지으며 말을 꺼냈다.

"무슨 이야긴지는 모르겠지만 나머지 사람도 알아들을 수 있게 설명해 주겠니?"

"정확한 의미는 모르겠지만 조금 전 가이야 부단장이 말한 것이 왠지 제가 말한 것과 같다는 느낌이 들었기에 그것에 대해 상의를 했던 거예요. 다시 말하자면 제가 조금 전 양쪽 진영을 건드려 보자고 한 것에는 우리의 전력은 감추고 양쪽 진영을 서로 싸우게 만들려고 했던 의도가 숨겨져 있었던 거예요."

"좀 더 쉽게 말하자면 남의 힘을 빌려 내 적을 처리한다는 뜻 같아, 헤르난 형."

"다른 사람의 힘을 빌려 적을 처치한다?"

곰곰이 생각하던 헤르난의 얼굴은 시간이 지날수록 점점 감탄의 기색이 완연했다.

이 얼마나 절묘한 계책이란 말인가?

단순히 이간책이라고만 생각해 왔던 헤르난은 아쉬드와 주네티 간의 알력을 떠올리고는 이보다 더 절묘한 계책은 없을 것이란 생각이 들었다. 단순한 이간책이라기보다는 좀 더 인간 내면의 뭔가를 건드리는 듯한 계책이라는 생각이 든 것이었다.

"나에게 잠시 시간을 내주시겠소?"

"나에게 할 말이 있소, 가이야 부단장?"

"귀하와 필립 왕자에게 할 말이 있소. 별로 특별한 것은 아니고, 내가 예전 스승에게서 배웠던 병법 가운데 기억나는 걸 알려주고 싶기 때문이오."

"병법? 병법에 대해서 아는 것은 나도 남들에 비해 떨어지지 않는다고 자부를 하오만……."

"아마 내 말을 듣게 된다면 '아~ 이런 방법도 있구나' 하는 생각이 들 것이오."

자신만만한 쟌의 말에 유리와 필립은 대체 그가 무슨 이유로 저렇게 자신만만해하는 것인지 궁금하지 않을 수 없었다. 그도 그럴 것이 비교적 사교적인 성격이 아닌 두 사람이기에 누구보다 책을 많이 읽었다. 당연히 그들도 승계 전쟁을 대비하느라 전략, 전술에 관한 많은 책을 읽었다. 아니, 다른 어떤 사람들보다 많이 읽었다고 자부하고 있었다.

그런 자신들에게 뭔가를 가르쳐 줄 것이 있다는 말을 자신있게 하는 쟌의 태도가 두 사람으로서는 당연히 미덥지 않을 수밖에 없었다.

잠시 후 연회 준비가 되었다고 로고스가 직접 와서 알렸다.

헤르난을 비롯한 왕자들이 로고스를 뒤를 따라 나가자 실내에는 쟌과 셀, 그리고 유리와 필립만이 남게 되었다.

"셀, 금세 나갈 테니까 먼저 나가 있도록 해."

"아니에요, 쟌. 기다릴 테니까 같이 나가도록 해요."

"그래? 그럼 잠깐만 기다려."

빙그레 미소를 짓던 쟌의 표정이 고개를 돌리는 순간 무표정하게 변했다. 순식간에 돌변한 쟌의 태도에 유리와 필립은 어리둥절한 표정을 지으면서도 과연 그가 어떤 이야기를 꺼낼 것인가 궁금해했다.

"과거 스승이신 반허 대사께서 나에게 가르침을 주신 것 가운데 병법에 대한 것도 있소. 물론 그 병법은 수천 년 동안 내려온 갖가지 형태의 싸움을 정리하고 추려서 그 핵심만을 모아 정론화시킨 것이 바로 병법 36계라고 불리는 서른여섯 가지의 손자병법이오."

"손자병법? 서른여섯 가지?"

유리가 궁금한 듯 반문을 했지만 쟌은 듣지 못한 듯 자신이 할 말만 했다.

"우선 먼저 우리의 전력이 상대를 압도해 쉽게 승리를 거둘 수 있을 때 행하는 이기는 작전 여섯 가지가 있소. 첫째, 이쪽의 상황을 감추어 상대의 이목을 속이는 만천과해. 둘째, 적의 본거지를 공격해 상대로 하여금 회군하게 만들어 그들을 기습하는 위위구조, 셋째, 남의 칼로 살인을 해 상대의 이목을 속이는 차도살인, 넷째, 나는 편히 쉬면서 상대의 지친 틈을 타 공격하는 이일대로, 다섯째, 위기에 놓인 적을 공격해 승리를 거두는 진화타겁, 그리고 마지막 여섯 번째, 동쪽을 공격하는 듯 보이지만 실제로는 서쪽을 공격하는 성동격서가 있소."

"그게 다요? 그런 정도는 우리도 이미 알고 있었던 사실이오."

"아직 끝난 것이 아니오. 다음은 적과 비슷한 수준일 때 행하는 작전이 다시 여섯 가지가 있소. 첫째, 진실 속에 거짓이 있고 거짓 속에 진실이 있으니 적으로 하여금 정확한 판단을 내리지 못하게 만드는 무중생유가 있고, 둘째, 기습과 정면대결을 번갈아 하며 상대로 하여금 우리가 원하는 것이 무엇인지 알지 못하게 하는 암도진창이 있으며, 셋째, 적이 내부 분열을 일으킬 때는 때때로 그냥 지켜보기만 함으로써 분열을 가속시켜 승리를 거두는 견안관화, 넷째, 웃음으로 상대를 방심시켜 회심의 일격으로 승리를 거두는 소리장도, 다섯째, 전쟁에 있어서 강한 적을 맞이해 약한 전력을 가진 사람끼리 힘을 합쳐 상대하는 이대도강, 그리고 마지막 여섯째, 상대가 틈을 보이는 순간 그 틈을 급습해 실리를 취하는 순수견양이 있소."

잠시 말을 마친 쟌은 자신 앞에 놓여 있던 술을 한 모금 들이키고는 다시 말을 이었다.

"자신의 전력과 상대의 전력을 모두 알고 있을 때 사용할 수 있는 작전 계획이 또 여섯 가지가 있소. 첫째, 뱀을 놀라게 함으로 뱀 떼 전체에게 공포를 심어줄 수 있는 타초경사, 둘째, 작전상 이용할 수 있는 모든 것을 이용해 승기를 자신에게로 끌어오는 차시환혼, 셋째, 적을 끌어들여 자신에게 유리한 곳에서 싸우게 만드는 조호이산, 넷째, 더 큰 적을 잡기 위해 잡은 적을 놓아주는 욕금고종, 다섯째, 더 큰 승리를 거두기 위해 작은 승리를 포기하는 포전인옥, 여섯째, 적과 싸울 때 우두머리를 잡아야 싸움이 마칠 수 있다는 금적금왕이 있소. 또 적의 혼란한 틈을 타 승리를 거둘 수 있는 방법이 여섯 가지가 있소. 첫째, 적의 기세가 강할 때 예봉을 피하면서 적의 기세를 감소시켜 승기를 잡는 부저추신, 둘째, 적을 혼란시켜 군수뇌부가 제 힘을 발휘하지 못할 때 공격하여 승리를 취하는 혼수모어, 셋째, 거짓으로 철수하거나 이동하는 것처럼 보여 적으로 하여금 오판을 하도록 만드는 금선탈각, 넷째, 적을 포위 공격해 적을 섬멸하는 관문착적, 다섯째, 먼 나라와는 수교를 맺고 가까운 나라부터 공격하는 원교근공, 여섯째, 기회를 잡으면 기회를 빌미로 세력을 확장시키는 가도벌괵의 계책이 있소."

잔의 말에 두 사람의 왕자는 할 말을 잃은 듯 잔의 얼굴만 쳐다보고 있었다.

"영원한 우군도 없지만 영원한 적군도 없소. 이럴 때 사용하는 계책이 다시 여섯 가지가 있소. 첫째, 우군과 힘을 합쳐 적을 상대함에 있어 우군의 힘을 빌려 적을 물리치게 만드는 투량환주, 둘째, 약한 자는 경고와 회유를, 강한 자에게 강압과 강경하게 대해 굴복시켜 내실을 기하게 만드는 지상매괴, 셋째, 때에 따라서는 어리석은 모습을 보여 상대로 하여금 방심하게 만들고 그때 공격해 승리를 거두는 가치부전, 넷째, 상대를 막다른 곳으로 몰아 퇴로를 봉쇄하는 상옥추제, 다섯째, 아군의 위세를 일부러 상대에게 보여 우리의 전황을 오판하게 만드는 수상개화, 여섯째, 우군에게 원조를 청한 후 중요 자리를 먼저 차지함으로써 차츰 아군으로 만들어 버리는 반객위주가 있소."

"아직도 남은 것이 있소?"

"당연히 있소. 불리한 상황에서 열세를 극복해 반전해 승리를 거두기 위한 방법이 여섯 가지가 있소. 첫째, 아름다운 여인이나 물건 등을 적에게 주어 적으로 하여금 안일과 향락에 빠져 투지를 잃게 해 나태하게 만들어 승리를 쟁취하게 만든 미인계, 둘째, 성을 비워 상대를 유혹해 결정적인 타격을 입히는 공성계, 셋째, 적의 스파이를 역이용하는 반간계, 넷째, 스스로를 희생시켜 적을 방심에 빠뜨리게 만드는 고육계, 다섯째, 상황에 따라 여러 가지 계책을 연이어 사용하는 연환계, 여섯째, 어떤 방법으로도 상황을 역전시킬 수 없을 때는 과감하게 뒤로 물러서는 주위상의 계책이 있소. 비록 서른여섯 가지의 방법에 불과하지만 어떤 상황도 이 서른여섯 가지 상황에서 벗어날 수 없소. 다시 말하자면 이 서른여섯 가지 병법만 숙지한다면 불리한 상황에서도 충분히 승리를 거둘 수 있다는 말이오. 내가 한 말이 무슨 뜻인지 알겠소?"

길고 긴 쟌의 말이 끝났을 때 유리와 필립은 충격을 받은 듯 멍한 표정을 짓고 있었다.

트레슈나 제국의 건국사부터 시작해 거의 모든 전쟁사를 익히고 있다고 생각했었다. 하지만 그 어느 전쟁도 쟌이 말한 병법에서 벗어나는 전쟁이 없었다. 크고 작은 전쟁의 승리, 그 내막에는 쟌이 말한 병법이 하나, 혹은 둘 이상의 계책들이 함께 사용되었음을 깨달을 수 있었기 때문이다.

물론 갖가지 전략과 전술에 관한 책들이 많았지만 방금 쟌이 말한 것처럼 이토록 간결하게 정리해 놓은 책은 단 한 권도 없었다.

"방금 내가 말한 것을 잘 생각해 보면 두 사람에게 많은 도움이 될 것이오."

"다시 한 번 그 병법이라는 것을 말해 주겠소?"

"여기 있소."

말과 함께 품에서 얇은 한 권의 책을 꺼낸 쟌은 유리에게 내밀었다. 책을 받아 든 유리는 조금은 떨리는 손길로 책장을 열었다.

"그 책에는 방금 내가 말한 서른여섯 가지 병법과 그 유래, 그 병법을 사용하게 된 간단한 예문이 적혀 있소. 물론 쉽게 익혀 금세 사용할 수 있는 것은 아니지만 익혀두면 많은 도움이 될 수 있을 거라고 생각하오."

정신없이 책에 빠져 있는 두 사람을 바라보던 쟌은 피식 미소를 짓고는 천천히 자리에서 일어났다.

"셀, 우리도 나가서 한잔할까?"

"그래요. 그리고 보니 근래 들어 제대로 쉬어본 적도 별로 없는 것 같아요."

"그동안 셀도 정말 수고 많았어. 마법사들이 골치 아프게 하지는 않았어?"

"오웬님의 지시가 있었는지 다행히도 잘 따라주더군요. 마법 통신과 감시를 위해 여러 가지 물건을 만들어야 했는데 그들의 협조가 없었다면 이렇게 빠른 시간 내에 감시망을 완성할 수 없었을 거예요."

"그럼 감시망은 모두 완성된 거야?"

"일단 저희들 거처한 적이 있던 성에는 확실히 감시망이 설치되어 있고, 정찰 나가 있는 정찰조에게도 마법 통신을 할 수 있는 마법 도구가 지급되어 있어요. 조장들의 능력에 따라 하루에 한 번 내지 두 번 정도는 연락할 수 있을 거예요."

"그렇게 보내온 정보는 누가 취합하지?"

"오웬님과 부케인 전하께서 정보를 담당하고 계시는데 부케인 전하의 기억력과 판단력이 보통이 아니시더군요."

"그래?"

대꾸를 하는 쟌의 태도는 관심이 없는 듯 심드렁하기만 했다. 그런 쟌의 모습을 지켜보던 셀은 어린아이가 괜히 심술을 부리는 것 같아 웃음이 나오기만 했다.

엄격한 무술 마스터였다가도 자신과 있으면 진한 애정을 감추려 하지 않았다. 그러다가도 왕자들을 만나면 전혀 가감없이 자신의 생각을 이야기하는 소신있는 모습을 보이기도 한다.

한 사람이 이렇게까지 여러 모습을 보일 수 있다는 것이 셀로서는 너무나 신기했다.

물론 셀도 쟌을 처음 보았을 때 그의 날카로운 눈매나 상대를 무시하는 듯한 말투 때문에 인상이 좋지 않았었다. 하지만 그와 함께 지내면서부터 그의 진심이 어떤 것이고, 그가 어떤 사람이라는 알고 난 후에는 그의 날카로운 눈빛 속에 상대에 대한 애정이 있고, 툭툭 내뱉는 말속에 상대에 대한 배려가 숨어 있다는 것을 확실히 느낄 수 있었다.

자신이 보기에 그런 쟌을 오해하도록 만드는 것은 쟌의 태도 때문이었다. 그렇게 따지고 보면 쟌도 꽤나 사람들과 사귀는 게 서툰 사람인 것만은 확실했다.

막상 연병장에 도착해 보니 난리도 이런 난리가 없었다.

술 마시고 고래고래 고함을 지르며 노래를 부르는 용병도 있었고, 술잔을 든 채 동료들과 함께 춤을 추는 용병들도 있었다. 평소 쌓인 불만이 얼마나 많은지 곳곳에서 싸움이 벌어지고 있었고, 주변에 있던 용병들은 각자 편을 갈라 열띤 응원을 보내고 있었다.

이미 술에 취해 널브러진 자들도 꽤나 되었고, 무엇이 그렇게 좋은지 큰 소리로 웃음을 터뜨리는 자들도 있었다. 술을 뒤집어쓴 채 상대에게 연신 술을 권하는 용병들의 모습도 볼 수 있었다.

"마스터, 어서 오십시오. 저쪽에 자리가 마련되어 있습니다. 저쪽으로 가시지요."

쟌과 셀이 조금은 질린 표정으로 서 있자 조금 떨어진 곳에 있던 올리비에가 다가왔고, 그가 가리킨 곳을 보니 나름대로 격식을 갖춘 테이블 주위에 헤르난들과 로고스, 발탄 교단의 교황인 에르난데스 피로렐,

파견된 마법사들의 수장인 오웬 그라시아스가 앉아 담소를 나누며 술을 마시고 있었다.

하지만 쟌은 그 자리에 참석하고 싶은 생각은 없는 듯 고개를 저었다.

"저렇게 재미없는 곳에서 술 마실 생각은 없어. 그보다 이 성에서 제일 조용한 곳이 어디지?"

쟌의 질문에 곰곰이 생각하던 올리비에는 고개를 갸웃거리면서 대답했다.

"제가 알기로는 성루밖에 없는 것 같습니다."

"성루? 하긴 그곳이라면 조용하겠군."

"쟌, 술 마실 만한 조용한 곳을 찾는다면 차라리 숲으로 가는 것은 어때요?"

"숲에 가고 싶어? 하긴 엘프에게 숲보다 더 편한 곳은 없겠지. 그럼 그렇게 해."

"고마워요, 쟌."

"고맙긴. 올리비에, 술과 안주를 좀 싸가지고 오도록 해라."

"예, 마스터. 잠시만 기다리십시오."

올리비에는 재빨리 뛰어가 술 두 병과 몇 가지 안주를 바구니에 담아 가지고 왔다.

올리비에에게서 바구니를 받아 든 쟌은 셀을 향해 팔을 구부린 채 내밀었다.

"마담 가이야, 그럼 가실까요?"

"예, 그럼 에스코트를 부탁드리겠어요."

"걱정하지 마십시오. 제가 마담의 안전은 목숨을 걸고 지켜 드리겠습니다."

팔짱을 낀 두 남녀가 다정스럽게 성을 빠져나가는 모습을 지켜보던 올리비에는 고개를 흔들며 어이없다는 표정을 지었다. 가끔 두 사람이 과시하듯 보여주는 저 닭살스러운 모습만큼은 아무리 익숙해지려고 노력해도 익숙해지지가 않았다.

몸을 한 번 부르르 떤 올리비에는 술을 마시던 조금 전 자리로 돌아갔다.

"젠장, 오늘을 보내면 또 얼마나 시간이 지나야 술을 구경할지 모르니 양껏 마셔봐야겠군."

49 장
움직임

사사사삭~

10여 개의 검은 그림자가 성인의 키만큼 자란 갈대 숲을 최대한 소음을 줄인 채 갈대를 헤치고 전진했다. 마치 유령이 움직이는 듯 그들의 전진 속도는 믿을 수 없을 정도로 빨랐다.

그들이 모습을 드러낸 곳은 갈대 숲과 이어진 짙게 우거진 숲 앞이었다. 달마저 모습을 감춘 숲은 마치 지옥의 암흑에 싸인 듯 아무것도 보이지 않았지만 숲 앞에 모습을 드러낸 이들은 마치 대낮처럼 모든 것이 보이는지 행동함에 거침이 없었다.

"제가 실프를 통해 알아본 결과 이 숲에서 아쉬드 전하가 계신 성까지의 사이에 꽤나 많은 용병들이 잠복하고 있어요. 인원은 최소 다섯 명에서 최대 마흔 명까지로 상당히 넓은 지역에 산재되어 있어요."

"우리는 그 사이에 매복해 있는 용병들 가운데 우측에 매복해 있는 용병들을 상대한다. 될 수 있으면 중상을 입히도록 하고, 상황이 여의 치 않으면 단숨에 죽이도록."

"부단장님, 왜 죽이지 않고 중상을 입혀야 하는지 그 이유를 알 수 있겠습니까?"

"지금 왜 그래야 하는지 이유를 물었나?"

쟌의 음산할 정도로 낮은 반문에 질문했던 용병은 찔끔하며 자신의 호기심을 탓했다.

"이번만은 대답해 주지. 전쟁에서 적군의 사기를 꺾는 방법은 여러 가지가 있겠지만 부상자만큼 병사들의 사기를 꺾는 것도 없지. 만약 예를 들어 우리에게 공격당해 중상을 입은 중상자가 있는데 우리가 다 시 그 무리를 공격을 했을 때 어떤 상황이 벌어지겠는가? 부상자가 없 을 때는 신속한 후퇴가 가능하겠지만 부상자가 있을 때는 전혀 상황이 다르다. 부상자로 인해 새로운 부상자가 생길 수도 있고, 또 그로 인해 후퇴하는 속도는 형편없이 뒤처질 수도 있다. 하지만 저들은 부상자를 버리고 갈 수도 없다. 왜냐하면 다음엔 자신이 부상자가 될 수도 있기 때문이다. 우리가 사상자를 남기지 않고 중상자를 남기는 이유가 바로 그것이다."

쟌의 설명에 용병들은 그제야 고개를 끄덕였다.

"준비가 되었으면 지금부터 전진한다. 쓸데없는 행동을 해서 아군을 위험하게 만드는 인간들은 내 손에 죽는다. 조심하도록 해라."

말을 마친 쟌은 셀과 함께 숲의 굵은 나무 사이를 바람처럼 빠져나 가기 시작했다.

올리비에를 비롯한 열두 명의 용병들은 최대한 소음을 줄이며 뒤를 따랐지만 워낙 빠른 두 사람을 좇아간다는 것이 그리 쉬운 일은 아니었다.

갖은 힘을 다해 뒤를 좇아갔을 때 그들은 떡갈나무가 짙게 우거진 숲의 나무 뒤에 서 있는 두 사람의 모습을 발견할 수 있었다.

숨을 죽이고 두 사람의 반응을 보고 있던 용병들 가운데 올리비에가 조용한 음성으로 입을 열었다.

"마스터, 매복조가 있습니까?"

"그래. 대략 20여 명쯤 되는 것 같군. 준비해라."

쟌의 대답에 고개를 돌려 전면을 바라보았지만 보이는 것은 짙은 어둠뿐이었다. 몇 번이나 시력을 집중해 전면을 살폈지만 역시 보이는 것은 아무것도 없었다.

올리비에나 다른 용병들로서는 당황스럽지 않을 수 없었다.

꿇어앉은 채 가쁜 숨을 억지로 진정시킨 올리비에는 쟌이나 셀에게서 어떤 지시가 있기를 기다렸다.

"두 패로 나눠 공격한다. 한쪽은 내가, 다른 쪽은 마법사인 셀의 도움을 받아 기습한다. 다시 한 번 주의를 주겠지만 우리의 목적은 서로 상대에게서 공격당했다고 느낄 수 있을 만한 단서를 남기는 것이다. 최대한 침묵을 지키면서 상대를 공격한다. 이상."

말을 끝낸 쟌이 숲의 오른쪽으로 향하자 그를 따르기로 한 용병 다섯이 그의 뒤를 따라 숲 속으로 모습을 감추었고, 남은 인원들은 셀의 뒤를 따라 신속하게 이동했다.

하프 엘프인 셀의 움직임은 인간으로서는 도저히 좇아갈 수 없을 정도로 쾌속했다. 도저히 장애물을 눈앞에 둔 사람이라고는 믿을 수 없을 정도였다.

용병들이 터질 듯한 심장을 억누르며 가까스로 그녀의 뒤를 좇아 도착한 곳은 적들과 불과 20미터도 떨어지지 않은 지점이었다. 용병들이 숨을 고르는 사이 적의 동정을 살피고 온 셀은 용병들에게 적의 근황을 알려주었다.

"약 10여 명의 용병들이 있지만 지금 대부분 자고 있어요. 불침번을 서고 있는 용병 한 사람만 처치한다면 기습은 손쉬울 것 같아요."

"사모님, 불침번은 제가 맡도록 하겠습니다. 너희들은 나머지를 맡도록 해라."

올리비에의 말에 자신의 무기, 그레이트 엑스를 쓰다듬고 있던 케로스는 고개를 끄덕이며 글레이브를 만지작거리고 있던 동생 샤를 바라봤다.

그렇지 않아도 쟌에게서 집중적으로 훈련을 받은 두 형제는 예전에 비해 자신들의 실력이 늘었다는 것은 느끼고 있었지만 다른 용병들도 함께 실력이 늘었기 때문에 확실하게 느끼진 못하고 있었다. 빨리 자신들의 실력이 얼마나 늘었는지 확인하고 싶었다. 그렇기는 다른 용병들도 마찬가지였다. 쟌에게 끔찍스러울 정도로 지독하게 훈련만 강요받았기에 한시라도 빨리 자신들의 실력을 확인하고 싶었다.

만반의 준비를 갖춘 용병들은 올리비에가 앞으로 달려나가자 재빠르게 그 뒤를 따랐다.

가장 앞쪽에 달려나간 올리비에는 자신을 보고 깜짝 놀라는 불침번의 모습을 발견하고는 망설임없이 스콜피온 테일을 휘둘렀다. 도저히 닿지 않을 것 같았던 스파이크가 달린 쇠뭉치가 어느 틈에 얼굴로 날아들고 있었다.

픅!

황급히 머리를 숙였지만 이미 쇠뭉치는 목을 강타한 후였다. 선혈이 솟구치는 목을 손으로 감싸며 용병이 쓰러지자 자고 있던 용병들이 화들짝 놀라며 자리에서 일어났다. 하지만 그들을 기다리고 있는 것은 잔인한 도살자들의 칼날뿐이었다.

"큭!"

"악!"

기습을 당한 용병들은 부상을 입은 부위를 움켜쥔 채 쓰러졌다. 불과 5분도 되지 않아 열다섯 명의 용병들은 자신들이 쏟아낸 선혈 위로 쓰러졌다.

잠시 그런 용병들의 모습을 안타깝게 바라보던 셀은 곧 생각을 바꾸고는 용병들에게 지시를 내렸다.

"아직까지 일이 끝나지 않았어요. 용병들이 야영하고 있는 다음 지점을 알고 있으니 신속하게 이동할 준비를 하도록 하세요."

"알겠습니다, 캡틴."

그들이 그 자리를 떠나고, 가장 늦게까지 남아 있던 올리비에는 쓰러져 신음을 토하고 있는 용병들에게 한마디를 남기고는 그 자리를 떠났다.

"흥! 감히 주네티 전하께 대항하려 하다니… 원래대로라면 모조리 죽여 버렸어야 하겠지만 같은 용병 처지라 목숨만은 살려주마."

쓰러져 있던 용병들은 비록 중상을 입긴 했지만 정신을 잃고 있었던 것은 아니기에 올리비에의 말을 똑똑히 들을 수 있었다. 어둠 속으로 사라지는 올리비에의 뒷모습을 노려보면서 부상을 입은 용병들은 이를 갈며 복수를 다짐했다. 하지만 그들은 미처 짐작도 하지 못했다. 그들의 이 가는 소리를 들으며 올리비에가 회심의 미소를 짓고 있다는 것을 말이다.

셸이 무난히 기습에 성공했을 때 쟌 역시 예닐곱 명의 용병들과 함께 한 개의 매복조를 완전히 괴멸시키고 다음 먹이를 향해 이동하고 있었다. 스스로의 몸에 몇 배의 빠른 몸동작을 가능하게 만드는 마법 헤이스트를 걸어 용병들의 뒤를 따르던 마법사 헤겔은 조금도 지치지 않는 용병들의 강인한 체력에 혀를 내두르지 않을 수 없었다.

물론 자신도 용병들이 자발적으로 훈련에 참가하는 모습을 봤고 실전을 방불케 하는 훈련을 받는 모습도 지켜봤다. 그저 통상적인 훈련이러니 생각했었는데 막상 실전에 함께 투여되고 보니 장난처럼 보였던 용병들의 훈련이 얼마나 대단한 것인지 깨달을 수 있었다.

특히 가장 앞쪽에서 달리고 있는 쟌의 체력은 그야말로 경이적인 것이었다. 가장 많이 움직이고, 가장 많은 적을 해치우면서도 그의 몸놀림은 누구보다 가벼웠다. 저렇게 젊은 나이에 놀랄 만한 체력도 체력이지만 불의 용병왕이라 일컬어지는 로고스 크리스토퍼와 비견될 실력까지 가지고 있으니 정말 경이로운 일이 아닐 수 없었다.

게다가 조금 전 기습했을 때 공격하는 쟌의 손길을 보면 일말의 망설임도 없이 상대를 공격했다. 죽는 것이 낫다 싶을 정도로 어깨뼈를 부수고 다리뼈를 부러뜨려 버렸다. 그에게 당한 용병들이 비록 피를 흘릴 만한 상처를 입지는 않았다고 하지만 어떤 면에서는 더 치료하기 힘든 상처를 입은 것은 사실이었다.

마법이나 신성력으로 치료를 할 때도 살갗이 찢어지거나 근육을 다친 상처는 치료하기 힘들지 않다. 그러나 뼈를 다친 환자는 살갗이나 근육을 다친 환자를 치료할 때보다 신성력이나 마나가 더욱 많이 들기도 하지만 자연적으로 나은 것에 비해 치료 후에도 치료 부분이 약해져 다시 다치기도 쉽다.

나중에 시간이 난다면 왜 다른 사람처럼 무기를 사용하지 않고 목검을 사용한 것인지 꼭 묻고 싶었다. 게다가 용병들을 지원하기 위해 파견된 마법사인 자신이 한 일이라고는 겨우 싸일런스 마법으로 주위의 소음을 없앤 것밖엔 없었다. 자신이 개입하고말고 할 시간적 여유도 없었던 것이다.

"조용."

앞서 달려가던 쟌이 손을 들며 일행을 제지시켰다. 일행이 일제히 숨을 멈추고 제자리에 멈춰 섰다. 쟌의 손짓에 따라 일행은 양쪽으로 나눠 쟌의 신호를 기다리고 있었다.

쟌의 신호를 받은 헤겔은 라이트의 스펠을 캐스팅하면서도 또 혹시 일어날지도 모르는 사태에 대비해 매직 미사일의 스펠도 캐스팅했다. 그러면서도 쟌이 어떤 명령을 내릴까 궁금했다.

쟌은 용병들에게 헤겔이 라이트 마법으로 주위를 밝히는 순간 공격하라는 수신호를 보냈다. 용병들이 고개를 끄덕이자 쟌은 헤겔에게 손짓을 했다.

"라이트."

1클래스의 스펠에 불과한 라이트 스펠에 헤겔은 2클래스 급의 마나를 공급했다. 당연히 광구에서 뿌리는 빛은 1클래스의 마나를 공급했을 때보다 네 배 이상 강한 엄청나게 밝은 빛을 뿌렸다.

　"적이다!"

　누군가의 외침에 따라 정신없이 잠에 취해 있던 용병들은 눈을 떴지만 그들이 가장 먼저 발견한 것은 눈을 뜰 수 없게 만드는 강렬한 빛이었다. 자신도 모르게 눈을 감으며 고개를 돌렸을 때 그들에게 쏟아진 것은 살기 가득한 잔인한 공격이었다.

　퍽!

　"큭!"

　"악!"

　열다섯 명의 용병들을 처리하는 데 걸린 시간은 1분도 채 걸리지 않았다. 부상을 입지 않은 용병들이 없었고, 쟌에게 걸린 서너 명의 용병은 예외없이 부러진 뼈를 움켜잡으며 고통스러운 신음을 토했다.

　"뭐야? 이런 것들을 믿고 아쉬드는 전쟁을 할 생각인가? 정말 한심하군."

　"캡틴, 이 자식들을 보니까 이번 전쟁은 우리 샤이닝……."

　"말조심해."

　근처에 있던 용병들에게 주의를 준 쟌은 조롱에 가득 찬 음성으로 말을 이었다.

　"하지만 이 자식들의 수준을 보면 우리가 승리할 것만은 틀림없을 것 같군. 가자."

　쟌이 그 자리를 떠나자 나머지 용병들도 황급히 그 뒤를 따라 어둠 속으로 사라졌다. 남은 것은 구슬픈 신음을 토하고 있는 용병들뿐이었다.

＊   ＊   ＊

콩!

"뭐? 방금 뭐라고 했소!"

"보고에 의하면 매복조 가운데 열두 조가 정체 불명의 인물들에게 당했다고 합니다."

무표정하게 대답하는 카멜의 얼굴에는 아무런 감정도 실려 있지 않았다. 그 모습에 아쉬드의 눈에서는 당장 불똥이 튀었지만 지금은 그게 중요한 것이 아니었다.

끓어오르는 분노를 애써 억누르며 다시 질문했다.

"매복조 열두 개라면 인원으로는 대체 얼마나 되는 거요?"

"인원이 적은 조는 열 명, 많은 조는 서른 명 정도 됩니다."

자신과는 상관없다는 듯 무감정하게 대답하는 카멜의 태도에 아쉬드는 다시 분노가 치미는 것을 느껴야만 했다.

"전부, 얼마나 당한… 거요?"

"지금까지 조사된 바로는 220명 정도로 파악되었습니다. 지금 이 순간 또 희생자가 발생했을지도 모르지만 말입니다."

"그럼 매복조를 그냥 두었단 말이오?"

"아닙니다. 일단 성으로 복귀하라고 지시를 내렸습니다만, 워낙 넓은 지역에 매복을 하고 있는지라 완전히 복귀하려면 시간이 좀 걸릴 것 같습니다."

"대체 어떤 놈들이 매복조를 공격했는지 알아냈소?"

"현재로서는 누구의 소행인지 전혀 알 수 없습니다. 워낙 야간에 기습을 당한 탓도 있지만 적들의 실력도 상당히 뛰어났던 모양입니다. 반격할 사이도 없이 눈 깜짝할 사이에 전부 당해 버렸답니다."

"그럼 아무런 단서도 없단 말이오?"

"그런 건 아닙니다만……."

"무슨 단서요?"

"습격했던 자들이 대화를 하는 가운데 주네티 전하를 지칭하는 듯한 단어를 자주 사용했답니다."

"주네티? 그 자식이 나를 감히 건드려?"

"아직 확실한 건 모릅니다. 비록 그들의 대화 가운데 주네티 전하를 지칭하는 단어를 자주 사용했다고는 하지만 혹시 헤르난 전하 측의 계략일 가능성도 있으니까요."

"헤르난이? 헤르난에게는 만 명도 안 되는 용병들밖에 없다고 하지 않았소? 헤르난 녀석이 비록 속을 짐작하기는 어려운 녀석임에는 틀림없지만 그렇다고 상대도 안 되는 적은 병력으로 무모하게 도발을 할 녀석은 절대 아니오."

"그렇다고 무조건 제외시키는 것은 위험한 생각입니다."

"아니야. 아무리 생각해 봐도 헤르난보다는 주네티 녀석의 소행일 가능성이 더 크다는 생각을 지울 수 없구려. 일단 주네티 녀석 쪽에 비중을 두고 조사해 보시오."

"알겠습니다, 아쉬드 전하."

"그리고 즉시 타격조를 보내 주네티 녀석의 진영을 흔들어보도록 하시오. 당한 만큼 갚아주는 것이 바로 나 아쉬드의 방식이니까. 설사 주네티 녀석의 짓이 아니더라도 슬슬 싸움이 시작할 때가 되었으니 크게 잘못된 일도 아니지."

"그렇게 조치하겠습니다, 아쉬드 전하."

"참! 그건 그렇고… 헤르난 녀석의 본거지는 찾았소?"

"그게… 지속적으로 정찰조를 보내고는 있지만 아직까지 파악이 안 된 상탭니다."

"흐음~ 예전에도 그 녀석의 속마음을 짐작하기 힘들었지만 이곳에 와서는 더욱 짐작하기 힘드니… 대체 그 녀석이 노리고 있는 것이 뭐지? 나만큼이나 자존심이 강한 녀석이 헤르난이지만 고작 용병 만 명을 고용해 나나 주네티를 어떻게 할 수 있다고 믿을 정도로 어리석은 녀석도 아닌데…… 대체 그 녀석이 노리는 것이 뭐지? 휴~ 골치가 다 아프군."

아쉬드는 정말 머리가 아픈 듯 자리에 앉아서는 이마에 손을 대었다.

"타격조의 규모는 어느 정도로 운영하는 것이 좋겠습니까, 아쉬드 전하."

"음~ 만 명 정도는 되어야 하지 않겠소?"

"알겠습니다, 전하."

카멜이 방을 나가고 난 후 주먹을 움켜쥔 아쉬드는 보이지 적을 노려보며 이를 악물었다.

"헤르난 녀석이든 주네티 녀석이든 상관없어. 나에게 도전한 녀석은 그게 누구든 반드시 후회하게 만들어주마. 제국의 황제가 될 수 있는 사람은 나뿐이라는 것을 제국의 모든 신민(臣民)들에게 똑똑히 알려주겠다."

* * *

"형! 형!"

간만에 맑게 갠 하늘에서 쏟아지는 햇살을 즐기고 있던 주네티는 헬라인의 호들갑에 눈살을 찌푸리며 고개를 돌렸다.

"무슨 일인데 그렇게 호들갑을 떠는 것이냐?"

"형, 문제가 생겼어."

"문제?"

"그래."

상기된 표정의 헬라인을 바라보던 주네티는 표정을 풀지 않은 채 말을 꺼냈다.

"대체 무슨 일이기에……."

"드디어 아쉬드 형이 움직이기 시작했어."

"아쉬드 형이?"

헬라인의 말에 주네티는 심장의 박동이 조금씩 빨라지는 것이 느껴졌다.

"진정하고 천천히, 차분하게 말해 봐라."

"우리가 아쉬드 형 진영을 정찰하기 위해 배치했던 정찰조 20여 개가 모두 당했어. 마지막으로 보내온 보고에 의하면 약 만 명 정도의 용병들이 아쉬드 형의 성 주변을 깨끗하게 청소하고 있다고 해."

"드디어 시작하는 건가?"

잠시 생각을 하던 주네티가 고개를 들었다.

"우리의 대응은?"

"일단 정확한 정보를 입수하기 위해 뮤겔 단장이 직접 약간의 용병들을 데리고 현장으로 갔어."

"뮤겔 단장이 직접 갔다고?"

"왜? 이상해?"

"후후후, 살다 보니 그 인간이 직접 움직일 때도 있군."

주네티의 말에 헬라인은 입맛을 다시며 고개를 저었다.

형제들도 이미 주네티가 타마룬을 얼마나 못마땅하게 생각하는지 잘 알고 있었다. 하지만 이렇게 드러내 놓고 싫어할 줄은 몰랐다.

"뮤겔 단장이 직접 간 이유는 그 용병들을 이끌고 있는 자가 카멜 제이슨이라는 말 때문일 거야."

"마검사 카멜 제이슨이 직접 움직였단 말이냐?"

"그래, 그 사실을 직접 확인해야 된다고 하는 것을 보면 들리는 소문대로 뮤겔 단장이 카멜 제이슨과 사이가 좋지 않은 것이 확실한 것 같아."

"두 사람 사이가 안 좋아? 난 처음 듣는 소린데?"

"그들에 대한 소문을 한 번도 못 들어봤어?"

"몰라, 난."

"두 사람은 과거 같은 동네에 살았대. 하지만 어렸을 때부터 별로 사이가 좋지 않았나 봐. 거의 비슷한 시기에 용병으로 등록을 했고 또 활동 실적도 거의 엇비슷했대. 하지만 결정적으로 차이가 벌어지기 시작한 것은 한 사람은 마법을, 또 한 사람은 정령술을 익히기 시작하면서부터라고 전해져. 정령과 친해지는 순간부터 능력을 발휘할 수 있는 정령술과는 달리 마법은 오랜 시간 동안 익혀야 하잖아. 당연히 처음에는 카멜보다는 뮤겔 단장이 더 능력있는 용병으로 인정을 받았다고 해. 그러니 카멜이 그냥 참고 있을 리 만무하잖아. 갖은 방법으로 뮤겔 단장을 방해했고, 당연히 두 사람 사이는 엉망이 됐대. 사이가 안 좋아진 것은 그때부터라고 해."

"그래? 좀 유치하군."

"단순히 그런 말로는 이해할 수 없는 것이 두 사람 사이에 존재하는 것 같거든. 내가 생각하기에는 사내로서 서로 인정하지 못했기 때문에 생긴 일은 아닐까 하는 생각이 드는데… 형 생각은 어때?"

헬라인의 질문에 주네티는 잠시 망설이기는 했지만 곧 의미를 알 수 없는 미소를 지으며 대답했다.

"아무리 생각해 봐도 네가 말한 것과는 전혀 관련이 없을 것 같은데? 하여튼… 그래서 지금까지 두 사람 사이가 좋지 않다는 거야?"

"응, 그런 소문이 있는 것 사실이지만 그게 정말 사실인지는 아무도 몰라. 어쨌든 두 사람 사이가 좋지 않은 것만은 분명한 사실이야."

용병계를 삼 분하고 있는 세 사람 가운데 두 사람이 그런 유치한 문제 때문에 원수 사이가 되었다는 사실에 주네티로서는 실소를 짓지 않을 수 없었다. 하지만 지금 중요한 것은 그것이 아니지 않은가?

"그래서 네가 생각하기에는 어떻게 대처하는 것이 좋을 것 같으냐?"

"이대로 순순히 물러섰다가는 우리 본거지까지 밀릴 가능성도 있어."

"그래서 네 생각은?"

"최소한의 반격은 하는 것이 좋을 것 같아."

"음~ 최소한의 반격이라…… 적의 병력 규모가 만 명이라고 했는데 그럼 우리는 얼마나 병력을 동원해야 한다는 거지?"

"최소한 2만 명은 동원해야 할 것 같아."

"2만? 그럼 우리가 가진 전력의 절반이 넘잖아."

"하지만 그보다 적으면 병력의 피해가 너무 커 우리에게도 손해란 말이야. 최소 그 정도는 되어야 전력의 우위를 들어 우리의 피해를 최소화할 수 있을 것 같은데…… 형 생각은 어때?"

헬라인의 말에 주네티도 그의 말이 맞을 것 같다는 생각이 들었다.

비슷한 전력으로는 서로 막대한 피해를 입고 물러서거나 아니면 서로 눈치만 보다가 별다른 피해도 입히지 못하고 물러서야만 하는 상황이 벌어질 수도 있을 것 같다는 생각이 든 것이었다.

"알았다. 일단 상위 레벨의 용병들로 2만 명을 선출하도록 해라. 그리고 그 사실을 뮤겔 단장에게 알리도록 하고 즉시 상대를 타격할 수 있도록 해라."

"알았어, 형."

"또 할아버지께 추가 고용하기로 한 용병들을 한시라도 빨리 고용하도록 연락해라."

"그린후드 후작님께?"

"그래, 할아버지께서도 내게서 연락이 오기를 기다리고 계실 거야. 돈이 조금 더 들더라도 실력이 뛰어난 용병을 고용하라는 전언을 드리도록 해라. 아마 할아버지는 내 뜻이 뭔지 알고 계실 거다."

"알았어, 형."

헬라인은 바먼트 그린후드 후작에게 보낼 편지를 쓰기 위해 방을 빠져나갔고, 혼자 남은 주네티는 다시 한 번 아쉬드의 의도를 곰곰이 생각하기 시작했다.

＊　　　＊　　　＊

"후우~ 정말 지독한 날씨군."

며칠 동안 내린 비는 제대로 배수가 되지 않아 곳곳에 물웅덩이를 만들었고, 따가운 햇살이 비추자 증발을 하면서 질식할 것 같이 덥고 습한 날씨로 변해 숨 쉬기조차 힘들게 만들었다.

말을 타고 이동을 하는 사람은 열 명.

가벼운 라이트 레더를 걸친 사내가 넷, 프리스트 복장을 한 사람이 하나, 그리고 하드 레더를 걸친 사내가 다섯이었다.

조금 전 입을 열었던 중년인의 말처럼 정말 숨 쉬기조차 힘든 지독한 날씨였다. 벌써 옷은 땀투성이로 변한 지 오래였고, 맡은 임무만 아니라면 예전에 물을 찾아 뛰어들었을 것이다.

비교적 인내심이 강한 알바도네 교단의 프리스트인 비트로스 역시 가쁜 숨을 몰아쉬며 연신 이마와 얼굴에 맺힌 땀을 닦아내고 있었다.

"그런데 제이크 후작 각하, 헤르난 전하께서 계시는 성으로 가는 길이 이 길이 맞습니까?"

"확실한 것은 모르지만 이곳에서 용병들이 자주 출현했다니 아무래도 다른 곳보다는 가망이 있지 않겠소?"

"그런데 헤르난 전하께서는 왜 본인의 거처를 이렇게 감추시는 걸까요?"

"후우~ 난들 알겠소? 승계 전쟁 전에도 그분께서 속으로 무슨 생각을 하시는지 아는 사람은 한 사람도 없지 않았소? 게다가 지금은 다른 전하들께서도 함께 계시니 더욱 무슨 생각을 하시는지 전혀 짐작이 가지 않소이다."

"전 솔직히 헤르난 전하께서 순순히 우리를 맞이하실지 그것도 의문입니다."

비트로스의 말에 아론 제이크 후작은 이마에 맺힌 땀을 닦으면서 골치 아프다는 표정을 지었다.

그렇지 않아도 로즈 검증단 가운데 누가 헤르난 진영에 파견되어 심사를 할 것인가에 심각한 논의가 있었다. 서로 가겠다는 것 때문이 아니라 서로 가지 않으려고 했기 때문이었다.

결국 그들이 선택한 것은 제비뽑기였고, 앞장서서 말을 몰고 있는 다섯 명이 그 선발대였다. 그들 뒤에 좇아오는 다섯 명의 청년들은 근위기사단에서 이들을 경호하기 위해 파견된 기사들이었다.

그렇다고 이들 다섯 명이 헤르난 진영을 전담하는 것은 아니었다. 이들이 헤르난 진영을 감사하는 것은 4개월 동안이며, 다음은 아쉬드 진영을 감사할 예정이었다. 감사 방법이나 감사 결과는 오직 본인만 알고 있을 뿐이며 세 왕자의 진영의 감사가 모두 끝나면 감사 결과서를 황제에게 제출하게 된다. 물론 이들에게는 부당한 방법을 사용하는 왕자를 색출해 황제에게 보고하는 임무 역시 가지고 있다.

아론을 조장으로 세 명의 백작과 한 명의 프리스트로 구성된 로즈 검증단은 비 오듯 흐르는 땀을 닦으며 말을 몰아갈 때였다.

"조심하십시오."

"꼼짝 마라!"

로즈 검증단을 호위하던 다섯 명의 기사들 가운데 한 명이 재빨리 말을 몰아 앞으로 나섰고, 나머지 네 사람도 황급히 자신의 무기를 뽑아 들고는 로즈 검증단의 앞을 가로막았다. 하지만 기사들의 얼굴에는 긴장감보다는 낭패감이 진하게 어렸다.

그도 그럴 것이 갑자기 모습을 드러낸 자들은 자그마치 스무 명이 넘었고, 활을 겨누고 있는 자도 열 명이 넘었다. 복장으로 보건대 용병들이 분명했다.

기사들을 헤치고 앞으로 나선 아론이 용병들에게 질문했다.

"누가 책임자인가?"

"접니다."

"그대는······."

"조장을 맡고 있는 포터라고 합니다."

"난 로즈 검증단의 아론 제이크 후작이다. 헤르난 전하를 감사하기 위해 왔다."

"아! 그러십니까? 어서 무기를 거둬라."

포터의 지시에 용병들은 즉시 무기를 거두었고, 그 모습을 확인하고서야 포터는 다시 아론에게 몸을 돌렸다.

"지금 우리는 헤르난 전하께 가는 길이다. 전하께서 계신 곳으로 우리를 안내해 주기 바란다."

"잠시만 기다려 주십시오. 아레스님, 연락을 좀 취해주시겠습니까?"

"예, 포터님. 잠시만 기다려 주십시오."

아레스라고 불린 30대 후반의 사내는 곧 어디론가 사라졌고, 그 모습을 본 아론은 포터에게 질문을 했다.

"헤르난 전하께서 계신 곳이 이곳에서 그리 멀지 않은 모양이군."

"그렇진 않습니다. 지금 헤르난 전하께서는 이곳에서 3일 정도 되는 거리에 있는 성에 계십니다."

"3일 거리? 그럼 조금 전의 그 사내는 어디로 간 건가?"

아론의 질문에 포터는 곤란하다는 표정을 지었다.

"죄송스럽지만 그 질문은 헤르난 전하께 해주셨으면 감사하겠습니다. 죄송하지만 제 신분으로는 후작 각하의 질문에 대답해 드릴 수 없습니다."

깍듯하게 예의를 갖춘 용병의 태도에 아론은 조금은 의외라는 생각이 들었다. 물론 자신의 신분을 밝혔기 때문에 상대가 공손한 태도를 보이는 것일 수도 있다. 하지만 단순히 평민이 귀족을 대할 때의 공손함과는 다른 뭔가를 느끼게 하는 정중함이 있었다.

느낌으로만 보면 잘 훈련된 정규 기사단에 소속된 기사를 대하고 있다는 느낌이 들었다.

그때 어디론가 사라졌던 아레스가 돌아왔다.

"포토님, 그분들을 물의 성으로 모시라는 헤르난 전하의 지시가 계셨습니다."

"물의 성이라…… 알았소이다. 잭슨."

"예."

"이분들을 물의 성까지 모시도록 해라."

"알겠습니다. 저를 따라오십시오."

간편한 복장을 한 20대 초반쯤으로 보이는 사내가 한 걸음 앞으로 나섰다. 얼굴에 주근깨가 가득해 어찌 보면 10대 후반으로 보이기도 하는 청년은 앞장서서 조금 빠른 걸음으로 걸음을 옮기기 시작했다.

황급히 잭슨의 뒤를 따라 말을 몰던 아론은 어이가 없었다. 자신들이 말을 타고 있는 것을 보고도 걸어서 안내를 하려 하다니… 기가 막히지 않을 리 만무했다.

"여봐라."

"말씀하십시오, 후작 각하."

"지금 걸어서 우리를 안내하겠다는 것이냐?"

그제야 아론이 말하고자 하는 것이 무엇인지를 깨달은 잭슨은 간단하게 상황을 설명했다.

"후작 각하, 오늘 저희가 갈 수 있는 거리는 약 10여 킬로미터가 전부입니다."

"그건 또 무슨 소리냐?"

"10여 킬로미터 이후부터는 늪지대가 시작되기 때문입니다. 야영할 곳도 없을 뿐더러 밝은 낮이 아니면 통행이 거의 불가능합니다. 때문에 오늘 저녁은 늪지대 입구에서 야영을 하고 내일 늪지대를 통과해야 합니다. 그리고 한 가지 양해를 구해야 할 것은 늪지대에서는 말을 타고 통과하는 것은 너무 위험하기 때문에 도보로 이동을 해야만 합니다."

잭슨의 말에 아론이나 다른 사람들은 인상을 썼지만 다른 방법이 없었다.

"헤르난 전하가 계시는 성으로 가는 다른 길은 없느냐?"

"다른 길이 있긴 합니다만 숲을 통과해야 하기 때문에 역시 말을 타고 갈 수는 없습니다. 또 상당한 거리를 돌아가야 하기 때문에 시간도 더 걸립니다."

"돌아가는 거리가 그렇게 멀다면 어쩔 수 없지. 앞장서도록 해라."

아론의 말에 잭슨은 조금 전처럼 조금은 빠른 발걸음으로 앞장서서 걸음을 옮기기 시작했다.

잭슨의 뒤를 좇던 아론은 그가 곧 지쳐 뒤처질 것이라 생각했지만 그건 아론의 오산이었다. 비록 빠른 속도는 아니었지만 잭슨은 같은 속도로 거의 한 시간 동안 달리면서 일행을 안내하고 있었다. 로즈 검 중단을 호위하기 위해 온 다섯 명의 근위기사는 잭슨의 놀라운 체력에 경탄을 금치 못하고 있었다.

자신들도 상당히 고된 훈련을 받고 있었다고 생각했는데 만약 누가 잭슨처럼 오랜 시간을 달릴 수 있느냐고 묻는다면 고개를 저을 수밖에 없었다. 전투의 승패가 체력에 좌우되는 것은 아니지만 전투가 장기화될 경우 심각한 영향을 미칠 수도 있는 중요한 문제라는 것을 그들도 잘 알고 있었다.

앞서 달리고 있는 잭슨은 가끔가다 이마에서 흐르는 땀을 닦을 뿐 출발하기 전과 비교해 조금의 변화도 없었다. 게다가 숨소리마저 일정한 것을 보면 체력이 이만저만 강한 것이 아닌 것 같았다.

다시 한 시간 정도를 달리자 잭슨의 발놀림이 조금씩 느려지기 시작했다. 일행이 잭슨의 놀라운 체력에 놀라움을 금치 못하고 있을 때 잭슨이 멈춰 섰다.

"오늘은 이곳에서 야영을 하고 내일 아침 일찍 출발하도록 하겠습니다."

잭슨의 말에 주위를 둘러보니 잔뜩 우거진 나무와 잡목 사이에 유일하게 부드러운 풀밭이 펼쳐진 곳이었다.

근위기사들이 서둘러 야영 준비를 하는 동안 잭슨은 롱 소드를 검집에 넣은 채 말을 탄 듯한 조금은 특이한 자세로 검을 휘두르기 시작했다.

야영 준비를 하던 근위기사들은 어설픈 잭슨의 자세에 실소를 지었다. 하지만 그 실소는 금세 사라졌다. 직선적인 자신들의 검술과는 달리 잭슨의 검술은 직선적인 것과 타원적인 것이 혼합된 형태의 것이었다. 그러면서도 간결하고 강력한 힘이 느껴졌다.

물론 잭슨이 익숙하게 그 검술을 펼친 것은 아니지만 그가 그 검술에 익숙해진다면 근위기사인 자신들로서도 쉽게 그를 제압할 수 있다고 장담할 수 없을 거란 생각이 들었다. 근위기사들이 그런 생각을 하고 있을 때 잭슨의 검세(劍勢)가 이전과는 판이하게 달라졌다.

발놀림도 빨라졌고, 특히 검의 궤적이 원형을 그리며 주위를 난자하기 시작한 것이다. 분명히 상당한 무게를 가진 롱 소드이건만 마치 나뭇가지를 휘두르듯 너무나 가볍게 휘두르고 있었다. 그 모습 역시 곳곳에서 어색함이 엿보였지만 조금 전보다는 훨씬 안정된 모습이었다.

잠시 검을 늘어뜨린 잭슨은 뭔가를 곰곰이 생각하더니 곧 다시 휘둘렀다. 그렇게 시작된 잭슨의 검술 훈련은 별이 뜰 때까지 계속되었다. 자정 무렵이 되어서야 훈련을 끝낸 잭슨은 불침번을 서기 위해 준비를 하고 있던 근위기사를 향해 입을 열었다.

"이곳 주위 지역은 저희들이 매복을 하고 있으니 불침번은 서지 않으셔도 될 겁니다."

"야영할 때 불침번을 서는 것은 당연한 일이 아닌가? 그리고 매복조가 아무리 많다고 해도 이 넓은 지역을 모조리 커버할 수는 없지 않은가?"

"매복조가 얼마나 되는지 그것을 말씀드릴 수는 없지만 현재 야영을 하는 이곳을 중심으로 상당히 많은 매복조가 매복하고 있다는 것만은 분명한 사실입니다. 여러분들께서 기습을 걱정하지 않으셔도 될 만큼 말입니다."

"우리는 로즈 검증단 분들을 보호하기 위해 황제 폐하의 명을 받고 파견된 근위기사들이네. 이분들의 안전을 위해서라면 우리가 고생하는 것쯤은 아무것도 아니네. 자네도 이만 자도록 하게."

그들을 설득하려던 잭슨은 곧 스스로의 생각을 포기했다. 자신에게 임무가 있는 것처럼 그들에게도 자신들만의 임무가 있을 것이란 생각이 들었기 때문이다.

"그럼 저도 불침번에 넣어주십시오."

"알았으니 일단은 자도록 하게."

근위기사의 재촉에 간단하게 씻은 잭슨은 금세 잠 속에 빠져들었다.

휙! 휙!

바람을 가르는 소리에 근위기사들이 눈을 떴을 때 잭슨은 한창 검술 훈련 중이었다.

금세 시작한 것은 아닌 듯 그의 전신은 그가 흘린 땀으로 흠뻑 젖어 있었다. 그럼에도 불구하고 잭슨은 멈출 생각이 없는 듯 끊임없이 롱 소드를 휘두르고 있었다.

전날 보았던 것과 마찬가지로 간결하고 빠른 손놀림이지만 결정적으로 차이가 나는 것이 있었다. 어젯밤과는 달리 사용하는 손이 오른손이 아닌 왼손이었던 것이다.

물론 완성된 자세가 아니었기 때문에 어설픈 점이 곳곳에서 엿보이긴 했지만 어제와는 달리 좀 더 살벌함을 느끼게 만드는 기이한 기세가 있었다. 그저 바라보는 것만으로도 자신도 모르게 숨을 들이키게 만드는 오싹한 뭔가가 있었다.

자신들도 적지 않은 대결 경험이 있었지만 한 번도 상대에게서 느껴보지 못한 살벌함이 있었다.

뒤늦게 일어난 아론은 벌써부터 후텁지근한 날씨에 혀를 내두르지 않을 수 없었다. 자면서 얼마나 땀을 흘렸는지 온몸이 끈적끈적한 것이 당장 몸을 씻고 싶었다. 하지만 이곳에서는 몸을 씻을 만한 곳이 없었다.

그런 아론의 상태를 짐작이라도 한 듯 잭슨이 롱 소드를 회수하고는 입을 열었다.

"후작 각하, 이곳에서 조금만 더 내려가면 간단하게 씻을 만한 곳이 나옵니다. 샤워를 하실 수는 없겠지만 간단히 씻을 수는 있을 겁니다."

"그래? 그렇지 않아도 좀 씻고 싶었는데 정말 다행이군."

말을 마친 아론은 씻기 위해 그 자리를 떠났고, 다른 사람들은 아침 식사 준비를 하기 위해 여념이 없었다.

간단하게 아침 식사를 마친 일행은 다시 잭슨의 안내를 받아 출발했다.

어느 정도나 갔을까?

답답하게 눈앞을 가로막았던 숲이 사라지고 갑자기 뻥 뚫린 개활지가 나타났다.

아론은 그 개활지가 잭슨이 말한 늪지대라는 것을 직감할 수 있었지만 아무리 봐도 그냥 평범한 대지처럼 보였다.

"잠시만 기다려 주십시오."

양해를 구한 잭슨 재빨리 근처에 있던 나뭇가지를 쳐 기다란 장대를 만들었다. 그리고는 다시 일행에게 다가왔다.

"저도 정확히 안전지대가 어딘지 모릅니다. 그러니 말에서 내려서 이동하는 것이 안전합니다. 그리고 밧줄로 서로의 몸을 묶어 안전을 확보해야 합니다."

"겨우 그 장대 하나로 안전하게 이 지역을 통과할 수 있단 말이냐?"

"믿어주십시오, 후작 각하. 전 어렸을 때부터 이런 지역에 살았기 때문에 누구보다 안전하게 길을 찾을 자신이 있습니다. 그러니 절 믿고 따라와 주십시오."

자신만만한 잭슨의 태도에 아론 등은 찜찜한 생각이 들긴 했지만 현재로서는 다른 방법이 없었다. 결국 그들은 잭슨의 뒤를 따라 이동하는 수밖에 없었다.

앞장선 잭슨은 마치 장님이 지팡이로 지면을 두드리면서 걸음을 옮기듯 장대로 지면을 찌르며 신중하게 전진했다. 그 뒤를 아론을 비롯한 열 명의 사내들은 조심스럽게 따라갔다.

간간이 장대는 끝도 없이 지면 속으로 빨려 들어가기도 했다. 그 모습을 발견할 때마다 일행은 전신에 소름이 오싹 끼치는 것을 느끼지 않을 수 없었다.

　방금 장대가 끝도 없이 들어간 곳은 자신들이 보기에 보통의 지면과 조금도 다를 바가 없었던 곳이기 때문이다. 만약 아무것도 모른 채 자신들끼리 이곳을 지나갔다면 목숨을 부지할 자신이 없었다.

　4미터가 넘는 장대가 끝도 모르게 들어가는 늪.

　만약 이런 곳을 말을 타고 지나갔다간 그야말로 자원해서 지옥으로 가는 것임을 아론은 누구보다 잘 알 수 있었다.

　그야말로 소름이 오싹 끼칠 일이 아닐 수 없었다.

　늪지대 통과는 생각보다 시간이 오래 걸렸다.

　이리저리 굳은 지면을 택해 이동을 하다 보니 시간이 오래 걸릴 수밖에 없었다. 게다가 굳은 지면이라고 해봐야 발목까지 빠지는 진흙탕을 계속해서 걸어가야 하니 체력 소모가 보통이 아니었다. 더더구나 늪지대 한가운데이다 보니 따가운 햇살을 피할 곳도 없었다.

　늪지대 중앙에서 마른 고기 따위로 끼니를 때운 그들은 계속해서 이동을 해야만 했고, 태양이 지고 난 후에도 한참이 지나서야 겨우 늪지대를 통과할 수 있었다. 물론 늪지대를 통과하면서 혹시라도 발이 미끄러져 늪에 빠지는 것은 아닐까 하는 불안감 때문에 늪지대를 통과한 후에는 머리가 다 아플 지경이었다.

　그도 그럴 것이 그들이 끌고 오던 말 가운데 두 마리나 늪에 빠져 버렸지만 흔적조차 찾지 못했기 때문이다. 눈앞에서 울부짖으며 늪으로 빠져드는 모습을 보며 일행은 뜨거운 햇살 아래에서도 식은땀을 흘려야만 했다.

　그들이 늪지대를 통과하고 가장 먼저 한 일은 풀밭에 드러누워 버린 것이었다. 체력 소모도 극심했지만 무엇보다 장시간 신경을 쓴다는 것이 더욱 사람을 피곤하게 만들었다.

　강인한 체력을 자랑하던 잭슨도 정신적, 육체적으로 완전히 지쳐 버려 자리에 눕지 않을 도리가 없었다. 곁눈질로 일행의 상태를 살피던 잭슨은 도저히 움직일 상황이 아니라고 판단하고는 입을 열었다.

　"오늘은 이곳에서 야영하고 내일 아침 이동을 해야 할 것 같습니다."

　아론들은 너무나 지쳐 대답할 힘조차 없었다.

　그들이 천신만고 끝에 헤르난이 있는 물의 성에 도착한 것은 그로부터 이틀 뒤였다.

50장
최초의 교전

며칠 전 말끔했던 모습과는 달리 거의 부랑자 몰골을 한 아론 일행이 성문 앞에 도착하자 그들을 가장 먼저 반긴 사람은 헤르난을 비롯한 왕자들이었다.

"어서 오시오, 제이크 후작. 그렇지 않아도 후작이 온다는 연락을 받고 기다리고 있던 중이었소."

"헤르난 전하, 유리 전하, 부케인 전하, 루이스 전하, 필립 전하, 이렇게 만나뵙게 되어 영광이옵니다."

"고생이 꽤나 심했던 모양인가 보구려. 일단 씻고 좀 쉬도록 하시오. 자세한 이야기는 나중에 나누도록 합시다."

부드러운 어조의 헤르난의 말에 아론은 갑자기 눈가가 뜨거워지며 눈물이 글썽거려졌다. 하지만 아론은 그런 자신의 행태를 전혀 느끼지 못하고 있었다.

"헤르난 전하, 그럼 잠시 후 인사를 드리도록 하겠습니다."

아론은 그 말밖에는 할 말이 없었다.

애초 문관이었던 아론으로서는 여기까지 오는 것만으로도 기운이 빠지고 맥이 풀려 그 자리에 주저앉고 싶었다. 지금 그가 원하는 것은 무조건 쉬고 싶다는 생각뿐이었다.

아론 등의 상태를 눈여겨보던 헤르난은 주위 사람들에게 지시를 내렸다.

"로즈 검증단 여러분들이시다. 실례를 저지르지 말도록."

"예!"

헤르난의 말에 대답하며 앞으로 나선 사람을 확인한 아론은 깜짝 놀라지 않을 수 없었다. 뜻밖에도 상대는 판클라치온 시합에서 우승한 올리비에였기 때문이다.

"제가 이분들을 모시겠습니다."

"그대는 판클라치온 대회의 우승자인……."

"올리비에 렌조입니다, 후작 각하."

"렌조 경이 이곳엔 어떻게……."

"제가 모시고 있는 마스터께서 이곳에 있는지라…… 그럼 저를 따라오시지요. 숙소로 모시겠습니다."

올리비에가 정중한 태도로 앞장을 서자 아론 일행은 곧 그의 뒤를 따랐다.

잠시 그들의 모습을 바라보던 헤르난이 잭슨에게 질문했다.

"오는 동안 별다른 일은 없었나?"

"교육받은 대로 상당한 거리를 돌아왔습니다. 아마 너무 지쳐 아무 생각도 들지 않을 겁니다."

"그렇지 않아도 꽤나 감격스런 표정을 짓더군. 수고했네."

"아닙니다, 당연히 할 일을 했을 뿐입니다."

"그대도 좀 쉬었다 가게."

"아, 아닙니다. 저, 전 이만 돌아가겠습니다."

말을 마친 잭슨은 누가 뭐라고 할 사이도 없이 달음박질을 쳐 그 자리를 떠났다. 갑작스런 잭슨의 행동에 왕자들이 어리둥절한 표정을 감추지 못하고 있을 때 그들에게 다가오는 사람이 있었다. 다름 아닌 쟌이었다.

그제야 왕자들은 잭슨이 왜 도망치듯 그 자리를 떠났는지 이해가 갔다.

"무슨 일인가?"

"오후에 합동 훈련을 했으면 하는데… 괜찮겠소?"

"무슨 문제가 있나?"

헤르난의 반문에 쟌은 기가 막힌 듯 입맛만 다셨다.

"지금 성엔 로즈 검증단이 와 있지 않소? 우리가 용병들을 훈련시키고 있다는 것을 그들에게 밝힐 생각이오?"

"그럼 자네의 말은 그들에게조차 우리의 전력을 감춰야 한다는 것인가?"

"감출 수 있다면 감추는 것이 좋지 않겠소? 그것도 될 수 있으면 최대한 늦게 최소 용병들의 훈련이 끝나는 1년 후까지는 말이오."

"오후에 있을 합동 훈련은 뭔가?"

"서바이벌 헌팅 대회를 열 생각이오."

"서바이벌 헌팅… 대회가 뭔가?"

"간단히 말해 살아남기 시합이라고나 할까? 매복조와 공격조 가운데 누가 많이 살아남나 그걸 겨루는 시합이오."

"참가 인원은?"

"현재 물의 성에 있는 용병 전원이오."

"언제까지 할 생각인가?"

"3일 후까지 할 생각이지만 그전에 상황이 종료되면 즉시 푸른 장미의 성으로 이동할 생각이오."

"푸른 장미의 성으로?"

"또 이동을 해야 한다고?"

"제기랄, 여기 온 지 얼마나 됐다고 또 이동을 해야 한다는 거야?"

쟌의 말에 왕자들의 얼굴은 일제히 일그러졌다.

"들어온 정보에 의하면 아쉬드 왕자와 주네티 왕자의 용병들이 대규모 이동을 시작했다고 하오. 게다가 정찰을 하러 오는 정찰조의 숫자도 점점 늘고 있으니 슬슬 이곳에서 물러날 때가 되었다고 생각하오."

"유리, 필립, 용병들이 이동을 하다니… 작전을 책임지고 있는 너희들에게서 들어야 할 이야기를 왜 가이야 부단장에게서 들어야 하지? 대체 이게 어떻게 된 일이냐?"

"우리도 그 정보를 보고받긴 했지만 확실한 것인지 알기 위해서 정찰조를 다시 파견했거든. 오늘이나 내일쯤이면 정확한 보고가 들어오면 그때 보고할 생각이었어."

유리의 대답에 헤르난은 고개를 끄덕이면서도 못마땅하다는 표정을 얼굴에서 지우지 않았다.

"가이야 부단장, 로즈 검증단은 내가 맡을 테니까 자네는 그 서바이벌 헌팅 대회나 신경 쓰도록 하게."

"그렇다면 전 이만……."

가볍게 고개를 숙인 쟌은 곧 사라졌고, 헤르난과 왕자들은 로즈 검증단을 어떻게 상대해야 할까 대책 마련에 고심해야만 했다.

한 치 앞도 알아볼 수 없을 정도로 자욱한 안개 때문에 한 걸음도 내딛기 어려운 상황이었다. 남들보다 한 걸음 앞선 올리비에는 주위를 경계하느라 얼굴에 흘러내리는 땀을 닦을 사이도 없었다.

다시 한 걸음 앞으로 발걸음을 내디딘 올리비에는 갑자기 왼쪽에서 무엇인가가 자신들을 노리고 있다는 느낌을 받는 순간 수중의 모닝스타와 스콜피온 테일을 휘둘렀다.

"매복이다. 조심해라."

마치 그 말이 나오기를 기다렸다는 듯 올리비에를 뒤따르던 용병들은 즉시 자세를 낮추며 반격할 자세를 갖추었다.

모닝스타와 스콜피온 테일을 휘두르며 앞으로 달려가던 올리비에는 자신의 느낌과는 달리 아무도 보이지 않자 머쓱한 기분이 들었다. 다시 한 번 주위를 둘러보았지만 역시 보이는 것은 아무것도 없다.

입맛을 다시며 돌아서려던 올리비에는 갑자기 머리 위로 피가 몰리는 듯한 느낌과 함께 목덜미가 서늘해졌다. 무기를 잡은 손에 힘을 주어 잡은 올리비에는 지체없이 몸을 돌려 허공을 향해 무기를 휘둘렀다.

퍽!

둔탁한 소리와 함께 떨어져 내리던 시커먼 그림자가 맥없이 지면으로 나뒹굴었다. 쓰러진 그림자가 누구인지 확인할 사이도 없이 올리비에는 자신을 향해 달려드는 검은 그림자를 상대해야 했다.

올리비에가 주의를 준 탓인지 공격조원들 가운데 매복조의 기습에 당한 사람은 없었지만 상대적으로 적은 인원 때문에 좀처럼 수세에서 벗어나지를 못하고 있었다.

재빨리 두 명의 용병들을 해치운 올리비에는 매복조의 배후로 돌아가 공격하기 시작했다.

훈련하는 동안 용병들이 사용하는 무기에 비록 날을 세우지 않고, 스파이크를 제거했다고는 하지만 육중한 무기에서 전해지는 타격만은 피할 수 없었다.

한동안 치열한 격전이 끝나고 올리비에가 가쁜 숨을 몰아쉬었을 때 매복조는 전원 중상이었지만 공격조 또한 절반가량이 부상을 입은 채 널브러져 있었다. 또 나머지 인원들 역시 하나같이 크고 작은 부상을 입은 상태였다.

'제기랄, 그렇게 조심했는데도 불구하고 이렇게 큰 타격을 입다니…… 이대로 성으로 복귀해야 하나?'

올리비에가 쓰러진 용병들을 보며 고심하고 있을 때 그의 귓전에 조심스럽게 다가오는 사람들의 발자국 소리가 들렸다. 올리비에가 무기를 잡은 손에 힘을 주었을 때 모습을 드러낸 사람은 룰렌 가리언과 10여 명에 달하는 그의 부하들이었다.

룰렌만 하더라도 소드 마스터인지라 자신은 상대도 되지 않을 것이고, 아무리 작은 왕국이라고 해도 근위기사단 기사들인 그의 부하들만 하더라도 용병으로 따지면 충분히 일류라고 할 수 있었다. 이런 상황이니 자신이나 부상을 입은 자신의 부하들이 상대가 될 리 만무했다.

그저 장내를 한 번 둘러보는 것만으로도 충분히 상황을 짐작한 룰렌은 자신들을 노려보듯 쳐다보고 있는 올리비에의 모습을 보고는 빙그레 미소를 지었다.

"치열한 교전이 있었던 모양이군. 어떻게 하겠는가?"

"젠장, 항복하겠습니다."

푸념을 늘어놓던 올리비에는 품에서 붉은 천 하나를 꺼내 룰렌에게 내밀었다. 하지만 룰렌의 시선은 올리비에 손에 들려 있는 서너 장의 푸른 천을 쳐다보고 있었다.

"제법 많이 모았군. 몇 장이나 모았나?"

"겨우 여덟 장밖에 못 모았습니다."

올리비에의 대답에 룰렌의 얼굴에 조금은 놀랐다는 표정이 역력했다.

대략 10여 명으로 구성된 매복조는 푸른 천을, 공격조는 붉은 천을 가지고 있었고, 상대를 물리칠 경우 상대 측 조장이 가지고 있는 천 조각을 회수하게 된다. 매복조가 서로 연합할 수 있는 것에 반해 공격조는 자신들 이외의 모든 용병들을 상대해야 하니 공격조가 다소 불리한 상황이라고 할 수도 있다. 하지만 그런 규칙을 세운 사람이 쟌이기 때문에 용병들은 감히 불만을 토로할 생각은 꿈에도 하지 못하고 있었다.

누군가 불만을 터뜨리는 순간 용병들 전체가 단체 기합은 물론 실력 향상을 빙자한 지독한 훈련을 며칠 동안 받아야만 했다. 불만을 터뜨린 용병이 동료들에게 얻어터져 다음날 온몸에 붕대를 감고 나오는 경우도 이제는 좀처럼 보기 힘든 광경 가운데 하나였다.

"여덟 장이라면 상당히 훌륭한 성과인데 자넨 왜 그런 표정인가?"

"실은 마스터께서 저에게 임무를 주셨는데 최소 열다섯 장 이상 획득하지 못한다면 돌아올 생각도 하지 말라고 하셔서 걱정하고 있던 중입니다."

"열다섯 장? 가이야 부단장은 그게 가능하다고 생각하고 자네에게 그런 임무를 부여한 것인가?"

룰렌의 말에 올리비에의 얼굴이 잠시 굳어졌지만 곧 허망한 표정을 지었다.

"물론 마스터께서 내리신 명령이 쉽지는 않겠지만 절대 불가능한 일은 아니라고 생각합니다. 조금 더 긴장하고 방심하지 않았다면 이렇게 맥없이 항복하는 일은 없었을 것이라 생각합니다."

듬직한 체격을 가진 올리비에의 조금은 맥 빠진 대답에 룰렌은 그가 만약 좋은 가문에서 태어나 정식으로 검술 수업을 받았다면 상당한 실력을 가진 기사가 되었을 것이란 생각이 들었다.

"자네를 못 본 것으로 해줄까?"

"예?"

"자네가 지금 상태로 성에 복귀를 하면 가이야 부단장에게 심하게 혼이 나지 않겠나? 특히 자네나 가이야 부단장에게 검술 훈련을 받고 있는 세 사람은 다른 용병들보다 더욱 심하게 혼이 나는 것 같던데 말이야."

"호의는 감사하지만 사양하겠습니다, 가리언 공작 각하."

물론 올리비에가 순순히 승낙하지는 않을 것이라 생각했지만 그렇다고 이렇게 단호하게 거절할 것이라고는 생각하지 않았다.

"가이야 부단장에게 혼이 나는 것이 두렵지도 않단 말인가? 오랫동안 근위기사들을 훈련시킨 내가 보기에도 가이야 부단장의 기합은 너무 심하다고 느낄 정도였네. 그저 내가 못 본 척만 하면 자네는……."

"어쩌면… 어쩌면 마스터께서는 제가 실패할 것을 미리 예견하고 계실지도 모릅니다. 다만 제가 어떻게 대처하는지, 또 어떻게 조원들을 운용하는지 그것을 보고 싶어하실지 모른다는 생각이 드는군요."

올리비에의 대답에 룰렌의 눈매가 가늘어졌다.

나이도 어린 쟌을 꼬박꼬박 마스터라 부르는 것만 해도 룰렌으로서는 고개가 갸웃거려질 일인데 상대의 속마음까지 짐작하고 진심으로 따른다는 것은 더 더욱 이해하기 힘든 일이 아닐 수 없었다.

물론 쟌을 도와 헤르난이 황제의 자리에 오를 수 있도록 하기 위해 자신들이 이곳까지 온 것이지만 쟌의 행동은 쉽게 이해할 수 없는 뭔가가 있었다.

대답을 마친 올리비에는 쓰러져 있는 부상자들을 부축하고는 그 자리를 떠났다. 잠시 멀어져 가는 올리비에와 용병들을 바라보던 룰렌은 곧 묵묵히 서 있던 기사들에게 지시했다.

"우리도 가자. 아직 매복조가 150개 남았다니 사냥감은 충분하다."

룰렌과 기사들은 안개 속으로 걸음을 옮겼고, 그들의 모습은 곧 안개에 싸여 보이지 않았다.

*　　　　*　　　　*

"아직 정찰조에서 들어온 소식은 없는가?"

"적의 규모는 약 만 명. 하지만 5천 명씩 두 개 조로 나뉘어 이동하고 있답니다."

"그들 간의 거리는?"

"반나절 거립니다. 하지만 양쪽 모두 약 천 명 정도의 기병(騎兵)이 있어 신속한 이동이 가능한 상탭니다."

"그래?"

막사 안에 마련된 의자에 몸을 깊숙이 묻은 카멜은 루미녠의 보고를 듣고는 곰곰이 뭔가를 생각하기 시작했다. 그러다 뭔가가 생각난 듯 근처에 서 있던 루미녠에게 질문을 했다.

"현재 우리의 진형은?"

"크레센트 진형을 취하고 있습니다."

"그렇다면 저들은 이동을 하고 있으니 뱅가드 진형을 취하고 있을 확률이 크군."

"아마도 그럴 확률이 클 겁니다."

"자네가 생각할 때 어느 지점에서 저들을 기습하는 것이 좋을 것 같은가?"

카멜의 질문에 꼼꼼하게 지도를 살피던 루미녠은 잠시 고심하는 기색이 역력했다.

"이 지역은 양쪽에 구릉 지대가 위치하고 협로 때문에 대규모 병력이 지나기 힘들어 기습하기에는 더할 나위 없이 좋은 지역이지만, 그 점은 적들도 잘 알고 있을 테니 아마 철저하게 수색을 할 겁니다. 그런 점에서 보면 기습하기에 결코 좋은 곳이라 볼 수 없습니다. 하지만 다른 곳은 한쪽만 구릉 지대거나 호수를 끼고 있어 기습을 하기에 마땅찮은 곳뿐입니다."

"그렇다면 기습을 포기해야 한다는 것인가?"

"솔직히 저로서는 어느 곳이 기습하기 좋은 곳인지 선택할 수가 없습니다."

"그래? 나라면 이곳에 매복조를 운영해 적에게 타격을 입힐 것이네."

카멜이 나이프 끝으로 가리킨 곳은 뜻밖에도 한쪽은 호수가, 또 한쪽은 완만한 형태의 구릉이 펼쳐진 곳이었다. 하지만 구릉과 호수 사이가 거의 1킬로미터 이상 떨어져 있어 호수와 구릉에 용병들을 매복시킨다 하더라도 상대에게 제대로 된 타격을 줄 수 있을지 의문이었다.

그럼에도 불구하고 카멜은 왜 이곳으로 적의 병력들이 지날 것이라 생각하는, 아니, 확신하는 것일까?

"단장님께서는 무슨 근거로 그렇게 확신하는 것입니까? 저로서는 잘 이해가 되지 않습니다."

"후후후, 그것은 저들을 지금 지휘하는 자가 타마룬이기 때문이네."

나직한 웃음과 함께 대답하는 카멜의 말에 루미넨으로서는 고개를 갸웃거렸다.

"자네는 모르겠지만 타마룬은 어린 시절부터 물을 좋아했지. 막말로 물이 있는 곳에서 자신을 이길 사람은 세상에 존재하지 않는다고 맹목적으로 믿을 정도로 말이네. 다시 말하자면 물이 있는 곳은 절대 안전하다고 믿는단 말이네."

"아무리 뮤겔 단장님이 물의 용병왕이라고 불리는 것은 사실이지만,

그렇다고 무조건 안전하다고 믿는다는 것은 어리석은 일 아닙니까?"

"사실 지금까지 타마룬이 근처에 물이 있을 때 한 번이라도 패배한 적이 있던가? 물이 있을 때 그의 정령술은 그야말로 무시무시하기 이를 데 없다네. 그런 그이니 호수 쪽을 택할 것은 너무 뻔한 일 아니겠는가?"

"그럼 병력 배치는?"

"이 지점에 크레센트 진형으로 병력을 배치한다. 특히 구릉과 호수 쪽에 궁수를 배치하고 구릉 뒤쪽에 기병 2천을 배치해 개전 직후 적의 본진을 급습한다."

"즉시 이동할 준비를 하겠습니다, 단장님."

*　　　　*　　　　*

"전방에는 아무 이상도 없습니다, 베냐 부단장님."

"정찰조에는 아무런 이상도 없나?"

부하의 보고에 말 위에 있던 베냐는 전면의 오솔길을 노려보고 있었다. 전위 부대를 맡은 이상 확실하게 전과를 올려야만 한다는 생각에 베냐는 골머리가 다 아플 지경이었다. 하지만 무엇보다 중요한 것은 병력의 손실 없이 본진과 합쳐 상대를 물리치는 것이다.

또 전위 부대인만큼 중장비보다는 경장비를 갖춘 용병들이 대부분이라 자신들만으로는 상대에게 심각한 타격을 주기 힘들다. 때문에 상대에게 일차 타격을 입힌 후에는 신속하게 후퇴해 본진과 합류를 해야만 한다.

신중한 표정으로 전면을 바라보던 베냐는 곧 지시를 내렸다.

"이동 속도를 지금까지의 절반으로 줄여 이동한다. 그리고 그대는 지금 즉시 본진으로 사람을 보내 단장님께 예정대로 이동하겠다고 전해라."

"알겠습니다."

얼마나 시간이 지났을까?

천천히 이동을 하던 베냐의 눈에 햇살을 받아 보석처럼 빛나는 거대한 호수가 들어왔다. 동시에 거의 본능적으로 오른쪽에 위치한 구릉을 보았지만 별다른 이상은 보이지 않았다. 그러나 불길한 생각이 들어 다시 한 번 확인을 했다.

"정말 전면에 아무 이상도 없단 말인가?"

"예, 정찰조에서 보내온 정보에서는 아무것도 발견하지 못했답니다."

"왠지 불길한 느낌이 드는걸?"

베냐의 말에 고개를 갸웃거리던 용병은 조심스럽게 입을 열었다.

"정찰조를 더 보내볼까요?"

"아니네, 이대로 전진하도록 하지. 대신 주위 경계를 더욱 철저히 하도록 지시하게."

"알겠습니다."

얼마나 전진을 했을까?

호수 근처를 병력의 절반 이상이 지날 때까지도 아무 일이 일어나지 않아 베냐가 안도의 한숨을 내쉴 때였다.

슈슈슈슉!

갑자기 하늘을 까맣게 뒤덮으며 화살이 비처럼 쏟아졌다.

"으악!"

"큭!"

갖가지 신음이 용병들 사이에서 터져 나왔다.

"산개해 뱅가드 진형을 갖춰라!"

베냐의 외침에 당황해하던 용병들은 즉시 진형을 갖춰 방패로 화살 공격을 방어하기 시작했다. 그런데 갑자기 화살이 멈추는 것 같더니 이번엔 스피어가 날아오기 시작했다.

강철로 만든 스피어는 용병들이 들고 있던 방패를 너무나 간단하게 뚫고 용병들의 목숨을 빼앗기 시작했다. 재빨리 스피어가 날아온 방향을 살펴보니 구릉 쪽이었다.

보나마나 발리스타를 이용해 스피어를 무더기로 날리는 것이 확실했다. 불길했던 자신의 예상이 맞았다는 것을 느끼며 베냐는 황급하게 외쳤다.

"구릉이다! 구릉에 적이 매복해 있다!"

베냐의 외침에 당황해하던 용병들은 자신의 무기를 휘두르며 구릉을 향해 일제히 달려갔다.

새까맣게 용병들이 몰려가는 모습은 장관이 아닐 수 없었다. 거리가 가까워졌기 때문일까? 비처럼 쏟아지던 스피어가 갑자기 그쳐졌다.

달려오던 용병들은 발리스타 주위에서 허둥대고 있던 용병들을 발견하고는 일제히 고함을 지르며 달려들었다. 그런 용병들의 눈에는 살기가 번들거렸고, 그들이 휘두른 무기는 당장 피를 부를 것처럼 살벌하기만 했다.

구릉을 향해 달려오는 용병들을 발견한 발리스타 주위의 용병들은 일제히 비명을 지르며 도망치기 시작했다. 그 모습을 발견한 용병들은 더욱 고함을 지르며 달려들었다. 그러나 정상에 도착해 그들이 발견한 것은 말을 탄 채 렌스를 늘어뜨리고 있는 수천 명의 용병들이었다.

구릉을 올라오던 용병들이 그 모습에 잠시 멈칫하는 사이 이번에는 기병들 사이에서 커다란 고함 소리가 들려왔다.

"공격해라!"

두두두~

한꺼번에 말들이 달려오며 내는 소리는 그야말로 지축을 흔드는 것 같았다. 수십 미터가 넘는 거리는 순식간에 좁혀졌고, 기병들은 일제히 들고 있던 렌스를 쳐들었다.

퍼퍼퍼퍽~

"크악!"

"악!"

기병들이 들고 있는 렌스는 서너 명의 용병들의 몸을 너무도 쉽게 꿰뚫어 버렸고, 렌스를 버린 기병들은 즉시 자신들의 무기를 뽑아 들고는 용병들을 향해 사정없이 휘둘렀다.

기병들의 차지 공격에 주네티 측 용병들은 수백 명이 목숨을 잃거나 극심한 부상을 입었다. 일부 용병들이 기병들을 맞이해 간간이 반격을 하기도 했지만 그들의 공격은 미약하기 이를 데 없었다.

기병들의 공격에 조금씩 밀리던 용병들은 결국 누가 먼저라고 할 것도 없이 도망치기 시작했다. 기병들이 도망치는 용병들을 그냥 둘 리 만무했다.

기병들이 등자를 걷어차는 순간 말들은 쏜살같이 앞으로 튀어 나갔고 기병들은 맹수에게 쫓기는 양 떼처럼 흩어지는 용병들을 사냥하기 위해 일제히 그들의 뒤를 따라갔다.

기병들에 의해 순식간에 2, 3백 명의 용병들이 사냥당했다.

말의 울부짖음 소리와 기병들의 기합 소리, 용병들의 비명 소리로 주위는 일순간에 아수라장이 되었다. 정신없이 용병들을 사냥하던 기병들이 뿔뿔이 흩어졌을 때 주네티 측 용병들의 반격이 시작되었다.

베냐의 지시로 반격 준비를 마친 용병들은 일제히 기병들이 탄 말들을 공격했고, 공격을 당한 말들이 처절한 울부짖음과 함께 쓰러지자마자 성난 용병들의 무기가 쓰러진 기병들 위로 쏟아졌다. 기병은 버둥거리며 용병들의 손아귀에서 벗어나려고 했지만 소용없는 짓이었다.

미처 30센티미터도 움직이기 전 그의 몸은 성난 용병들에게 공격당해 한 덩이 어육으로 변했다. 그래도 분이 풀리지 않는지 용병들은 손길을 멈추지 않았다.

갑작스러운 반격에 기병들은 잠시 주춤하기는 했지만 곧 다시 용병들을 공격하기 시작했다.

베냐의 독려에 전열을 갖춘 용병들은 공격 명령이 떨어지기만을 기다렸다. 후미에 있던 기병 부대 역시 베냐가 공격 명령을 내리기만을 기다렸다.

기병들이 자신들을 향해 달려드는 것을 지켜보던 베냐는 침착하게 거리를 재고는 가장 앞쪽의 창병들에게 재빨리 지시를 내렸다.

"창병들은 즉시 대기병 진형을 갖춰라!"

베냐의 지시에 대열의 가장 앞쪽에 있던 용병들은 파이크의 자루 끝 부분을 지면에 단단히 고정시킨 채 창끝을 기병들에게 겨누었다.

달려오던 기병들이 파이크를 발견했을 때는 창병들과 겨우 5미터밖에 떨어지지 않았을 때라 도저히 말을 멈출 수가 없었다.

푸욱!

푹!

히히히힝~

섬뜩한 소리와 함께 처절한 말 울음소리가 들렸고, 파이크는 말뿐만 아니라 타고 있던 기수까지 꿰뚫어 버렸다. 게다가 연이어 공격 명령을 받은 기병들이 아쉬드 측의 기병을 향해 일제히 돌격해 갔다.

주네티 측 기병들이 아쉬드 측 기병들에 비해 상대적으로 수가 적긴 했지만 상대에게 기습당했다는 사실 때문에 분노하고 있던 상태이기에 상대 기병의 수가 많고 적음은 신경도 쓰지 않았다.

보병과 기병에게 심각한 타격을 받은 아쉬드 측 기병들은 주춤하고 물러서지 않을 수 없었다. 기병들의 수가 급격하게 줄긴 했지만 그렇다고 주네티 측이 아무런 타격도 입지 않은 것은 아니었다.

그들 역시 심각한 타격을 입긴 했지만 아쉬드 측 기병들에 비해 숫자도 거의 두 배나 되었기에 공격을 잠시도 멈추지 않았다.

아쉬드 측 기병들이 절반가량으로 줄었을 때였다.

비록 타격을 입긴 했지만 적의 기병을 괴멸시킬 수만 있다면 그리 큰 손해도 아니었다.

사람들은 누구든 말만 타면 기병이 될 수 있을 것이라 생각하지만 사실은 전혀 그렇지 않다.

마상 무예라고 불리는 기병들만의 무술도 있고, 또 그 마상 무예라는 것이 오랜 생활 동안 익혀야만 효과를 나타낼 수 있기에 용병들 가운데 마상 무예를 익힌 자를 찾기란 그리 쉬운 일이 아니었다. 마상 무예는 단순히 기수들만의 무술이 아니었다. 수백 킬로그램에 이르는 말들이 앞발로 내리찍는 힘은 어쭙잖게 내려치는 무기의 힘보다 훨씬 월등하다. 더구나 말의 뒷발 힘은 풀 플레이트 메일로 중무장한 기사를 간단히 10여 미터 밖으로 날려 보낼 정도로 엄청난 것이었다.

말의 힘과 기수의 무술이 합쳐진 힘은 같은 실력을 가진 용병 다섯보다도 더 강하다는 것이 일반적인 지론이다. 그런 이론대로 따지면 아쉬드 측 기병들이 1천 5백 정도에 불과하지만 결국 일반 용병 6천 5백의 힘을 낼 수 있다.

비록 피해가 크기는 하지만 적의 기병 2천을 몰살시킬 수만 있다면 그리 큰 손해도 아니었다.

베냐가 무너져 가는 아쉬드 측 기병들을 바라보고 있을 때 갑자기 후방에서 사람들의 소리가 들리기 시작했다. 드디어 타마룬이 이끄는 본진이 왔다는 생각에 베냐가 고개를 돌렸을 때 그가 발견한 것은 철저하게 학살당하고 있는 자신의 부하뿐이었다.

"으악!"

"크악!"

"내 팔! 내 팔!"

"어머니!"

갖가지 비명 소리와 함께 후방은 순식간에 무너졌다. 얼핏 보기만 해도 자신들의 전체 병력보다 훨씬 많아 보였다.

"뿌드득! 그렇게 정찰을 했건만 저렇게 많은 놈들이 대체 어디에 매복해 있었던 거지?"

베냐가 이를 가는 동안에도 주네티 측 용병들은 철저하게 괴멸당하고 있었다. 또한 아쉬드 측 기병들 뒤로 헤아릴 수 없이 많은 용병들이 나타나 기병들을 공격하는 주네티 측 용병들을 공격하기 시작했다.

양쪽으로 포위당한 채 속수무책으로 목숨을 잃어가는 부하들을 바라보고 있던 베냐의 귀에 누군가의 음성이 들려왔다.

"후후후. 베냐, 어떠냐?"

황급히 고개를 돌린 베냐의 눈에 비릿한 미소를 짓고 있는 중년 사내 하나가 보였다.

"넌? 넌 루미넨?"

"그래, 루미넨이다. 3년 전 내지 못했던 승부를 이젠 내야 하지 않을까?"

스르릉~

묵직한 소리와 함께 루미넨은 롱 소드를 뽑아 들었는데 롱 소드의 위 칼날과 아래 칼날의 모양이 달랐다. 위 칼날이 일반적인 모양이었지만 아래 칼날은 톱니 모양을 하고 있어 스치는 순간 살점이 그대로 뜯겨져 나갈 것처럼 살벌해 보였다.

부하들의 비명 소리가 점점 가까워지는 것을 느끼며 베냐는 롱 소드를 뽑아 들었다.

베냐는 판클라치온 대회에서도 상위에 들 정도로 맨손 격투술에 능하기도 했지만 검술 역시 용병들 가운데 특급으로 분류될 정도로 뛰어난 용병이었다.

"완전히 당했군. 한 가지 궁금한 것이 있는데 싸우기 전 내 궁금증을 풀어줄 수 있겠나?"

"뭔가?"

"이동 속도도 줄이고, 게다가 정찰조의 수도 이전보다 더 늘렸는데 어떻게 자네들의 매복을 발견할 수 없었던 거지? 난 그 점이 도저히 이해가 되지 않네."

베냐의 질문에 루미넨은 의미를 알 수 없는 미소를 지을 뿐 아무런 대꾸도 하지 않았다.

"미안하지만 그 질문에는 대답할 수 없네. 자네도 그렇겠지만 나 역시 누군가에게 고용되어 명령을 받는 처지인지라…… 이해하겠나?"

"후후후, 쉽게 알 수 있을 거란 생각은 하지 않았네. 그렇다면 슬슬 시작해 볼까?"

베냐의 자조적인 말을 들으며 루미넨은 천천히 롱 소드를 들어 가슴 앞에 세우고는 그대로 등자를 걷어찼다.

히히히힝~

앞발을 들고 몇 번 울부짖던 말은 그대로 전면을 향해 달려나갔고, 베냐 역시 등자를 걷어차 말을 달리게 하고는 루미넨을 향해 롱 소드를 휘둘렀다.

챙!

날카로운 금속음과 함께 두 사람은 서로를 스치고 지나갔고, 말머리를 돌린 두 사람은 다시 서로를 향해 달려들었다.

챙! 챙! 챙!

두 사람의 검이 부딪칠 때마다 불똥이 튀었고, 주위에 있던 용병들은 두 사람의 대결에 방해가 되지 않도록 뒤로 물러나 있었다. 하지만 구경하고 있는 용병들 대부분은 아쉬드 측 용병들이었다.

주네티 측 용병들은 사상자를 제외한 2천 명 가까운 용병들이 포로로 잡힌 채 무장을 해제당한 상태였다. 그 모습을 바라보는 베냐의 눈에는 절망적인 기색이 역력했다.

교전이 있기 전 타마룬에게 전령을 보냈건만 왜 아직까지도 아무런 소식이 없는 것인지 이유를 알 수는 없지만 이번 교전에서 자신들이 패한 것만은 변할 수 없는 사실이었다.

승부를 뒤집을 수는 없겠지만 그렇다고 루미넨에게 항복하고 싶지는 않았다.

롱 소드의 손잡이를 힘껏 움켜쥔 채 루미넨에게 달려가려던 베냐의 눈에 3, 4천 명 정도로 보이는 기병들이 자신이 있는 곳으로 달려오는 모습이 보였다. 동시에 하늘이 무너져 내릴 것 같은 엄청난 함성이 들렸다.

"와~"

두두두~

지축이 흔들리는 듯한 굉음을 울리며 달려드는 기병들을 그제야 발견한 카멜은 잠시 당황했지만 곧 지시를 내려 우선 기병들로 하여금 그들을 상대하게 했고, 용병들로 하여금 그들의 뒤를 받치도록 했다.

기병들끼리 치열한 전투가 벌어지는 모습은 정말로 장관이었지만 혈전을 치르고 있는 기병들은 매 순간순간 목숨이 날아갈 것 같은 위기를 맞이하고 있었다.

팽팽하게 맞서던 기병들 간의 혈전에 이변이 생긴 것은 호수 근처에 하드 레더를 걸친 40여 명의 용병들이 나타났을 때였다.

교전 상황을 살피던 용병들 가운데에는 여자 용병들도 간간이 섞여 있었다. 잠시 후 그들 가운데 한 명이 뭔가 지시를 내리자 그들은 곧 호수가 근처에 늘어서서는 자세를 취했다. 비록 자세는 제각각이었지만 목적은 한 가지였다.

"엔다이론, 아쿠아 해머!"

"운다인, 워터 드릴!"

"실라이온, 윈드 커트!"

"노에스, 머드 풀!"

"셀라임, 플레임 더스트!"

그렇다. 이들은 주네티에게 고용된 정령술사들이었다.

각기 자신과 맹약을 맺은 정령을 소환해 아쉬드 측 용병들의 측면을 공격하기 시작한 것이다.

갑작스런 정령들의 공격에 용병들은 크게 당황해 어쩔 줄 모르고 있을 때 이번에는 구릉 위쪽에서 엄청난 함성 소리와 함께 용병들이 쏟아져 내려오기 시작했다.

이때만큼은 가면을 쓴 듯 무표정하던 카멜의 얼굴에도 놀라는 기색이 역력했다.

"빌어먹을! 이것을 노린 것이었군. 게다가 정령술사까지 고용했을 줄은 상상도 못했군."

이를 뿌드득 갈던 카멜은 재빨리 분노를 억누르고는 지시를 내리기 시작했다.

"전방의 기병들은 천천히 후퇴하게 하고 케산은 용병들을 소집해 구릉 지대에서 내려오는 용병들을 막아라! 그리고 아론은 퇴로를 뚫도록 해라!"

카멜의 신속한 지시에 주위에 있던 용병들은 즉시 움직이기 시작했고, 그 모습을 확인할 사이도 없이 카멜은 스펠을 캐스팅하기 시작했다.

"픽싱 타킷! 매직 미사일!"

매직 미사일은 1클래스 급 스펠이다. 하지만 5클래스 마스터이자 6클래스 비기너인 카멜이 매직 미사일을 사용할 때는 결코 1클래스의 스펠이라고는 믿을 수 없을 만큼 엄청난 파괴력을 지닌 공격이 되는 것이었다.

순식간에 카멜의 머리 위에는 밝은 빛을 뿌리는 30여 개의 구체가 모습을 드러내는 순간 2백 미터 밖 호수 근처의 용병들에게로 날아갔다. 하지만 카멜의 공격은 그걸로 끝난 것이 아니었다.

두 번이나 더 매직 미사일을 날린 카멜은 정령술사들의 생사에는 관심도 두지 않은 채 용병들을 안전하게 후방으로 후퇴시키는 데 전력을 기울였다. 원래 공격보다 힘든 것이 수비이고 전진보다 힘든 것이 후퇴가 아닌가.

후퇴할 때 전열이 흔들렸다가 몰살당하는 경우는 전쟁사에서 숱하게 증명하고 있지 않은가.

한 시간 정도가 흐른 뒤 카멜은 어렵게나마 전열을 가다듬는 데 성공했고, 그것을 확인한 타마룬 역시 즉시 기병들과 용병들을 후퇴시켜 전열을 정비했다.

4, 5백 미터를 사이에 둔 채 대치 상태를 이룬 양쪽 진영은 상대를 감시하면서 부상자들을 치료하기에 여념이 없었다. 하지만 그들이 할 수 있는 것이라고는 응급조치뿐이었다.

프리스트들이 따라왔다면 치료가 가능했겠지만 대부분의 프리스트들이 그러하듯 이들을 지원하는 교단의 프리스트 역시 검술이나 무술에는 젬병인 사람들이 대부분이었다. 조금 전처럼 교전이 벌어지는 경우 스스로의 몸을 보호할 수 있는 능력을 가진 이는 없었다. 그래서 프리스트들은 공격조에 포함되지 않은 상태이기에 부상자에게 베풀 수 있는 조치는 응급조치가 전부였다.

아쉬드 측 용병들은 만 명 가운데 3천 명의 사상자가 발생했고, 주네티 측 용병들은 2만 명 가운데 2천 명의 인명 손실이 있었다. 겉으로 드러난 것만 따진다면 주네티 측의 승리처럼 보이지만 내용을 따져 보면 무승부라고 보는 것이 더 정확했다.

아쉬드 측에 비해 주네티 측의 부상자가 훨씬 많기 때문에 만약 다시 교전이 벌어진다면 어느 쪽이 승리를 거둘 것이라 장담할 수 있을 만한 상황이 아니었다. 게다가 아쉬드의 본거지가 이곳에서 멀지 않기에 즉각적인 병력 보충까지 가능한 상황이었다.

태양은 죽은 자들을 위로라도 하듯 서쪽 하늘을 붉게 물들이며 서서히 지고 있었다.

*   *   *

"드디어 아쉬드 형과 주네티 녀석이 오후에 한판 붙어 서로 타격을 주고받은 모양이야."

용병 한 명이 가져온 쪽지를 확인한 유리의 말에 회의실에 있던 사람들의 표정은 잠시 동안 굳어졌다. 굳어진 표정은 곧 풀리긴 했지만 어느 누구도 입을 여는 사람은 없었다.

"그리고 한 가지 신경 쓰이는 것은 주네티 측 용병들 가운데 정령술사로 보이는 자들이 상당수 보인다는 거야."

"상당수라면?"

"보고에 의하면 교전 장소에 모습을 드러낸 정령술사의 수가 40명 정도라고 하는데, 주네티가 거주하고 있는 성에 얼마나 많은 정령술사가 있는지 모르는 상황이니 앞으로 조심해야 할 것 같아."

"정령술사?"

"꽤나 머리를 굴렸군."

유리의 말에 왕자들은 꽤나 아쉬워했다.

자신들이 미처 생각하지 못한 점을 생각한 주네티에 대한 감탄과 그로 인해 자신들이 얼마나 곤란을 받게 될까 하는 점이 신경 쓰였다.

참관인 자격으로 회의에 참석하고 있던 아론은 불의 용병왕인 로고스 크리스토퍼가 아닌 부단장에 불과한 쟌과 셀이 왜 이 자리에 함께하고 있는 것인지 그 점을 이해할 수 없었다. 그리고 자신이 알기로 자신이 있는 이 물의 성에서 아쉬드나 주네티가 있는 성까지 최소 열흘 이상의 거리가 떨어졌다고 알고 있는데 어떤 방법으로 이렇게 빠르게 그 사실을 알아낸 것인지 궁금하지 않을 수 없었다.

"자네 생각은 어떤가, 가이야 부단장."

"생각하고 자시고 할 것이 뭐 있소? 싸우고 싶으면 대가리 터지게 열심히 싸우라고 내버려 두고 우린 우리 할 일만 하면 되잖소."

"우리 할 일?"

"성 주위에 함정 설치도 아직 안 끝났고, 정찰조 운영도 좀 더 신경 써야 하지 않겠소?"

헤르난을 대하는 쟌의 무례한 말투에 아론은 순간적으로 정신이 멍해지는 것 같은 충격을 받지 않을 수 없었다. 하지만 그를 더 놀라게

만든 것은 그런 쟌의 무례를 아무렇지 않게 대하는 헤르난과 왕자들의
태도였다.

"자네의 말은 지금 당장 우리가 신경 쓸 만한 일은 일어나지 않을 거
란 말인가?"

"아마 올 겨울까지 두 왕자는 계속 아옹다옹하느라 우리에게는 신경
쓸 여유도 없을 거요."

"그렇게 생각하는 이유라도 있나?"

이번 질문은 헤르난이 한 것이 아니라 구경하고 있던 아론이 물은
것이었다.

잠시 그의 얼굴을 바라보던 쟌은 의미를 알 수 없는 미소를 지은 채
대답했다.

"두 왕자는 지금까지 살아오면서 가지고 싶은 것은 다 갖고 하고 싶
은 것은 뭐든 하고 살아왔을 거요. 다시 말하자면 풍족하기 이를 데 없
는 생활을 해온 인물들이란 말이오. 세상이 자신들을 위해 존재한다고
믿는 사람들이라고나 할까? 그런데 그런 두 사람이 지금 하나뿐인 황
제의 자리를 놓고 싸우고 있소. 전하 같으면 양보할 수 있겠소? 누구
때문에 시작된 것이냐가 중요한 것이 아니라 내가 원하는 것을 빼앗길
수 없다는 생각에 싸움은 쉽게 그쳐지지 않을 거요. 더구나 그 두 사람
은 뭐 하나 남에게 빼앗겨 보거나 양보해 본 적이 없는 사람들 아니오.
자존심 때문이라도 상대에게 어떻게든 이기려고 할 거요. 이런 상황에
서 위치 파악조차 되지 않은 우리에게 신경 쓸 리 만무하지 않겠소? 상
처받은 자존심을 회복하기 위해서라도 어떻게든 상대를 혼내주려고 혈
안이 되어 있을 거라는 것이 내 생각이오."

쟌의 대답을 듣고 보니 상당히 타당성있는 설명처럼 느껴졌다.

"별다른 일 없다면 난 이만 나가보겠소."

"볼일이라도 있나?"

"휴우~ 황제께서 내게 주신 선물이 있지 않소? 그 자식들을 쓸 만하게 만들려면 내가 얼마나 더 고생을 해야 할지 모르겠소."

"후후후, 그렇지 않아도 그 세 사람이 내게 와서 하소연을 하더군."

"하소연? 이것들이 아직도 정신을 못 차렸군. 이것들을 어떻게 죽여야 잘 죽였다고 소문이 나지?"

푸념을 늘어놓는 쟌의 모습은 아무리 잘 봐줘봐야 뒷골목 불량배 수준이었다.

아론이 멍해 있는 사이 쟌과 셀은 회의실을 빠져나갔고, 남은 사람들은 앞으로의 대책에 대해 논의를 하기 시작했다.

쟌의 마수에 걸린 세 사람의 어린양의 앞날에는 어떤 일이 벌어질는지……

애고고고, 기레스트와 드보아, 그리고 슈뢰더에게 진심으로 조의를 보내야 하는 것은 아닐까?

〈6권에서 계속…〉